『周元』进阶档案

身份：混元天天渊域四阁总阁主
境界：神府境后期（已贯穿到第八重神府）、化境初期（神魂）
气运：圣龙气运
功法：龙吸术・引气术・混沌神磨观想法・锻魂术・祖龙经第二重・镇世天蛟气
源术：龙碑手、龙步、玄芒术、皇极印、元爆劲、大风雷、化虚术・大成、九龙典・九龙、天阳神录・天阳火（大成）、玄蟒大金钟、太乙青木痕・太乙纹、太玄圣灵术、苍天术、荡魔剑丸术、仙影术、雷狱术、玄圣体、魂灯术、怨龙变、风灵纹、火灵纹、山灵纹、林灵纹、银影（进化级）
源兵：天元笔（觉醒第六纹"吞魂"）
目前经历：在天炎祭和总阁主之争上接连获胜的周元，不负众望地坐上了总阁主之位，在其得力领导下，四阁气象焕然一新。在挑落三山盟的陈玄东后，名声大噪的周元带领天渊域精锐参加九域大会，意在夺得祖龙灯！

混元天九域组织架构

武神域
- 代表人物**武瑶**（神府榜第二）
- **蓝亭**（故意被隐藏的顶尖高手）
- **赵云霄**（神府榜第十九）

万祖域
- 域主**万祖大尊**
- 代表人物**赵牧神**（神府榜第一）
- **柳清淑**（神府榜第十三）

紫霄域
- 域主**紫霄大尊**
- 代表人物**苏幼微**（神府榜第三）
- **薛惊涛**（故意被隐藏的顶尖高手）

血海域
- 代表人物**王羲**（神府榜第四）

圣纹域
- 代表人物**李通神**（神府榜第五）

玄机域
- 代表人物**九宫**（神府榜第六）

妖傀域
- 代表人物**徐暝**（神府榜第七）

御兽域
- 代表人物**袁鲲**（神府榜第八）

天渊域
- 域主**苍渊大尊**
- 代表人物**周元**（神府榜第九）
- 火阁阁主**吕霄**（神府榜第二十三）
- 风阁阁主**叶冰凌**
- 山阁阁主**韩渊**
- 林阁阁主**木柳**

元尊

13 论战九域

天蚕土豆 著

长江出版社　知音动漫

目录 Contents

005　第八百五十一章　天炎鼎现
009　第八百五十二章　赤伞巨球
013　第八百五十三章　剿灭王尘
017　第八百五十四章　风阁驰援
021　第八百五十五章　风火对决
025　第八百五十六章　破魂尖梭
029　第八百五十七章　吞魂显威
034　第八百五十八章　魂灯之术
039　第八百五十九章　最后赢家
043　第 八百六十 章　享受战果
047　第八百六十一章　后续影响
051　第八百六十二章　周元备战
055　第八百六十三章　开始闭关
059　第八百六十四章　秋水左雅
063　第八百六十五章　双姝赌斗
067　第八百六十六章　神府后期
071　第八百六十七章　争斗开启
075　第八百六十八章　五大元老
078　第八百六十九章　白玉云梯
082　第 八百七十 章　乘蛟而上
086　第八百七十一章　同时登顶
090　第八百七十二章　四阁之斗
093　第八百七十三章　对战韩渊
097　第八百七十四章　韩渊野心

101	第八百七十五章	**黑色镰刀**	
107	第八百七十六章	**吕霄取胜**	
111	第八百七十七章	**最后一轮**	
115	第八百七十八章	**双骄鏖战**	
120	第八百七十九章	**两段葬魂**	
125	第 八百八十 章	**吕霄底牌**	
129	第八百八十一章	**深渊黑蟒**	
133	第八百八十二章	**怨龙现身**	
138	第八百八十三章	**怨龙灭蟒**	
142	第八百八十四章	**贺总阁主**	
146	第八百八十五章	**四阁慑服**	
150	第八百八十六章	**玄机九宫**	
154	第八百八十七章	**万祖牧神**	
158	第八百八十八章	**武瑶幼微**	
163	第八百八十九章	**分化火山**	
166	第 八百九十 章	**大棒甜枣**	
170	第八百九十一章	**火阁内乱**	
173	第八百九十二章	**去万术殿**	
177	第八百九十三章	**法域本源**	
180	第八百九十四章	**挑小圣术**	
184	第八百九十五章	**黑白雷光**	
188	第八百九十六章	**身份暴露**	
192	第八百九十七章	**静修源纹**	
196	第八百九十八章	**三山战书**	

199 第八百九十九章 接下挑战
203 第 九百 章 战书沸腾
207 第 九百零一 章 各方关注
211 第 九百零二 章 无边深涧
215 第 九百零三 章 你凭什么
219 第 九百零四 章 战陈玄东
223 第 九百零五 章 四纹齐现
227 第 九百零六 章 四灵归源
233 第 九百零七 章 再败第九
238 第 九百零八 章 坐稳第九
242 第 九百零九 章 前八大敌
246 第 九百一十 章 先天灵机

250 第九百一十一章 银影进化
253 第九百一十二章 求援神磨
257 第九百一十三章 底蕴暴涨
260 第九百一十四章 大幕拉开
265 第九百一十五章 陨落之城
269 第九百一十六章 第七徐暝
273 第九百一十七章 再遇幼微
278 第九百一十八章 什么关系
282 第九百一十九章 红颜祸水
286 第 九百二十 章 有你真好
290 第九百二十一章 两人夜谈

第八百五十一章
天炎鼎现

"开鼎！"

当郗菁清澈中性的声音响彻于天地间时，无数道目光都在此时投向了大炎山，只见那里的岩浆洪流沸腾，其中有一巨物缓缓升起。

那是一座巨大无比的鼎。鼎身呈琉璃透明色，鼎内空间广阔，似有山岳起伏。

正是天炎鼎！

随着天炎鼎出现，玄鲲宗主神色淡然地点了点头。

"唰！"

九十九道光影闪掠而出，落向天炎鼎下方，那里有九十九座岩浆石台，他们直接盘坐其上。

这些光影浑身散发出强大的源气波动，在他们身后隐约间可见一轮煌煌大日。

那是九十九位天阳境强者。

周元遥望着这一幕，心中忍不住感叹，天渊域的确底蕴雄厚，这些天阳境强者若是放在苍玄宗内，足以成为宗内长老，可整个苍玄宗的天阳境加起来也凑不够九十九位。

如今在这天渊域，仅仅只是天灵宗一方，就有数量如此之多的天阳境强者，可见天渊域整体实力有多可怕，其一域之力便足以抗衡整个苍玄天。

而这正是因为混元天天地气运之盛。

在周元感叹时，那九十九位天阳境强者齐齐发出低沉喝声，声如雷鸣，震荡天地，而他们身后那轮源气光芒大日愈发璀璨，当强盛到极致时，可见金色的火焰熊熊燃烧起来。

周元眼神炽热，这就是天阳炎，天阳境强者独有之物！

如果说神府光环是神府境的标志,那么天阳炎就是天阳境强者的标志。

天阳炎一旦诞生,便能够日日夜夜不断淬炼源气与肉身,也就是说,只要踏入天阳境,哪怕是肉身孱弱之人,都能在天阳炎的淬炼下变得强横。

周元虽然修炼了玄圣体,肉身有所成,可如果要比拼肉身,他不一定比得过普通的天阳境强者。

当然,待周元有朝一日踏入天阳境,他的肉身起步自然远非那些普通的天阳境强者可比。

"熊熊!"

随着九十九轮源气大日之上的天阳炎愈发强盛,最后大日转动,直接喷发出九十九道火柱,直扑那巨大无比的天炎鼎。

在天炎鼎鼎身上,古老的源纹蠕动起来,最后化为巨大的旋涡,将那些火柱尽数吞入鼎内。

随着天炎鼎将那些天阳炎吞没,鼎内空间化为金色,无数金色火光倾泻而下。那些金光在此时更为纯粹,那是被天炎鼎净化的缘故。

金色火光飘摇,其内竟是一朵朵金色火莲。

望着这些金色火莲,在场的神府境强者无不眼露垂涎之色。

在那最高处的熔岩莲台上,郗菁望着这一幕,螓首微点。当金色火莲出现时,代表着天炎祭真正开始了。

"风林火山四阁,准备神魂遁入天炎鼎吧。"她开口说道,声音回响在每一个人耳边,清澈中自带威严。

她声音一落,四阁成员皆恭敬应是,然后哗啦啦地尽数盘坐下来。

"嗡嗡!"

四阁成员眉心神魂光芒闪烁,下一刻,数万道神魂冲天而起,显得极其壮观。

周元的神魂也混在风阁数千道神魂之中,只是与周围相比,他的神魂显得格外凝实,散发出来的波动也远非其他人可比。

这些神魂直接对着天炎鼎而去,天炎鼎的鼎盖在此时开启了一道缝隙,宛如一道天涧,其中爆发出的吸力一个吞吐间便将靠近的数万道神魂一口给吸了进去。

天地间,无数道目光都投向天炎鼎内,面露好奇与期待之色。他们知晓,接下来才是天炎祭最为精彩的时刻。

最高处的熔岩莲台上，郗菁的明眸闪烁微光，注视着天炎鼎。

一旁的玄鲲宗主苍老的面庞带着淡漠之色，道："郗菁元老觉得此次天炎祭谁会是最大赢家？"

郗菁盘膝而坐，上身颀长，面容如玉，道："火阁实力最强，不过却是中规中矩，没什么意思，要有黑马出现才能让人感到惊喜。"

玄鲲宗主淡笑道："黑马先天不足，怕是火候不够。"

郗菁不置可否，没有再与他打机锋，而是将目光投向天炎鼎内。

"口舌无用，还是用事实说话吧。"

当周元的神魂被吸入天炎鼎的那一瞬，他感觉到眼前一花，下一刻四周有热浪涌来，他急忙凝神，发现自己已身处另外一方天地。

这天地间有巍峨山峰矗立，山中树木并非绿色，反而呈现赤色，宛如火铜。

一朵金色的火莲从他眼前飘过。

周元的神魂之力呼啸而出，直接将其抓到面前，金色火莲缓缓地旋转着，散发出异样的波动。这火莲看似细微，如与源气接触，宛如火上浇油，两三下就能将一道源气焚尽。

"这就是天阳炎吗？"

周元感受着金色火莲中蕴含的那一缕极为精纯的火意，眼中掠过惊叹之色。他虽不是天阳境强者，却接触过不少，自然感觉得出来，这金色火莲中的天阳炎远比天阳境强者自己炼化而成的天阳炎更为精纯，而最关键的是，金色火莲中没有掺杂人的意念，能够让任何人炼化吸收。

即便此时神魂离开了肉身，周元依旧能够感觉到肉身发出的渴望之意，就好似十分饥渴的人看见了琼浆玉露。

"这天炎鼎真是个大宝贝啊！"周元忍不住感叹一声。

就在周元感叹间，数千道神魂急速朝着他靠拢而来，领头的正是叶冰凌、伊秋水等人。

风阁成员的神魂都在此时汇聚。

周元远眺，在另外的方向，其他三阁的人马也开始逐渐会合。

天炎祭的争斗，现在已经算是开始了。

周元深吸一口气，感受着天炎鼎内的炽热，然后目光扫视一番，沉声道："所有人听令，先占据一山，砍伐赤铜树，修铸赤铜伞与聚火台！"

如今的周元在恶补了许多功课后，对天炎祭已极为熟悉，他知道在这天炎鼎内，伴随着越来越多的天阳炎涌入，温度也会越来越高，到得后来甚至会对神魂造成伤害。

想要避免被灼烧，就必须利用天炎鼎内的赤铜树炼制出赤铜伞。

手持赤铜伞，才能够在天炎鼎内来去自如，四处采集天阳炎。

此外，赤铜伞有着吸取汇聚天阳炎的作用，可以将少量天阳炎聚拢于伞内，这样更方便采集。

聚火台则更为重要。他们如今都是神魂进入天炎鼎，没有任何盛放天阳炎的容器，也不能用神魂进行牵引，因为那样会掣肘他们的神魂之力，一旦动手交锋起来就会束手束脚。

所以在天炎祭中，最重要的不是直接开打，而是先修铸赤铜伞与聚火台。

在周元的率领下，数千道神魂浩浩荡荡地呼啸而下，选了一座赤铜树密布的大山。

落定大山后，周元手一挥，叶冰凌、伊秋水便迅速将人员分配，一部分人警戒，一部分人采集从天飘落的金色火莲，剩下的一部分则迅速砍伐赤铜树。

于是，这座赤红的山上，数千道神魂飘荡，倒有种诡异的热闹感。

周元立于最高处，他的目光望着远处火阁的方向，眼中有着冷光闪烁——接下来就看那吕霄如何出招吧。

第八百五十二章
赤伞巨球

赤红的山巅上，周元凝神盘坐，神魂之力散发而出，将从天而降的一朵朵金色火莲截住并缠绕，盘旋在其周身。

此时，周元周身的金色火莲已经多达二十朵。

不过这种以神魂缠绕牵引的方式太过麻烦，按照周元的估计，他的极限恐怕只能牵引百朵左右，若是再多就会有些手忙脚乱，难以顾及其他事。

好在约莫一炷香后，伊秋水的神魂疾掠而至。

"赤铜伞好了！"她将玉手一扬，一道赤光顿时对着周元飞去。

周元的神魂波荡，那道赤光便悬浮在他面前，只见赤光之内乃是一把赤红的伞，伞面光滑如镜，明明是木制，却宛如赤铜。

"这就是赤铜伞吗？"

周元微感好奇，他心念一动，神魂便缠绕在赤铜伞上将其撑开，顿时有淡淡的赤光蔓延下来，将他的神魂笼罩，而天地间的燥热之气迅速减弱，犹如被那层赤光遮蔽。

周元握住伞，对着周围悬浮的二十多朵金色火莲一转，它们顿时犹如受到某种吸引般冲进赤铜伞内，化为一朵朵火苗，在伞面边缘缓缓流转，璀璨夺目，煞是好看。

周元见状，脸上忍不住露出欢喜之色。先前他不断以神魂之力牵引住这些金色火莲，虽说消耗不大，但终归让他有些束手束脚，如今有了这赤铜伞，他就能够轻松将火莲收起。

按照他的估计，这赤铜伞一次应该能够收容上百朵金色火莲。

难怪说赤铜伞是天炎祭必备之物，有了它的确是方便太多。

"全员配备还要多久?"周元问道。

只有配备了赤铜伞,他们才能够在这天炎鼎内肆意来去。毕竟一处的天阳炎是有限的,想要采集更多,就必须不断转移地方。

伊秋水道:"现在已经制造了三百多把,全员配备应该还要半日时间,聚火台也在制造之中了。"

周元顺着她的视线看去,只见在下方的山谷中,一座巨大的赤台渐渐成形,赤台的材质也是赤铜树和赤石,远远看去犹如一个赤色巨球。

那正是聚火台。

周元点点头,道:"继续吧,让配备了赤铜伞的人分散开来,先四处采集天阳炎。"

"那火阁呢?"伊秋水问道。

周元道:"先静观其变吧。他们势强,我们只能等他们先出手,才能找到破绽,一招制敌。"

火阁整体实力强出风阁太多,如果他们主动出击,将会毫无优势。

伊秋水螓首微点,也不多说,转身掠下,继续去催促众人加快制作赤铜伞与聚火台的速度。

周元抬起头望着远处,双目微眯。眼下这局面看似平静,然而平静之下却预示着暴雨将至。

在接下来的半日内,天炎鼎内没有爆发出任何交战,而风阁这边有越来越多的赤铜伞制作出来,并且全员配备。

"阁主,聚火台制作好了!"

当听到这欢喜的声音传来时,周元眼中掠过一丝喜意,身影一动便出现在山谷中。他看向前方,只见那里有一个数十丈的赤红巨球。

"将天阳炎灌入其中吧。"周元挥了挥手。

随着他一声令下,诸多身影出现在赤球之外,手中赤铜伞的伞面对着前方缓缓合拢,形成尖尖的伞苞状,上面有着金色火苗跳跃,顺着伞面流淌而出,最后灌注进聚火台内。

"熊熊!"

随着越来越多的天阳炎灌入,聚火台内有金色火焰燃烧起来,将周围的赤铜烧得通红,而因赤铜的隔绝特性,那种高温却难以散发出来。

周元走上前，将自己那柄赤铜伞内收集的天阳炎灌入聚火台。

望着聚火台内越来越浓烈的火焰，周元和其他风阁成员都面露欢喜之意，因为聚火台的火焰越是旺盛，之后他们能分到手的天阳炎就越多。

"嗯？"

就在此时，周元忽地抬头望着远处的天空，手掌一挥："戒备！"

数千道神魂闻言立即警惕起来，结成阵势。

远处的虚空，千道神魂呼啸而至，是火阁的人马！

在那最前方有一道熟悉的身影，正是火阁的副阁主王尘。

周元的神魂渐渐升空，眼神冷淡地望着王尘，开口道："难不成火阁以为凭借这点人马就能吃下我风阁所有人？"

王尘睥睨道："周元阁主想多了，我只是奉阁主之令前来告知一声。我们阁主愿意再给你一次机会，如果风阁此次天炎祭能上缴十万朵火莲，我火阁可给你们留一分脸面。"

听到王尘如此狂妄的话，风阁诸人皆面露愤怒之色。上缴十万朵火莲，火阁的胃口也太大了些，这是打算让风阁给他们打白工吗？

周元盯着王尘，却并未发怒，反而笑道："王尘副阁主，要不你带人上前一些，我们就此事再商量一下？"

王尘闻言冷笑道："周元阁主，你不要不识抬举，这是最后的通牒，不然下次来的就不止这点人马了。"

他当然不会真的靠上前去，凭他这一千人，怎么可能会是风阁的对手？如今这个距离最为安全，可进可退。

周元摇摇头，眼神轻蔑。

王尘见状，脸色有些阴沉，最终还是忍下了怒意。他知道周元这是故意激怒他，只要他敢靠近，周元就会直接将他们灭掉，减弱火阁的力量。

周元见到王尘不上当，不禁摇摇头，懒得再理会他，看向风阁成员，下令道："抓紧时间采集天阳炎。"

他知道王尘这些人是吕霄派来盯着他们的，他原本以为吕霄会急不可耐地来找他们麻烦，但眼下来看，这吕霄还真是沉得住气，想必他在全员没有配备齐赤铜伞前不会主动来犯，免得给他们可乘之机。

周元并不惧怕，因为各种准备他都已经做好，眼下就是兵来将挡水来土掩，究竟最后谁能成为最大赢家，须得斗过一场才知道。

周元一声令下，风阁留下一千神魂盯着远处的王尘等人，其余人则迅速散去采集天阳炎。

天空上仍不断有着金色火莲飘下，但在数千人的肆虐下，这座大山之中的天阳炎很快便被采集一空，而聚火台上的赤球内，金色火焰愈发磅礴明亮。

在将此处的天阳炎采尽后，周元根本不理会远处的王尘等人，直接挥手带人转移阵地，继续四处采集天阳炎。

于是，数千人手持赤铜伞掠空而过，连那聚火台都被诸多神魂抬起，悬空飞掠。

王尘见风阁视他如无物，眼神愈发阴沉，最终他一挥手，嘴角掀起一抹诡异冷笑："跟着他们，时刻向阁主汇报他们的位置。

"让他们先采集，都是在为我们作嫁衣罢了。等阁主计成，到时候自然有他周元哭的时候！"

第八百五十三章

剿灭王尘

数千道神魂从低空呼啸而过,浩浩荡荡,所过之处,不论是天空飘落的金色火莲,还是地面石缝中流淌出来的火苗,都被洗劫得干干净净。

周元立于虚空,望着处于人马中央位置的聚火台,如今那颗赤球之内燃烧的金色火焰已越来越浓烈,其中汇聚的金色火莲已高达一万余朵。

对于这种采集速度,周元满意地点了点头。

旋即他的目光便转向远处的后方,由王尘率领的一千道神魂正如幽魂般紧紧地跟着他们,既不接近,也不离去。

周元眼中掠过一抹冷色,他知道王尘的任务便是盯着他们的一举一动,只是不知道为何,他隐隐感觉到有些不对劲。

"秋水,我们进入天炎鼎多久了?"周元忽然问道。

一旁的伊秋水立即回道:"算算时间,已将近一日了。"

周元手指轻弹,缓缓道:"这个时间……火阁即便人数众多,也应该全员配备赤铜伞了吧?"

伊秋水蛾首微点,道:"差不多。"

"那为何现在还没看见火阁主力人马的踪影?"周元的目光一闪。

伊秋水一怔,眼眸中掠过一抹不安之色。火阁如果已经配备好赤铜伞,应该第一时间来清剿他们才对,为何眼下迟迟没有动静,只派了一千人来盯着他们?

吕霄究竟想做什么?

周元双目闪烁,片刻后果断道:"不管吕霄想做什么,先将王尘这批人马吃了!"

这些人在他眼前晃来晃去,如果不吃掉,简直心中不舒坦。

伊秋水柳眉一蹙,道:"那王尘小心得很,一直保持着距离,一旦我们表现

出攻击状,他就会带人退走,之后又继续跟上来。"

周元轻笑一声,道:"那就把他们的后路截了,让他们无路可逃。"

"怎么截?"伊秋水长长的睫毛眨了眨。

周元笑道:"你没发现我们的人少了一些吗?"

伊秋水闻言,这才一惊,妙目投去,果然察觉到数千道神魂中,在她不知不觉间消失了数百道,她心中一动,道:"这一路上遇见大山时,你都故意多停留一些时间,人马就是那个时候潜藏下去的?"

周元点点头,道:"每次藏数十人,王尘隔得远,根本发现不了。所以此时的他恐怕还不知道,他的四周早已被我封锁。"

伊秋水眼露欣喜,抿唇轻笑:"阁主还真是狡猾呢。"

只要王尘一行的后路被截,他们必然能够将对方一千人给吃下,如此也算是削弱了火阁的一部分力量。

周元一笑,旋即手掌一挥,数千道前行的神魂立时停了下来。他率先转身,对着后方远处的王尘等人暴射而出,神魂之力呼啸,引得虚空荡漾。

数千道神魂紧随其后,气势骇人。

周元这边一动,王尘那边立即有所察觉。

"哼,蠢货,真以为我会送上门任你吃?"

王尘冷笑一声,毫不犹豫地下令:"后退!"

千道神魂立即疾退,并不打算与风阁短兵相接,反正他们的任务是盯着并缠住风阁,并非跟对方交手。

双方一进一退,始终保持着一定距离,难以真正靠近。

王尘见到这一幕,顿时忍不住大笑起来,眼神讥诮地望着远处率众追来的周元。此时他有一种猫戏老鼠般的畅快感,毕竟这段时间周元在四阁中可谓声名鹊起,名声已不弱于其他三位阁主,但是那又如何,眼下还不是在他后面吃灰。

"嗡!"

就在他大笑时,前方的虚空忽然有神魂之力爆发,宛如一层层的无形屏障阻挠在了前方。

王尘的笑声戛然而止,他眼神惊骇地望着前方升起来的数百道身影,失声道:"怎么可能?他们什么时候绕到我们后面去的?"

"快！轰破神魂屏障！"他咆哮道。

千道神魂同时出手，神魂之力一道道地轰击在前方的屏障上，不断荡起无形涟漪，引起风雷之声，但一时半会儿始终难以将其攻破。

就是这片刻的时间，周元率领的数千道神魂已从后方追来。

王尘的额头上有着冷汗冒出。

"王尘副阁主，看来你还是太不小心了啊。"周元淡笑道。

声音落下，他没有再跟王尘多说废话，伸出手掌轻轻一挥。

"灭了他！"

"轰！"

数千道神魂之力同时呼啸而出，宛如洪流，直接对着王尘等人轰击而去。在这种绝对优势下，他不需要施展任何手段，只须堂堂正正地碾压即可。

王尘感受着磅礴的神魂洪流，不禁头皮发麻，急忙指挥人马催动神魂之力迎战。

"轰隆！"

双方的神魂洪流撞击在一起，有惊雷炸响。

在那惊雷之下，王尘这边的千道神魂顿时爆发出惨叫声，并迅速变得虚薄，最后化为一道火光冲天而起，被天炎鼎的保护机制送了出去。

数轮攻击下来，王尘这边千道神魂只剩下数十道在苦苦支撑，看上去格外凄凉。

王尘望着这一幕，咬紧牙，面色阴沉。

"周元，你别得意，等我火阁主力人马赶来时，就是你哭的时候！"

周元神色平静，他盯着王尘好半晌，忽道："其实你不是来盯梢的吧？而是吕霄故意派来的，想让我以为火阁马上就会来找麻烦，你们其实只是想拖住我。"

王尘的瞳孔微缩。

周元双目微眯起来，道："吕霄打算做什么？"

王尘冷笑，没有说话。

周元沉默了一下，缓缓地道："你们火阁是联合山阁去清剿林阁了吧？等将林阁清剿完毕，接下来就该轮到我们风阁？"

王尘心头一震，眼中有着一抹骇色浮现。

周元见到这一幕，一切都明白了。他面色微凝，没想到吕霄竟然如此谨慎……即便面对着整体实力弱于火阁的风阁，他都没有直接来攻，反而联手山阁先对付

林阁。

只要林阁被灭，火阁与山阁再度联手，在绝对大势下，周元的任何手段都难以翻盘。

这家伙在吃了之前的亏后，竟然如此小心谨慎，简直是稳如老狗啊！

他派出王尘故意盯着他们，就是打算以此来拖延，让他们以为火阁主力即将赶来，可谁能想到吕霄反其道而行，竟然放弃了首攻风阁，而转向了林阁……

一旁的伊秋水、叶冰凌的俏脸此时变得凝重起来，她们很明白，如果林阁被率先剿灭，那么以他们风阁的力量，根本挡不住火阁和山阁。

王尘见到计谋被周元识破，便不再隐瞒，讥讽地笑道："周元，你太小瞧吕霄阁主了，等我们火阁与山阁解决掉林阁后，你必输无疑！"

周元的面色不起波澜，他掌心间有着无形的魂炎凝聚而来，屈指一弹，魂炎暴射而出，直接将包括王尘在内的数十道神魂笼罩进去。

魂炎燃烧，王尘等人的神魂迅速变得虚幻起来。

"周元，你们风阁输定了！"

王尘咆哮，下一刻，他们的神魂化为一道火光冲天而起，消失在虚空中。

周元神色淡漠，目光转开。此时风阁数千道神魂齐齐看向他，等着他的命令。他没有任何犹豫，直接一挥手，喝声如雷。

"停止采集天阳炎。"

"立即驰援林阁。"

"灭火、山两阁！"

声音落下，他的神魂便率先掠空而过，在他后方，数千道神魂浩浩荡荡地紧随而至。

此时的天炎鼎外，无数目光注视着鼎内的动静，当他们见到这一幕时皆感惊讶。看来那周元已经知晓了火阁的打算，接下来的四阁碰撞，无疑会是天炎祭最为精彩的一幕。

第八百五十四章
风阁驰援

这是一座巍峨的赤铜高山,宛如巨人般矗立于天地间,漫山的赤铜树闪烁着夺目的光芒。

此时,这座如巨人般的山岳却处于激烈的战争之中。

数万道神魂盘旋虚空,遮天蔽日,磅礴的神魂之力席卷开来,引得虚空震荡。

而在那数万道神魂中央的位置,有四道神魂负手而立,为首的便是吕霄、韩渊这两位火阁和山阁的阁主。

吕霄身旁跟随着朱炼,韩渊身旁则是一位看上去格外瘦弱、双目明亮如刀的男子。男子名为赵寅,是山阁此次天炎祭的指挥者,从周身散发出的强大神魂波动来看,他显然已踏入化境。

此时的四人都眼神淡漠地望着远处。

在那座赤铜巨山外,有一个由神魂之力所化的巨大罩子,罩子表面有一层层宛如云雾般的旋涡,罩内有近万道神魂不断地灌注神魂之力,他们正是林阁的人。

而火、山两阁的神魂则在不断地发动攻势,轰击着神魂罩,激出一道道巨大的涟漪波动。

"这木青烟倒是有些能耐,竟然能够催动林阁众人的神魂,形成万魂云涡结界。"朱炼望着巨大的神魂罩,忍不住赞叹笑道。

"若没有火阁出手,我们山阁就算能够胜过林阁,恐怕也要被拖住许久。"那名为赵寅的男子轻轻点头道。

吕霄淡淡地道:"还需多久才能攻破?"

听到吕霄的话,朱炼不敢怠慢,默默估算了一下,回道:"恐怕还需半日。"

吕霄皱了皱眉头,道:"太久了。虽然我派王尘去拖住风阁,但那周元极为狡猾,

难保他不会察觉到什么。"

朱炼苦笑一声,道:"木青烟这万魂云涡结界防御力极强,他们铁了心要死守,一时半会儿还奈何不得他们,只能一点点地消磨他们的神魂。"

吕霄闻言,知道多说无益,只能点点头。

"吕兄,不必焦急,我们这一手,那周元未必猜得到,说不定他还在傻傻地等着火阁去围剿他们呢。"韩渊笑了笑,又道,"我觉得你实在是太高估他了,以火阁之势,足以碾压风阁,你直接带人过去清剿,说不定此时风阁早已被团灭了。"

吕霄淡淡地道:"那周元有些邪门。此次天炎祭原本是我天灵宗主持,可是郗菁元老横插一脚,逼得宗主改为自由争夺,我若是阴沟里翻船,恐怕不好交代,所以小心一些总是没错的。"

韩渊显然觉得吕霄有些小题大做,对付一个风阁而已,竟然还要施展这么多手段。不过他也明白此事关系到玄鲲宗主的颜面,吕霄不敢不谨慎。

"等我们这边联手解决掉林阁,不管那周元藏了什么手段,都将毫无胜算!"韩渊笑道。

吕霄点点头,对着朱炼、赵寅二人催促道:"加强攻势,尽快攻破这神魂罩,将林阁清除。"

朱炼与赵寅不敢怠慢,两位化境神魂亲自出手,指挥着那磅礴神魂,宛如万丈怒浪一般,一波接一波地冲击着那巨大的神魂光罩。

随着火阁、山阁攻势加强,神魂罩内的林阁成员感觉到压力倍增。

木柳立于山巅,俊朗的面庞在此时露出冰寒之意,火阁与山阁突然联手围剿他们林阁,这一手的确将他打得有些措手不及。此事在诸届天炎祭中还是第一次。

在之前的天炎祭中,他们林阁还从未如此惨烈。

木柳咬了咬牙,看向后方的一座赤石上,木青烟盘坐,银牙紧咬,不断指挥着林阁近万道神魂补充着神魂罩各处,拼命地死守防御。

随着时间的推移,木柳看见不断有林阁成员的神魂化为火光消失,那是因为神魂虚弱到某种程度后,天炎鼎的保护机制就会开启。

这样下去,他们迟早会被围困至团灭。

"木柳,你个混蛋,我们快坚持不住了!"木青烟骂道。

木柳挠了挠头,一脸的苦笑。如果此时肉身在此,他还能够凭借着自身的源气底蕴冲出去跟对方厮杀。可惜的是，他现在只是一道神魂，而且还只是实境，就算冲出去了，也会被瞬间灭掉。

"我也没办法啊，谁知道他们这么不要脸，竟然会先围剿我们林阁，简直不按照常理出牌啊！"木柳无奈地道。

木青烟剜了他一眼，道："还不是你被周元忽悠，要跟风阁合作惹来的麻烦。"

木柳耸耸肩，道："现在怎么办？"

"还能怎么办，只能等风阁发现情况不对前来救援啊！"木青烟嘀咕道，"就怕那周元笨笨的，还在傻傻等着火阁主动找上门去……还有，即便那家伙发现了不对，说不定也不敢带人前来，毕竟这里有火阁与山阁。"

木柳摇摇头，道："周元如果是这种人，他也不敢直接杀了方鳌。别看那家伙平日里温和，实际上狠着呢。"

"希望吧。"木青烟螓首微点，然后不再多言，继续将所有精力投注到指挥之中。这座万魂云涡结界必须她亲自调遣众人的神魂，不然很快会在对方的攻势下崩溃。

她知道，面对着这种巨大的压力，即便是万魂云涡结界也无法坚持太久，被攻破是迟早的事情。

眼下只希望那周元能够聪明一些吧。

半日时间在林阁人马艰难的苦熬下悄然而过。

笼罩林阁的那座万魂云涡结界如今已变得极为稀薄，宛如一层薄膜，林阁这边已是难以支撑。

天空上的朱炼望着这一幕，悄然松了一口气，接下来只要数波攻势，这神魂罩必然破碎，届时没有防护的林阁将会面对火阁和山阁的疯狂攻势。

"阁主，林阁完了。"

朱炼的目光转向吕霄，颇为自得地笑道。

吕霄轻轻点头，看得出来他的神色在此时缓和下来。只要林阁一败，风阁就会成为他们砧板上的鱼，难以反抗，任由宰杀。

"周元，兔子再怎么蹦跶也只是兔子，当睡狮苏醒过来时，就是兔子的死期。"

吕霄的唇角泛起一抹淡淡的笑意。

然而就在他这句话刚刚落下时，面前的朱炼与赵寅忽然面色一变，同时转头，面庞难看地望着某个方向。

"怎么……"

韩渊见状刚要发问,下一刻声音便戛然而止,望着远处的瞳孔微微一缩,只见数千道神魂自虚空疾掠而过,铺天盖地地对着他们这个方向呼啸而来。

吕霄森然地望着这一幕,嘴角微微抽搐,眼中的寒意几乎要将空气冻结。

"风阁来了……"

这个周元还真是时时刻刻都在坏他的好事!

第八百八十五章
风火对决

当天边数千道神魂铺天盖地而来时,被围困于山中的木柳、木青烟也有所察觉,当即眼中有着一抹喜色浮现。

"你看,我就说周元没那么容易被吕霄蒙蔽的。"木柳笑道。

木青烟松了一口气,但小脸还是紧绷着,道:"别高兴太早了,虽然他率领风阁前来救援能稍稍挽回点局面,但整体上还是火阁、山阁占据着绝对优势。"

木柳轻轻点头。如果此时火阁摆好阵形迎战,凭借他们的整体优势,风阁讨不到丝毫好处,甚至有可能被灭。

木青烟叹道:"风阁远比火阁弱,虽然不知道周元有什么手段和底牌,但以我对吕霄的了解,他肯定不会没有丝毫防备。"

她白了木柳一眼,道:"我就说不该掺和此事,如今平白让我们林阁置入险境。"

木柳苦着脸道:"都这个时候了,说这些有什么用?周元既然敢来,我觉得他还是有把握的,吕霄想要收拾他,怕是没那么容易。"

"希望如此。"木青烟撇撇嘴。

她倒不是责备木柳,只是他们林阁平白被火阁和山阁围攻了大半天,她难免心中有些火气。而更重要的是,她的确对眼下的局面一点都不看好。

林阁虽然借助着她布置的万魂云涡结界挡住了火阁和山阁的联手绞杀,但也损伤了两千多人,实力有所削弱,而火阁与山阁却是损失寥寥。

此消彼长下,周元和风阁能如何应对?

"待会儿如果火阁、山阁要对付风阁,我会尽可能牵制住一些人马,但这也是我们的极限了,最后结果如何,还得看周元有什么能耐。"木青烟撇撇小嘴道。

"够了够了。"木柳笑着点头。

山外的天空上，吕霄面色阴沉地盯着远处疾掠而来的神魂大军，片刻后，他的神色渐渐平复下来，道："看来王尘已经被灭了。"

风阁大军已经赶到，而王尘他们却是毫无动静，显然已被踢出了天炎鼎，周元无疑洞穿了他们的意图。

"这小子真是阴魂不散啊。"韩渊皱了皱眉头，道。

吕霄神色平静道："韩渊，你们山阁继续围困林阁，风阁就交给我们火阁。"

韩渊点点头，笑道："看来一切又回到了起点，不过无所谓，结局终归都是一样。"

火阁的整体实力如何，韩渊心里很清楚，连山阁都不是他们的对手，更何况实力最差的风阁？

吕霄看向朱炼道："接下来与风阁这一战就靠你了。"

朱炼是他们火阁的化境神魂，唯有他能够统率、沟通众多神魂，这一点连吕霄都做不到，所以在这天炎祭上，朱炼的作用更为重要。

朱炼神情振奋，自信满满地点头，道："阁主放心，我们此次准备周全，就不信镇压不住风阁！"

旋即他目光环视，神魂之力波动，直接将声音传进火阁所有人的耳中："火阁众人听令，迎战风阁，灭了他们！"

下一刻，他与吕霄的神魂率先掠出，在两人身后，上万道神魂浩浩荡荡地紧随而上。

两拨浩荡的人马于群山之间相遇，各自占据山头，磅礴强悍的神魂之力席卷天地间，引得风雷响彻。

两方对峙，周元没有任何犹豫，他坐镇中间，以神魂之力沟通数千道神魂，然后调动众人，开始布防。

只见风阁这边磅礴的神魂之力层层呼啸，隐隐间仿佛有着片片龟甲之影，周元竟在短短的时间内布置出一座防御结界。

朱炼望着这一幕，眼神微凝。周元能够在如此短的时间内布置出一座防御结界，可见其神魂境界相当不弱。在整体的神魂作战中，化境神魂的作用就是将自身作为管道，连通其他所有神魂，并将这些神魂之力调配起来，宛如整体。

"他倒是聪明，知道只能防御。"朱炼随即冷笑一声。周元一见面就布置如龟壳般的防御，显然是知晓火阁势强，不敢硬撼。

在这段时间的交锋中，他还是第一次见到以往锐气逼人的周元选择龟缩，这不禁让他有些解气。

"不过，想在我的眼皮底下结成防御，哪那么容易？"朱炼冷哼。

如果要论源气交锋，他的确不是周元的对手，可此次天炎祭是神魂的对碰，而且还不是单独的神魂，而是以一阁为整体，依仗着火阁的绝对优势，他对周元自然不会有丝毫畏惧。

朱炼的神魂立于火阁大军之中，下一刻，神魂震荡起来。

"轰！"

随着朱炼的调配，磅礴如海的神魂之力直接冲天而起，化为万重巨浪，裹挟着恐怖的威势对着风阁狠狠地轰击而下。

这神魂巨浪一重接一重，声势骇人。

在这等级别的神魂攻势下，就算是化境神魂，一旦接触，也会在瞬间被震碎。

"轰！轰！"

神魂巨浪狠狠地砸在风阁的龟甲结界上，那一瞬间犹如地动山摇，由层层神魂之力所化的龟甲不断崩裂，好在很快又有新生的神魂龟甲衍生而出。

朱炼见状，眉头微皱，直接加强了神魂攻势。浩荡神魂宛如洪水，将风阁所在的山头重重包围，然后不断地狠狠砸下。

在朱炼这种蛮横的攻势下，神魂之力所化的龟甲结终于摇摇欲坠，最后轰然崩碎，万千龟甲化为虚无。

朱炼大喜，就要调动万千神魂之力冲进去碾压风阁。

不过还不待他动手，只见那龟甲结界之下又有一层神魂光罩出现，一座结界再度成形。

这一次朱炼看得仔细，在那层新的结界之下，分明还有一重结界，而且全都是防御型的！

"他娘的！"

朱炼面色一变，忍不住怒骂出声。这周元是属乌龟的吗？难道今日他就打算靠着这一层层的乌龟壳跟他们火阁耗下去？

"他这是打算消耗我们火阁的神魂之力。"吕霄在一旁皱眉说道。

"你没注意到吗，我们攻破风阁的一层神魂结界，所消耗的神魂远比周元布

置一层结界要更多。"

朱炼脸上发烫,他当然知道这是为什么,这说明周元的神魂境界极为精深,能够完美调动风阁数千道神魂之力,布置出坚如磐石的防御,而他想要突破这防御,则需要付出更多。就如同攻城战时,攻城方的损失总是比守城方更为惨重。

周元显然打算用这种方式来消耗他们火阁的神魂优势。

吕霄反而松了一口气,如果周元的手段就是这样的话,那也未免太小看他们火阁了。

"朱炼,不必再藏了,有些底牌也该用了。"

听到吕霄此话,朱炼点点头。他望着不远处那一层层固若金汤的防御,眼中掠过阴狠之色。

"好,就让我来将这层层乌龟壳撕烂!"

"没有了这些防御,风阁几千道神魂根本不足为惧!"

"我倒要看看,他周元今日究竟有什么资格来力挽狂澜?!"

第八百五十六章 破魂尖梭

风阁与火阁的交锋，落入了正在与山阁纠缠的木柳、木青烟眼中。

"啧啧，周元这乌龟壳战术很精妙啊，不比你这座结界防御差呢。"木柳望着风阁那边一层又一层的神魂结界，忍不住笑道。

木青烟给了他一个白眼，旋即她俏脸微显凝重道："如果周元打算用这种乌龟战术来耗死火阁的话，恐怕难以如愿。"

虽说周元这番手段的确能够给火阁造成一些麻烦，但若想以此取得胜势，怕是不太可能。

木柳点了点头，认真道："不过我并不认为这就是周元准备的底牌。"

木青烟有些诧异地看了看他，道："你还真是看好他呢。"

木柳笑道："我的感觉可是很少出错的。"

木青烟耸耸肩，不再多说，反正结果如何，很快就能知晓了。看那朱炼的架势，火阁一直藏着掖着的手段怕是也要施展出来了，就是不知道周元能不能挡得住。

若是挡不住，今年的天炎祭，他们林阁与风阁就真的只能空手而归了。

火阁神魂大军中央，朱炼双目微闭，他伸出手指，在面前虚划而过，有神魂波动散发而出，慢慢在他面前交织，形成了一道虚幻的尖尖光影。

"神魂灌注！"朱炼将双手合拢，低喝出声。

下一瞬，一道道神魂之力呼啸而来，在朱炼的引导下尽数灌注进入那尖尖光影之内。

虚幻的光影渐渐变得凝实，竟形成了一道约莫千丈的巨大尖梭。

高空上成形的神魂尖梭落入风阁诸人眼中，顿时引起了一阵骚乱，连叶冰凌

和伊秋水都俏脸微变,已察觉到朱炼这道攻势的恐怖。

周元双目微眯:朱炼的源气修为不怎么样,神魂造诣倒的确不低。

"破魂梭!"

朱炼的暴喝之声猛然响起,下一瞬,千丈尖梭直接洞穿虚空而下,以一种毁灭之势狠狠地轰击在风阁那一层层防御结界上。

"咔嚓!"

破魂梭刚刚与那龟甲结界相撞,后者瞬间崩裂而开,宛如豆腐一般脆弱。

"砰!"

破魂梭贯穿而下,由周元全力构建的防御一层层破碎,摧枯拉朽的颓势让不少风阁成员面露骇色。当火阁认真起来时,他们爆发出来的力量的确让风阁成员感受到了差距。

诸多惊慌的风阁成员看向周元,而此时周元的神色依旧平淡,只是抬头凝视着急速接近的破魂梭。

"运转神魂,准备迎敌。"周元淡淡的声音回响在风阁所有人的耳边。

听到周元平静的声音,众人心中的惊慌方才减弱了一些,急忙凝神调动神魂之力。

"轰!"

当最后一层结界破碎时,那千丈破魂梭也缩到了百丈左右,即便如此,其声势依旧凶悍,裹挟着阴影笼罩向诸多风阁神魂。

周元单手结印。

"嗡嗡!"

数千道神魂长针在此时成形,然后汇聚起来,化为长针洪流,直迎而上,宛如巨蟒,与那破魂梭硬撼在一起。

"砰!"

巨声响彻,神魂冲击肆虐开来,仿佛在天地间带起刺耳的尖啸音波,双方诸多神魂的表面都荡漾起了涟漪波动。

当风阁这边百来道神魂因为枯竭化为火光消失时,那破魂梭终于破碎开来,化为无数虚幻光点。

风阁众人有些惊魂未定,但都松了一口气,总算是抵挡了下来。

这火阁真是可怕！

这一次，连叶冰凌与伊秋水眼中都掠过不安之色，火阁的一次认真攻击，就直接令他们损失了一百多人，而且还是在一层层神魂防御抵消了九成攻击的情况下。

如果没有周元布置的一层层防御，恐怕现在他们折损的人数已上千。

"呵呵，周元阁主真是好手段，竟能挡下这种攻势。"

朱炼笑眯眯地望着这一幕，道："这破魂梭可是我们天魂府的独门秘术，为了招呼你，我可是准备了许久呢。"

吕霄淡淡地看着周元，道："如果你们风阁愿意上缴十万朵火莲，我火阁可饶你们一次。"

只要风阁认输服软，往后他们将再无勇气对抗火阁，吕霄这种慈悲其实是诛心的手段。

周元看了吕霄一眼，咧嘴一笑，露出白牙："少做梦了。"

吕霄摇摇头："不识抬举。"

他挥了挥手，一旁的朱炼顿时露出狰狞的笑容，下一刻，他的双臂缓缓地伸展开来，磅礴强横的神魂之力自他的体内爆发而出，在其后方，上万道神魂将神魂之力运转起来。

紧接着，叶冰凌、伊秋水她们俏脸苍白，只见在火阁大军的上空，七道巨大的破魂梭缓缓成形。

整个天地仿佛都在此时震荡着。

众多风阁成员眼露惊惧：先前一道破魂梭就洞穿了他们的所有防御，如今七道同出，那岂不是要将他们风阁团灭吗？

远处，木柳与木青烟同时叹了一口气。火阁为了此次的天炎祭，真是准备得很周全啊！

"似乎要完蛋了。"木青烟仍有些不甘心。

木柳挠了挠头，道："没事，下个月就是总阁主之争了，到时候我把韩渊狠狠打一顿，给你出口气。"

木青烟闻言，给了他一个白眼。

周元此时正凝视着高空之上的七道巨大破魂梭，不禁双目微眯。难怪火阁这么张狂，如此级别的攻击，的确足以横扫以往的风阁……

只可惜,那是以往。

周元偏过头看向所有的风阁成员,笑了笑:"你们信得过我吗?"

数千人微微一怔,下一刻,所有人都用力点点头。如今的周元,在风阁的威望无人能及。

"信得过我的话,"周元唇角一掀,"那就取出我给你们准备的玉简吧。"

"接下来也该让他们看看风阁的进攻了……"

第八百五十七章
吞魂显威

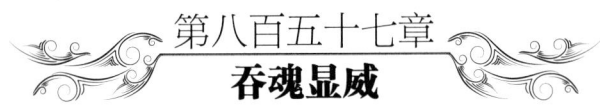

当周元声音落下的那一刻,叶冰凌、伊秋水几乎是毫不犹豫地取出了之前周元为她们准备的玉简,而风阁其他人见状也纷纷取出玉简。

这玉简之前被潜藏于神魂之中。

"嘭!"

所有人在此时猛地捏碎玉简。

玉简被捏碎的那一瞬间,似有什么东西缠绕而来,黏附在众人的神魂之上。只是他们无法察觉到那究竟是什么东西,只能将疑惑的目光投向周元。

唯有伊秋水美目一闪,这种波动她不陌生,之前她与叶冰凌切磋的时候,就是这种奇特的波动让她在神魂对碰中取胜……

回想当日的战果,伊秋水心中的紧张在此时悄然缓解。有周元精心谋划的对战策略,他们未必不能和火阁决一胜负。

然而更多人还是眼神忐忑,他们并不知道周元准备的这些玉简究竟能不能和火阁相抗衡,但此时面对强势的火阁,他们别无选择,唯有全力一拼。

周元神色平静,他抬头望着那呼啸而下的七道巨大破魂梭,没有多做解释,只沉声喝道:"所有人听令,运转神魂!"

"嗡嗡!"

当他的喝声落下时,所有人都将神魂运转起来,神魂之力在他们面前凝聚,化为了一根根锋锐的神魂长针。

周元的目光一扫,他能够敏锐地察觉到那些神魂长针上面隐隐有着古老的痕迹,正是吞魂源痕。

看来他准备的玉简有效果。

周元深吸一口气,神魂之力散发,只见数千根神魂长针汇聚而来,在他的头顶上空形成了长针洪流,远远看去如同巨蟒一般蜿蜒蠕动。

长针洪流虽然看似壮观,但与那呼啸而下的七道破魂梭相比,实在是有些不够看。

远处的朱炼望着这一幕,嘴角掀起一抹轻蔑的弧度:周元以为凭借风阁那点实力,就能硬抗他们火阁这种程度的攻击,真的是愚蠢而狂妄。

也罢,这一次正好将之前失掉的面子讨回来!

"轰!"

七道巨梭凶悍无匹地呼啸而下。

下一瞬,神魂长针所化的洪流迎头而上,竟主动与那最前方的巨梭撞击在一起。

"当!"

天地间似有巨声响彻。

"给我碎裂吧!"朱炼大笑出声。

然而下一刻,他的笑声戛然而止,眼瞳陡然紧缩。

只见神魂长针洪流与第一道巨梭相撞时,不仅未碎裂,反而爆发出璀璨光芒,神魂波动暴涨,原本只有数百丈的洪流竟在此时膨胀成千丈。

反观第一道巨梭,却不知是何缘故,神魂光芒迅速黯淡,体形缩小了近一半。

此消彼长之下,神魂长针洪流再度冲击而上,第一道破魂梭直接轰然炸裂。

"怎么可能?!"

这一幕落在火阁上万人眼中,顿时骇然声四起,一个个睁大眼睛犹如见鬼一般。他们无法相信,破魂梭竟然在一个接触中就被摧毁!

吕霄的面色此时忍不住一变。

"把破魂梭全部压下去!"吕霄厉声道。

朱炼清醒过来,一咬牙,让剩下的六道破魂梭全部轰出。

"当!当!"

六道破魂梭狠狠地冲击着神魂长针洪流,狂暴的攻势将长针洪流轰得节节败退,虚空为之震荡。

望着那节节败退的长针洪流,吕霄、朱炼的面色却是越来越难看,因为他们发现在这种碰撞之下,长针洪流的规模竟越来越惊人,散发出来的神魂波动也越来越强大。

反观他们这边,六道破魂梭却在逐渐缩小,神魂波动也逐渐减弱。

"怎么回事?"朱炼有些惊恐,这一幕实在是太过诡异。

那风阁的神魂长针洪流似乎能够吸收他们这边的神魂之力,所以越碰越强,而他们这边却是越来越弱。

神魂长针洪流如巨龙般在虚空蜿蜒盘旋,原本处于绝对优势的六道破魂梭此时在其面前宛如小蛇一般,短短片刻的交锋,双方局势陡然逆转。

看着这一幕,被震撼到的不仅是朱炼等人,就连风阁众人都是一脸目瞪口呆。

他们难以想象,为什么神魂长针洪流会在对方绝对的压制下越战越强?如今神魂长针洪流散发出来的神魂波动强度,显然不是他们能够达到的层次。

所以,这一切并非因为他们的神魂有多强,而是周元!

一道道近乎狂热的目光投向了半空中周元的神魂,他给他们展现了什么叫作不可思议以及奇迹……

远处,木柳与木青烟的嘴巴缓缓张大,这一幕同样超出了他们的想象。

在天地间无数道震撼的目光中,周元仰头望着那庞大如巨龙般的神魂长针洪流,他能够感觉到上面的吞魂源痕此时已消散殆尽,先前的每一次交锋,吞魂源痕都从那六道破魂梭上吞纳了庞大的神魂之力。

"效果还不错。"他轻声自语,旋即眼神变得凌厉起来。

"去!"

周元屈指一弹,如巨龙般的洪流顿时咆哮而出,直接与那六道破魂梭重重相撞。

"砰!"

六道破魂梭几乎在顷刻间爆碎开来。

火阁那边,上千道神魂摇摇欲坠,最后在一道道惨叫声中化为火光冲天而起。

吕霄与朱炼面色铁青。这一次交锋,他们火阁损失惨重。

"该死!怎么可能?!"朱炼忍不住低声咆哮,面容扭曲。

吕霄深吸一口气,眼神阴鸷地望着天空上如巨龙般的神魂长针洪流,道:"我早就跟你说过,这小子邪门得很,不能小觑。"

"怎么办?"朱炼有点惊慌地问道。

吕霄眼皮微垂,声音森冷:"还能怎么办?用最后的手段吧。此次天炎祭,

我们绝对不能输！"

朱炼一惊，有些犹豫道："如果那样做的话，怕是会有后遗症，起码半个月无法动用神魂之力。"

吕霄冷冷地看了他一眼："轻重你分不清楚吗？"

朱炼心头微寒，不敢再多说，急忙运转神魂，将声音传进了诸多火阁成员的耳中。

"火阁众人听令，催动燃魂纹！"

火阁成员听到此话，心头不禁微颤。他们自然知晓这是最后的手段，只是如此一来，他们的神魂必然会受创，在之后的一个月里，他们将无法进入四灵归源塔修炼。

有些人有所犹豫，而当吕霄冰冷的目光投射来时，他们皆打了个寒战，再不敢怠慢，神魂盘坐虚空，双手结印，只见所有神魂的眉心处有一道赤红的源纹若隐若现。

源纹犹如火焰，渐渐燃烧，直接朝着神魂之内渗透。

所有的神魂都在此时面庞扭曲，显然承受着剧痛。

"熊熊！"

当神魂传出剧痛时，从他们体内散发出来的神魂波动也在此时猛然暴涨，整个天地都因为那种狂暴的神魂波动而掀起了风雷狂暴声。

可怕的神魂压迫铺天盖地地笼罩开来，这种程度就算是化境神魂都犹如深陷泥沼。

面对这番动静，不论韩渊还是木柳、木青烟，皆齐齐色变，在这些年的天炎祭中，他们从未见过有哪一次的情况像今日这般凶狠激烈……

这种程度的神魂攻伐，就算是单一的化境神魂，恐怕都难以做到。

叶冰凌、伊秋水的俏脸变得分外凝重，虽说周元先前破坏了火阁的计划，但火阁毕竟是火阁，底蕴远非他们风阁可比，眼下这最后的手段显然是在搏命。

不过她们并没有太过恐惧，在这天炎鼎内，再凶险的战斗都要不了人命，顶多输掉而已。而能够将火阁逼到这种地步，就算输了，他们风阁也不算丢脸。

周元看了她们一眼，仿佛知晓她们的心思，但他并不打算放弃。

如果在这里输了，天炎祭上的天阳炎就没他的份了……他还指望着分到一部分天阳炎，助他突破到神府境后期呢，这种机缘怎么可能轻易放过？

下个月就是重头戏总阁主之争了，如果不能踏入神府境后期，他便没有足够的把握能够打败吕霄。

所以，这场天炎祭，他不愿意输。

周元的眼中有着凌厉光芒闪烁，他看了一眼那犹如巨龙般的神魂长针洪流，深深地吸了一口气，双目微垂，双手却在此时缓缓合拢，指尖有印法变幻。

既然火阁想要拼，那就来拼一场吧！

伴随着周元印结变幻，有神魂之力在他面前迅速凝结，片刻之后，隐隐间似有一盏略显虚幻的灯笼浮现出来。

苍玄七术，魂灯术！

第八百五十八章 魂灯之术

"轰！轰！"

火阁大军上空，狂暴的神魂之力呼啸，整个天地间仿佛有着尖锐音波回荡，极为刺耳，寻常神魂若是被波及，必然瞬间被撕碎。

火阁上万道神魂，再加上燃魂纹催动的神魂之力，已经达到一个相当恐怖的程度。

朱炼望着那恐怖的神魂之力，眼中掠过一丝惧色。要操控如此程度的神魂力量，就算是他，都感觉到有些心惊，稍有不慎就会被反噬。

好在这里是天炎鼎，对神魂有着保护作用，如果换作是外面，他必然不敢操控这么恐怖的神魂力量。

那跟找死没什么区别。

"呼！"

朱炼深吸一口气，旋即开始引导着那恐怖的神魂之力凝聚，无数的尖啸声传入他的神魂内，令他的面庞变得扭曲，鼻眼中似乎有血流出来。

此时的他只是神魂状态，流出的并不是真的鲜血，那是神魂受到剧烈刺激后的表现。

"啊！啊！"

朱炼仰天咆哮，拼命掌控着那股恐怖的神魂力量，占据主动权，那种感觉就犹如牵引着一头只会毁灭的远古凶兽一般。

好在朱炼自身神魂境界不弱，随着他的引导，恐怖的神魂之力凝聚起来，渐渐在高空上形成了一座神魂山岳，那山岳约莫万丈，遮天蔽日，散发着毁灭般的威能。

第八百五十八章 魂灯之术

神魂的攻击没有源气那般绚丽夺目,但同样杀机四伏,稍有不慎,便是神魂消散的结果。

望着高空上那座神魂山岳,在场的人无不色变。

火阁倾尽全力的神魂攻势,岂是好对付的?

"吕霄和朱炼简直是疯了啊!"木柳望着这一幕,忍不住叹道。

他们如何看不出来,这种程度的神魂力量,即便是火阁也不足以施展出来,所以他们必然是使用了某种压榨式手段,而这种手段大多都有后遗症。

显然,火阁为了取胜,已经是不择手段了。

木青烟贝齿紧咬红唇,苦笑一声,无话可说。

如果风阁是输在对方这种疯狂的举动之下,还真是怪不得周元。

"周元,我看你这次还怎么挡!"朱炼面庞狰狞,咆哮如雷,下一刻,那神魂山岳直接镇压下来,阴影笼罩,带来毁灭之威。

周元抬起头望着那神魂山岳,面庞颇为凝重。这种程度的神魂力量,连他这种化境初期都感到一丝心惊。

他目光低垂,凝视着眼前浮现出的虚幻灯笼,在那灯笼之中,似有一点微小的火苗。

魂灯术。

周元笑了笑,旋即不再有丝毫犹豫,心念一动,便引导着那盘旋虚空的神魂长针洪流呼啸而下,对着眼前的灯笼灌注进去。

"轰轰!"

强大无比的神魂力量进入到魂灯之中,魂灯剧烈震荡起来,犹如将要被撑破,毕竟涌入的神魂力量太强了。

而这魂灯,只是周元凭借自身神魂所化。

那种感觉,就犹如万吨湖水灌入水桶一般。

周元不敢让魂灯此时碎裂,他疯狂地催动自身的神魂之力稳固魂灯,脑中也跟着震荡起来,宛如万针刺脑,带来难以想象的剧痛。

周元死死地咬着牙,全力承受着那种剧痛。

"轰隆隆!"

在周元的苦苦煎熬下,神魂长针洪流终于彻底没入魂灯之中。

一切归于寂静。

周元的化境神魂在此时变得虚幻起来，那是神魂消耗过大的表现。他抬头望着铺天盖地镇压而下的神魂山岳，眼中掠过一抹炽热之意。

此次所施展的魂灯术，恐怕在今后很长一段时间内，他都无法超越。

因为这一次不是他一个人在施展，而是风阁数千人！

"轰！"

魂灯之上有着裂痕浮现，下一瞬间，魂灯炸裂。

"熊熊！"

就在魂灯炸裂的那一瞬，所有人都震惊地见到，滔天般的火焰自其中喷发而出，那火焰略显透明，当众神魂见到此火时，无不感觉到一种由心的恐惧。

那是……魂炎？！

无数骇然的声音响彻起来。

他们不是没有见过魂炎，而是第一次见到如此规模的魂炎！

那魂炎咆哮而出，宛如一头巨大的火龙！

这种程度的魂炎，就算是化境初期的周元与朱炼都无法做到，因为神魂之力不足！

眼下却是真的出现了……

朱炼通体冰寒，喃喃道："怎么可能？他怎么可能将其他人的神魂力量化为魂炎？！"

要知道，魂炎是化境神魂才能够做到的，不然不论神魂之力有多强，都无法凝练而成。即便火阁现在有上万道神魂，朱炼却不可能用那些神魂力量凝练出一丝一毫的魂炎。

可是眼下，周元做到了！

而那种程度的魂炎，远超朱炼的想象，所以他才会如此震撼，难以置信。

"熊熊！"

魂炎所化的火龙咆哮而上，最终与那呼啸而下的神魂山岳冲撞在一起。

天地之间，天炎鼎内外，无数道目光皆在此时死死地望着这一幕……

对碰并没有激起任何惊天之声，因为火龙直接化为熊熊火海，将那神魂山岳笼罩，而在魂炎的炙烤下，神魂山岳以惊人的速度开始熔化。

魂炎本就对神魂有着极大的杀伤力。

神魂山岳在魂炎中逐渐熔化，短短不过十数息，最后尽数消融。

此时此刻，天地间唯有火焰燃烧的声音，众人皆寂。

朱炼脸庞上的神情已经凝固，似哭似笑，一脸惊恐。

吕霄双掌紧握，身体微微颤抖，既是愤怒，又是震惊。他无法相信，他在做了如此周全的准备后，竟然还是失败了。

这个周元明明只是神府境中期，为什么总是能够给他造成这么大的麻烦？！

远处的木柳、木青烟一脸惊讶，这个结果他们都没想到过。

"这家伙……"木柳咂了咂嘴，眼神出奇的凝重，道，"我怎么感觉他有可能打败吕霄，夺得总阁主之位？"

虽然天炎祭只是神魂的交锋，还是四阁整体之战，但周元屡屡做到一些不可思议的事情，实在是让人不敢小看。

木青烟少有地没有和木柳抬杠，小嘴抿了抿，苦笑道："说不定……还真是有可能呢。"

因为眼前这一幕着实太过震撼人心。

风阁上空，周元深深地吸了一口气，眼神依旧冷冽如刀锋。他盯着吕霄，两人的视线对碰，那种寒意令得天地间的温度似乎都降下来。

"看来此次是我风阁胜了。"

周元平静的声音响起，他袍袖一挥，天空上残留的魂炎顿时化为万千火光，铺天盖地地对着火阁人马笼罩下来。

魂炎燃烧，只见火阁那边的一道道神魂直接化为火光冲天而起。

朱炼失魂落魄，任由魂炎在他的神魂上燃烧，最后化为火光消失。

吕霄也没有反抗，到了这一步，结局已定。

此次的天炎祭，他们火阁一败涂地。

他眼神幽深地盯着周元，魂炎倒映在他的眼中，最终有着淡漠的声音响起："周元，下个月的总阁主之争，我不会放过你的。"

他的眼神深处有着无边的震怒。

魂炎升腾，吕霄的神魂最后化为火光冲天而起。

火阁上万道神魂在此时尽数消散。

这场天炎祭，风阁与火阁的争斗，最终的结果出乎无数人的意料。

天炎鼎内外，皆寂静无声。

第八百五十九章
最后赢家

天炎鼎外。

无数道目光望着透明的琉璃巨鼎,他们同样看见了那场惊天动地的碰撞,而最后的结果让他们所有人都面露震撼……

谁都没想到,此次的天炎祭,整体神魂实力最强的火阁竟然输给了最弱的风阁……

"怎么会这样?"

"风阁最后施展的火焰难道是魂炎?那也太磅礴了吧?寻常化境神魂可达不到这种程度。"

"关键问题是为什么周元能够将风阁众人的神魂化为魂炎……魂炎是化境神魂的标志,不是神魂强大就能够凝练出来的。"

"啧啧,这风阁阁主不简单呢。"

"难怪郗菁大人会要求将此次的天炎祭改成自由争夺,风阁可算是赚大了……"

……

无数窃窃私语声在四周传荡着,一些人目光隐晦地投向大炎山外的最高处,今日的天炎祭看似是四阁间的争夺,其实也是那两位元老之间的一次博弈,只不过让所有人都没想到的是,原本应该占据绝对优势的火阁最终却输了。

想必此时玄鲲宗主心中应该有些怒意吧……

在无数目光的注视中,最高处的岩浆火莲上,郗菁与玄鲲宗主将目光从天炎鼎上缓缓地收回。

郗菁笑靥如花,转头冲着玄鲲宗主笑道:"看来今年的天炎祭要谢过玄鲲宗

主了。"

玄鲲宗主苍老的面庞没有丝毫的波澜,道:"看来郗菁元老真的是找到了一个好苗子啊。"

"不过这周元究竟是什么来历?他身怀的一些源术并不普通,刚才那道将众多神魂之力转化为魂炎的手段,应该是一种极为厉害的源术,这种源术放在我们天渊域都算是顶尖了。"

"有这种底蕴,不像是寻常散修啊,我倒是建议郗菁元老调查一下为好。"

郗菁漫不经心道:"我天渊域广纳八方天骄,从不在意出身,这是师父当年定下的规则。只要这周元有本事,我就敢用他;只要以诚相待,就算他身份有异,未来也是我天渊域的人。"

玄鲲宗主淡淡地道:"既然郗菁元老心胸如此广阔,那老夫也不好多说什么。此次天炎祭,火阁失利虽说丢脸,但也不见得是坏事,想必会让吕霄更为警醒,毕竟接下来的总阁主之争才是最为重要之事。"

他转头深深地看了郗菁元老一眼,道:"总阁主之争,拼的是个人实力,跟这天炎祭可完全不一样。"

郗菁轻笑一声,道:"我相信周元的个人实力并不会弱于谁。"

两人对视一眼,都没有再多说,慢悠悠地收回目光。

这种明争暗斗,这些年两人都已习惯。不论是长老团的席位,还是其他重要的职位,总是少不了一番钩心斗角。

天炎鼎内。

当火阁的人马消失得干干净净时,周元这才如释重负地松了一口气。如果诸多底牌都用完,而火阁还能坚持的话,那他真的就很无奈了。就算他的手段再厉害,风阁与火阁整体上的实力差距还是非常大的。

周元有点庆幸准备了吞魂源痕这道底牌,不然光凭魂灯术,恐怕难以力挽狂澜,毕竟火阁此次准备得极为周全。

"阁主无敌!"

"阁主无敌!"

当周元正放松时,下方的风阁大军之中忽然爆发出震耳欲聋的嘶吼声,只见所有风阁成员都眼神狂热地盯着他，面庞涨红。

此时的他们，心中无比激动，毕竟风阁被火阁压制了太多年。这些年来，风阁成员内心里不知道积压了多少憋屈却无法释放——他们不是不想释放，而是不敢、不够格。

可如今，他们在周元的率领下，在天炎祭上堂堂正正地击败了火阁！

这口气出得可谓酣畅淋漓。

虽然所有人心里都清楚他们能够取胜是因为周元准备的底牌，可那又如何呢？周元如今是他们的阁主，整个风阁自然是一荣俱荣。

所以，此时在风阁成员的心中，对周元抱有一种近乎狂热的崇拜。

周元瞧见大家激动得几乎失态的模样，感到欣慰无比：也算没辜负大家的信任与期望。随后，他将目光投向了远处的山阁大军。

此时韩渊皱着眉头盯着他，眼中还残留着一丝震动，显然还未从火阁被清除的结果中回过神来。

"韩渊阁主，将林阁众人都放出来吧。"周元笑了笑，道。

韩渊举起双手，道："周元阁主，这是你们风阁和火阁之间的恩怨，既然已经解决了，跟我们山阁就没什么关系了吧？"

眼下的局面，火阁团灭，如果风阁与林阁联手，山阁的结局也好不到哪里去。

所以这位山阁阁主毫不犹豫地举手投降，表示服软开口道："我们可以放过林阁，但接下来井水不犯河水，各自采集天阳炎如何？"

周元凝视着韩渊，对方这种毫不拖泥带水的投降求和倒是让他有些意外。这人还真不是一般的识相，难怪当初会不顾郗菁师姐的重视而转投山阁。

但最终周元还是摇了摇头，认真地道："韩渊阁主，这是你选择的路，最后自然要为选择错误而付出代价。"

如今局面已被他掌控，他怎么可能会把山阁留下来抢夺天阳炎？

如果眼下是火阁取胜，周元可不相信韩渊会放林阁一马……

韩渊的嘴角微微抽了抽，眼神变得阴鸷起来。

"轰！"

还不待他回话，林阁人员所在的山头上，防御结界忽然撤去，磅礴的神魂洪流冲击而出，直接冲入山阁人马中，如巨龙般肆虐开来。

"木青烟!"

韩渊双目含煞,冷冷地看向后方那道缓缓升起的少女神魂。

在木青烟身后,林阁众多神魂纷纷升起,狠狠地盯着山阁。

"废话真多,你们刚才不是想打吗?现在我们陪你!"木青烟冷笑道。她半句废话都不多说,直接调动林阁庞大的神魂之力,对山阁人员发动了攻击。

韩渊面色阴沉,对着赵寅挥了挥手,后者立即催动山阁的神魂之力迎战。

"轰轰!"

双方交锋,顿时引得天地动荡,激烈无比。

不过这种纠缠并没有持续太久,因为周元没耐心看他们这么打下去,他催动风阁的神魂之力参与进去,联合木青烟的攻势,将山阁围起来暴打。

面对风阁和林阁的联手,山阁这边自然呈现溃败之势。

短短不过半炷香,山阁被团灭。

"周元、木柳,希望你们在总阁主之争上还能笑得出来!"当韩渊的神魂虚化,最后化为火光冲天而起时,他恼怒阴沉的声音响起。

周元与木柳都没理会,木柳反而对着他那升天而起的神魂笑容灿烂地挥了挥手。

随后,天炎鼎内响起了风阁与林阁的欢呼声。

他们都知晓,接下来风阁与林阁将会平分天炎鼎内所有的天阳炎⋯⋯

此次的天炎祭,他们是最后的赢家!

第八百六十章
享受战果

天炎鼎内,当山阁的成员尽数化为火光消失时,风、林两阁的人立即爆发出震耳欲聋的欢呼声。

木青烟漂亮的小脸上满是欢喜之色。眼下这种局面她之前都不敢想,谁能预料到四阁中最强的火阁最终会输在最弱的风阁手中?

木柳有些洋洋自得地笑道:"怎么样?我这次合作还不算失败吧?"

木青烟抿了抿小嘴,没有否认:"这周元的确是让人意外。"

旋即她眼眸微闪,低声道:"如今火阁、山阁都已被清除,我们是不是也要小心点?"

按照之前周元与木柳的合作,如果他们能够打败火阁和山阁,那就两阁平分天阳炎。之前木青烟从未想过他们能够成功,所以没有深想,如今胜利的果实真真切切地摆在眼前,让木青烟一下清醒过来。

要知道每次天炎祭诞生的天阳炎,如果按照火莲的数量来算,几乎是一百多万朵……

这是一个相当恐怖的数量。

面对这种级别的战利品,任谁都会心生贪婪与垂涎,所以木青烟不敢肯定周元会按照当初的约定来平分,因为那代表着风阁起码损失数十万朵天阳炎所化的火莲。

这么多天阳炎,如果用来修炼,必然会大大提升风阁的实力。

财帛动人心,更何况是比财帛更具诱惑力的天阳炎?这只有天阳境强者才能够凝练出来,而且数量与质量都没有天炎鼎内的这些天阳炎精纯。

从先前周元施展的手段来看,在他的掌控下,风阁的整体神魂力量恐怕比他

们林阁更强,所以他们有毁约的资本。

木柳闻言则是一笑,似乎并不怎么在意,道:"如果是吕霄的话,我可能会暗中戒备,不过周元……我觉得没这个必要。"

木青烟没有说什么,只是美眸忽闪,显然还有一丝警惕。

此时周元正带着叶冰凌、伊秋水走过来,他看向木柳,笑着伸出手,道:"看来我们第一次合作的结果还不错。"

木柳也伸出手与他握了握,直接问道:"现在是享受战果的时候了,你还打算履行当初的约定吗?这一次你出力更多,如果你们想要分得更多份额,我们也能理解。"

周元摆了摆手,道:"当初怎么说的现在就怎么分吧,没有你们拖住山阁,我也搞不定火阁。"

木柳看着周元俊朗的脸庞上带着温和的笑容,跟之前与火阁对决时的凌厉狠辣截然不同,而从他漫不经心的眼神中,木柳知晓这并非在说客套话,他的确就是这么想的。

木柳清隽的脸庞上浮现出一抹笑容,道:"你这个朋友,我交了。"

"当你答应跟我合作的时候,我们就已经是朋友了。"周元笑道,"我们抓紧时间采集天阳炎吧,以此处为分界线,双方各一半,如何?"

木柳自然没有异议。

周元见状,直接转身带着风阁的人马浩浩荡荡离去,采集着沿途的天阳炎。

望着风阁众人远去的身影,木柳转头冲着木青烟得意地挑了挑眉,道:"如何?"

"是是,是我小人之心了。"

木青烟白了他一眼,对周元这种气度确实有些讶然。难怪连素来自傲得近乎孤僻的木柳都会在见过寥寥数面之后就选择冒这么大的风险与他合作。

"我们也开工吧。虽然周元大度不计较什么,但我不是喜欢占便宜的人,等将天阳炎采集完,我们取出十万朵火莲送给风阁吧。"木柳说道。

木青烟闻言,螓首微点表示同意。如果是以往,十万朵火莲几乎是他们所有的收获了,但这一次不同,在驱赶了火阁和山阁后,他们的收获将会远超以往,十万朵火莲应该不是问题。

于是,她小手一挥,便率领着林阁的成员转身去采集天阳炎。

接下来的天阳鼎内一片平和，风阁与林阁自鼎内横扫而过，不论是山涧还是连绵山岳，其中的火焰被尽数收走，可谓掘地三尺，寸草不留……

如此约莫半日后，两阁的人马再度在天炎鼎中央相聚。

此时，所有人的面庞上都满布着兴奋与激动之色，在他们的后方，两颗赤球内升腾着滔天的金色火焰，磅礴而雄浑。

"收获如何？"木柳笑问道。

"七十万朵天阳炎。"周元的眼中有着掩饰不住的亢奋。如此数量的天阳炎，最后分到他手中的必然不是小数目，接下来的一个月他甚至可以闭关修炼，说不定能在总阁主之争来临前突破到神府境后期。

"我们这边是六十五万朵。"木柳也咂咂嘴，面带惊叹。以往他们林阁在天炎祭上，最多的一次也才夺得二十多万朵天阳炎，这一次的收获简直超乎想象。

"对了……"

木柳对着一旁的木青烟扬了扬下巴，后者运转起神魂之力，从他们林阁的聚火台内取出了一团熊熊大火。

"这里面有十万朵天阳炎，别拒绝。此次天炎祭我们能够取胜，你是最大功臣。我向来觉得出了多大力，就得拿多大报酬。

"你如果不收下，那就是看不起我，以后就没合作的机会了。"

周元拒绝的话还没说出来，眼前的木柳便将他到嘴边的话给堵了回去。他望着木柳认真的神色，无奈地笑了笑，没有矫情地推来推去，只是点点头，然后将那团熊熊大火接过来，投入到他们风阁的聚火台内。

"合作愉快。"

随着天阳炎被彻底采集、分配，周元知道此次的天炎祭已经到了尾声，他冲着木柳笑道。

"合作愉快。"木柳脸上也露出了灿烂的笑容。

此时天炎鼎上空，天光倾泻而下，只见磅礴的光芒席卷而来，将两阁所有人的神魂卷起，呼啸而出。

大炎山外。

当神魂回到肉身的那一瞬，周元睁开眼睛，感受着那种难以言明的充实，悄

悄地松了一口气。这是他这么多年来第一次神魂离开肉身这么久。

即便如今神魂已经踏入化境,但唯有居于肉身之内时,神魂方才能够彻底安稳,飘荡在外总是难以安心。

在周元身后,叶冰凌、伊秋水等众多风阁成员也都神魂归位,他们表现得比周元更不堪,一个个瘫下来,手脚都在颤抖。

周元笑了笑,眼神炽热地望着他们的前方,赤球般的聚火台静静矗立,熊熊燃烧的天阳炎让天地间无数垂涎的目光投射而来。

面对如此精纯而磅礴的天阳炎,就算是一般的天阳境强者都会心动。

"此次天炎祭,风阁到手的天阳炎一共有八十万朵,按照规定,阁主可独自分得其中三成,也就是说我能得到二十四万朵天阳炎……"

周元粗略地算了算,眼神一下变得火热起来。二十四万朵天阳炎,应该够他突破到神府境后期吧?

周元如释重负地伸了个懒腰。

他知道,接下来的一个月该闭关了。

他内心很清楚,之前的所有努力,都是在争取那场总阁主之争的资格。如今资格有了,如果最终他输了,那么之前的所有成功将如同海边的沙堡,在大浪之下顷刻间坍塌……

为此,他必须做好万全准备。

第八百六十一章 后续影响

天炎祭的结果不出意料地在天渊洞天内引起热议。这种结局实在是令人难以想象,谁都没料到,占据着绝对优势的火阁最终会输在风阁的手中。

而周元的名声也再度响亮起来。

凡是看过这场天炎祭的人都知晓,风阁能够力挽狂澜,以弱胜强击败风阁,最主要的原因便是周元的存在。

这让很多人甚至天渊洞天的高层都将目光投向这位短短数月内崛起的新星。

以往周元虽说战绩不错,但很多高层并没有太过重视,一个风阁阁主显然还不太够资格,除非是四阁的总阁主。

而总阁主的人选,在诸多高层看来,最有机会的应该是火阁的吕霄。

周元虽然是一匹黑马,却在一开始并不具备争夺总阁主的资格,这是所有人的共同认知。可谁能想到,随着时间的推移,周元一步步前行,风阁也在他的率领下渐渐焕发出生机。

而当天炎祭取胜后,很多人开始正视这位风阁的新阁主。他们不得不承认,风阁的这匹黑马阁主,如今似乎真的开始拥有与吕霄、韩渊、木柳三位老牌阁主竞争总阁主的资格。

这种进步,相当惊人。

所以,很多人不得不考虑,万一在那总阁主之争上,周元再度创造奇迹,夺得总阁主之位呢?

一个风阁阁主在天渊洞天内算不得高位,总阁主却堪比长老团长老,象征着已跻身天渊域的高层,那种话语权容不得忽视。

不过更多的人只是心中掠过这么一个想法,因为他们心知肚明,眼下的周元

的确具备与吕霄竞争的资格，但也只是一个资格而已。从周元进入风阁之后，虽说他在与火阁的争斗中屡屡取胜，但这一切都建立在一个前提下，那就是吕霄没有亲自出手。

不论是捕痕纹、四母纹间的争斗，还是天炎祭上的较量，严格说来，吕霄都只是在旁观。

或许正因为如此，周元才能屡战屡胜。可接下来的总阁主之争不同，这一次吕霄会亲自上场，这位天渊域年轻一辈中神府境最为出类拔萃的天骄，终将露出他狰狞的獠牙。

没有人敢肯定，面对吕霄这种级别的强敌，周元还能够创造出奇迹。

周元这段时间声名鹊起，战绩令人心惊，可他也彻底得罪了吕霄。如果在接下来的总阁主之争上吕霄将其彻底击溃，那么这匹黑马之前取得的所有胜利都会成为吕霄的踏脚石，为他本就显赫的声望再添一笔耀眼战绩……

所以，周元最终是真正崛起，成为天渊域年轻一辈中神府境最耀眼的新星，还是在那冉冉上升的轨迹中直接夭折，就得看下个月那场令整个天渊域瞩目的总阁主之争的结果了。

一座云雾缥缈的高台上。

玄鲲宗主负手而立，他苍老的面庞一片淡漠，双目如深渊一般不可探测，周身并没有任何源气波动出现。他仅仅只是站在那里，就有一股恐怖的威势若有若无地散发出来。

在那种威势下，四周的空间都略微呈现出一种扭曲之状。

此时，在玄鲲宗主的后方，一道身影单膝跪地，正是吕霄。

他低垂着脑袋，额头上冒着冷汗，面色微显苍白。虽然玄鲲宗主并没有怒意勃发，他却能感觉到一股恐惧之意。眼前这位看似瘦弱的老人，是这天渊域中最为顶尖的存在之一，拥有着主宰他生命的权力与力量。

"吕霄，这几个月你的成绩让我有些失望。"玄鲲宗主淡淡的声音终于响起。

吕霄不敢有丝毫的辩驳，头低得更深了。

玄鲲宗主转过身来，如深渊般的双目盯着吕霄，道："所幸，这几个月的失利并不会产生太严重的后果……但你应该知道，接下来的总阁主之争有多重要。

"我们天灵宗为此筹划多年，倾尽全力培养你，让你成为天渊域年轻神府境中的第一人，为的就是四阁总阁主之位。

"如果在总阁主之争上失利，你应该知道后果。"

听到玄鲲宗主那淡漠的声音，吕霄的身体微颤，低声道："宗主放心，之前的那些失利皆因我无法亲自出手，所以才让那周元侥幸取胜，这一次我定会将失去的全部夺回来。"

玄鲲宗主点点头，道："有信心是好事。

"这周元来历不明，的确是有些诡异，明明只是神府境中期，但源气底蕴出奇的雄厚，如果我没料错，他应该是变异的上九府。"

吕霄眼神一凝，眼中掠过一抹嫉妒，竟然是变异的上九府！

之前他猜测周元可能是九神府变异，不过顶多是变异下九府，可眼下听玄鲲宗主所说，没想到竟然是上九府！

虽然是一字之差，其中的差距却是极为巨大。

吕霄也是上九府，但他明白，变异上九府远比普通的上九府更强横，怪不得周元的源气底蕴如此之强……

不过，就算周元是变异上九府，吕霄也没有丝毫的忌惮。无论如何，他现在的实力都远超周元，他的九重神府早已打磨贯通，而周元想要达到这一步，还需要不短的时间。

"那小子此次在天炎祭上夺得了大量的天阳炎，在总阁主之争来临前，他的实力定会再进一步，说不定会贯通七重神府，踏入神府境后期。"

吕霄双目微眯道："就算他突破到神府境后期，也不能弥补我们之间的差距。"

玄鲲宗主微微点头。按照常理来说，那周元的确不可能是吕霄的对手。他虽然是变异上九府，但吕霄也不是什么杂鱼，他拥有着上九府，自身天赋超绝，不然不可能成为天渊域年轻一辈中神府境第一人。

"如果不出意外的话，他的确不是你的对手，但这小子太诡异，我不想再次看见意外出现。"

玄鲲宗主摆了摆手，制止了还想说话的吕霄，眼神幽深锐利地说："那个后果，你可负担不起。"

吕霄犹豫了一下，道："那宗主的意思……"

玄鲲宗主袍袖一挥,一颗黑色的水晶球出现在他面前,水晶球内部似乎充斥着黑色的液体,黏稠而阴冷。

黑色液体翻滚间,有着一只竖瞳出现,冰冷而暴戾。

"这是深渊九头蟒的血脉,这段时间你将其融入体内,也算是多加一道底牌。"

吕霄心头一惊。深渊九头蟒是七品源兽,堪比源婴境强者,其血脉自然是霸道无比,只是以他如今的神府境进行炼化,可能会影响他的神智。

不过,吕霄并没有愚蠢地拒绝,他盯着那黑色水晶球,眼中掠过果决之色。炼化深渊九头蟒的确会有危险,可如果成功的话,对于他而言也是一次极大的提升。

虽然他相信自己能够打败周元,但正如玄鲲宗主所说,多做一手准备总是没错。之前那些失利他可以推脱,这一次他绝对不能再失败了。

吕霄一咬牙,恭恭敬敬地将那黑色水晶球接过来。他凝视着球内若隐若现的冰冷竖瞳,眼瞳深处划过一抹凶戾之色。

"周元,这一次,我会将你踩到脚下,让你彻底翻不了身!"

"我会让你知道,你之前的那些胜利究竟有多么可笑……想要取代我在天渊域的地位,就凭你,还远远不够格!"

第八百六十二章 周元备战

一座幽静的庭院中。

郗菁躺在竹椅上,双腿交叠跷在面前的横栏上,她手捧一卷古籍,漫不经心地翻阅着,直到周元走进来,她才抬起了眸子。

"师姐。"周元看了一眼师姐那格外霸道的修长双腿,然后目不斜视。

郗菁轻巧地长身而起。今日她穿着一套宽松的练功服,胸前显得平平的,长腿笔直修长,配着酒红色的齐肩短发,说不出的英姿飒爽,别有风情。

郗菁笑吟吟地道:"小师弟这几个月的表现很不错嘛。"

她将周元送入风阁之后,风阁在与火阁的数次交锋中都占据上风,这足以显出周元的本事。

"如果没有师姐在背后支持,我哪能有这种成绩?"周元笑道。此话倒不是恭维,火阁的背后是天灵宗,如果他是一个毫无背景的人,恐怕早就遭到了暗手。至少锡光府主暗杀他的那一次,恐怕就难以躲过。

郗菁摆了摆素白的小手,然后屈指一弹,一道赤光落在了周元面前。

那是一颗赤红的铜球,铜球表面铭刻着玄妙的纹路,其内有着熊熊燃烧的金色火焰。

"这是你从天炎祭上应该分得的天阳炎,一共二十四万朵,我已经帮你封印好了,动用时只需以神魂操控便是。"郗菁说道。

周元接过来,眼神有些火热,总算是到手了,这些天他一直等着天阳炎的分配。

"另外,我们接到了消息,如今各域已经在开始商讨九域大会的时间了。"

听到郗菁此话,周元的面庞顿时变得郑重起来,他可没有忘记来到天渊域的任务。

"确定时间了吗？"他连忙问道。

郗菁摇摇头，道："暂时还没有确定，不过不出意料的话，应该就在一年内。"

"一年内吗……"

周元微微沉吟道："看来我得尽快将总阁主之位夺到手，整合四阁。"

"这么有信心打败吕霄？"郗菁的眉尖微挑，道。

"因为我不能失败。"周元平静地道。

祖龙灯关系到夭夭的复苏，不论有多么艰难，他都不可能放弃。而他想要夺得祖龙灯，第一步就是成为天渊域四阁总阁主，然后整合四阁之力。

郗菁看了他一眼，认真地道："就算你真的打败了吕霄，想要夺得祖龙灯，仍然有着很大的距离。

"吕霄的实力在混元天神府榜上位居第九……不过这个位置是看在我们天渊域位列九域的面子上，如果真要论及实力，他或许还得降低数名。"

周元这次是真的有些惊讶了。吕霄的实力很强，他虽然还没有真正交手，但对方身上的那种危险气息是绝对做不了假的，眼下自己如果不趁此突破到神府境后期，都不一定能够胜过吕霄。然而如今郗菁竟然告诉他，吕霄在神府榜上的第九名竟然还有水分。

由此可见，神府榜靠前的那些家伙究竟是何等的恐怖。

这混元天就如此可怕吗？难怪有底气称为诸天之最！

"那排名第二的武瑶和第三的苏幼微，实力强到什么程度？"周元忽然问道。

听到周元专门指出这两人，郗菁讶异地看了他一眼，饶有兴致地问道："你认识她们？"

周元没有否认，坦然地道："她们都来自苍玄天，武瑶是我的对头，苏幼微是我的朋友。"

听到这个回答，连郗菁都怔了怔，忍不住道："你跟那武瑶是对头？苏幼微是你朋友？"

旋即她又轻笑起来，道："这两人可是如今混元天最为耀眼的两颗明珠，竟然都跟你有关系，看来这里面有故事呢。

"啧啧，如果这个消息传出去，我感觉神府榜上前二十名里面起码有一半的人想要跟你切磋呢。"

瞧得郗菁那充满好奇的目光，周元的嘴角微微扯了扯，师姐怎么会对这种八卦有兴趣的？！

郗菁笑了笑，又道："在九域大会上，这武瑶和苏幼微恐怕都会成为阻拦在你面前的两座大山，不管你以前和她们有什么故事，都得小心点。

"现在的她们，很强！

"如果是吕霄对上她们，除了被暴打，没有第二条路。"

周元点点头，心中却是感叹不已。他曾在大武王朝与武瑶粗略地交过手，几乎是全程被压制，如果不是夭夭及时赶来，恐怕最终他只有逃跑的份，所以对于武瑶的强，他早有预料。

如今他感叹的，却是苏幼微！

那个曾经一直跟在他身后"殿下殿下"叫个不停的小女孩，这么多年后，竟然已经变得这么强大了。

"不知道再次见面，她是否还记得当年那个大周王朝的殿下？"周元微微有些惆怅。如今的苏幼微显然不再是当年那个毫无依靠的小女孩，以她的眼界，大周王朝在她的眼中就犹如一个小小的泥塘，而所谓的殿下或许更是一个笑话。

当一个人成为万众瞩目的璀璨明珠后，还会想起曾经在泥塘中摸爬滚打的日子吗？那应该是一种不太好的回忆吧？

周元摇摇头，将脑海中的杂乱思绪抛弃。苏幼微能有今天的成就，是她自身打拼得来的，不论她做出什么样的选择，周元都不会怪她，大不了往后各走各的路而已。

"我知道九域大会不容易，不过我相信，只要给我时间，我并不会比任何人弱。"周元看向面前的郗菁，眼神坚定，充满着昂扬的自信。

面对着周元自信的眼神，郗菁极为欣赏，轻轻点头道："有魄力，难怪师父会看中你。

"对了，你之前提及需要的那些材料比较特殊，我正在帮你搜寻，应该没太大问题，只是需要点时间。"

周元点点头。他请求郗菁帮他找寻的那些材料，正是银影进化所需之物，他凑齐了一部分，还有一些颇为特殊，相当稀少。

郗菁声落，手一挥，有一个玉盒出现在了面前，玉盒打开，露出了四颗色泽

不同的兽魂晶,每一颗兽魂晶内都有着狂暴的咆哮声传出,引得空气震荡。

"这是你要的兽魂晶,都是六品层次。"说着,她若有所思地看了周元一眼,道,"你让天元笔觉醒到了吞魂?"

周元笑道:"师姐英明。"

郗菁眼中有些怀念,又有点嫉妒:"当初我可是跟师父求了好久,他都不肯将天元笔赐给我,结果便宜了你这小子。"

周元干笑一声,不敢说话。

"你多做一些准备的确是好的,天灵宗在总阁主之位上筹划多年,以玄鲲那老家伙的性格,必然会给吕霄一些帮助。你也不用太担心,他不敢做得太过火。"郗菁提醒道。

"师姐放心吧,接下来这段时间,我要开始闭关修炼了。"

周元的右掌握着那赤红铜球,感受着其中散发出来的炽热温度,眼神愈发凛冽。

他知道,在争夺祖龙灯的路上,吕霄只是第一道比较困难的阻碍而已,无论对手是谁,只要阻挠到复苏夭夭,那就只能……将他打爆!

第八百六十三章
开始闭关

风岛。

当周元回来时,伊秋水第一时间找上来,向他报告道:"火阁和山阁突然放开了对四母纹的封锁,允许四母纹在两阁中进行销售。"

周元听到此话,目光微闪,看了一眼喜形于色的伊秋水,道:"你怎么看?"

伊秋水迟疑了一下,道:"应该是反对的声音太大,他们无法压下去吧。"

周元笑了笑,道:"我倒觉得这不是最重要的原因……下个月就是总阁主之争了,一切的争夺都会在那上面见分晓。"

伊秋水俏脸微变,道:"你是说吕霄已经不打算再玩这些小手段了,他想在总阁主之争上堂堂正正击溃你,取得总阁主之位,然后整个四阁都会由他说了算?"

那个时候,吕霄可以用各种理由来要求周元交出四母纹的炼制之法,如果周元不肯,最终甚至有可能会被解除风阁阁主之位!

一旁的叶冰凌冷艳的俏脸变得极为凝重,吕霄此时的让步并非在退缩,而是在为下一次的出拳凝聚更为可怕的力量。

而这一次,恐怕会是摧枯拉朽般的局势。

"他很聪明。"周元平静地道。

吕霄的这种选择才是最无懈可击,而且一击致命。只要他能够得到总阁主的位置,之前的那些失败翻手间就可逆转。

"吕霄本人有什么动静吗?"周元问道。

伊秋水摇摇头,沉吟道:"据说自从天炎祭后,吕霄就没怎么露面了,如果我猜得没错的话,他应该在为总阁主之争做准备了。"

"怎么办?"叶冰凌的美目中满是担忧。吕霄带来的压力非同小可,不管最

近风阁在与火阁的交锋中占据了多少上风,她心中都很清楚,这些都是吕霄这张火阁最强王牌没有出手的原因。

虽说周元如今的实力同样强横,但如果对上吕霄,连她都没有太多信心。吕霄在天渊域的威名可不是依靠天灵宗得来的。

"没什么好担心的,我来风阁,目标可不只是风阁阁主。"周元淡笑一声,毫不在意地将内心的野心展露出来。他与吕霄之间,必然要真正打过一场。

"接下来这段时间,风阁就交给你们了,我即日开始闭关。"

周元冲着两女挥了挥手,然后便迈步走了出去。

望着他离去的背影,伊秋水与叶冰凌对视一眼,皆看出对方眼中的震惊。看来周元从一开始就是冲着总阁主的位置而来的,这家伙……胃口是真的大啊!

旋即,她们又在心中暗叹一口气,她们自然希望周元能够成为总阁主,可那吕霄……真的是一头凶猛到极致的拦路虎啊!

万一到时候周元失利,风阁最近的势头恐怕就得被狠狠打压下去了。

两女的脸颊上同时浮现出一抹忧郁。

闭关室。

在中央位置有着一座青铜鼎炉静静矗立,此时周元便盘坐于鼎炉之中。

鼎炉内部铭刻着诸多古老纹路,闪烁着淡淡的光泽,一股炽热徘徊其中,令鼎炉内的温度极高,就算是金属都会被熔化。

周元对此处环境极为满意,这是风阁阁主独有的闭关室,效果远比风岛的其他闭关室更好。

他伸出手掌,一颗赤红的铜球闪现出来。

赤球内,金色的火焰熊熊燃烧,看上去如同流动的金色岩浆。

"天阳炎……"

周元眼神炽热,也不犹豫,神魂一动,便将那赤球开启。下一瞬间,无数金色火焰咆哮而出,宛如火龙一般将整个鼎炉包围起来。

鼎炉内的温度顿时暴涨到一种恐怖的程度。

周元身上的衣衫瞬间化为虚无,他双目微闭,用力一吸,只见金色的天阳炎化为一道火线,顺着他的鼻息呼啸而进。

"熊熊！"

当滚滚天阳炎涌入体内的那一刻，即便以周元肉身的强度都猛地一颤，一股难以形容的灼烧剧痛自体内蔓延开来，犹如要将他的身躯焚为虚无。

周元的面庞扭曲，双目赤红，却紧紧咬着牙，连一声闷哼都未发出。

他引导着体内的天阳炎流转，最后冲入神府之中。

神府内，六重神府贯通，千万源气星辰闪烁着光芒，磅礴浩瀚的源气滚滚涌动。

当天阳炎冲入神府的那一瞬，犹如火苗冲进了油桶，一缕缕天阳炎疯狂暴涨，竟化为火海，直接对着千万源气星辰席卷而去。

金色的火焰炙烧着源气星辰，顿时有着一丝丝淡淡的雾气从中散发出来。

源气星辰的体积似乎开始逐渐缩小，周元却看见那上面爆发出来的光芒越来越强烈璀璨。

那种感觉，就仿佛里面蕴含的源气在天阳炎的炙烧下将其中难以察觉的杂质给淬除了一般……

"这就是天阳炎的效果吗？果然厉害！"

感受着源气星辰的变化，周元的心中惊叹不已，对那天阳境也生出了渴望之意。只要突破到天阳境，就能够炼化出天阳炎，日日夜夜地淬炼源气。

在这种淬炼下，天阳境强者修炼的源气从品阶与质量上来说，要比其下等级的人所修炼的源气更为高级……

随着天阳炎在神府内肆虐，周元还发现第七重神府的神府障壁似乎开始出现一丝丝细微的松动迹象……

这令周元心中甚为惊喜，只要这神府障壁被破开，他就能够打通第七重神府，彻彻底底踏入神府境后期！

对于贯穿第七重神府后源气底蕴的增长，周元的心中同样抱着期待。

"难怪天炎祭能够成为天渊域招揽各方天骄的两大福利之一……"

周元的内心感叹着，旋即便沉凝心神，他知晓这种淬炼必然会持续不短的时间，不过他也不急，接下来有一个月。他有足够的时间……

此时的吕霄、韩渊、木柳三人应该也在提升实力，为总阁主之争做准备，他自然不能落后。

只要贯穿第七重神府，踏入神府境后期，周元相信自己绝不会比他们三人差

多少。

　　想到一个月之后的总阁主之争,他的心中有着熊熊战意燃起。

　　为了这一天,他从来到天渊域时就在努力,之前的所有阻碍都已被他破除,这最后一关,他无论如何都必须踏过去。

　　谁也别想阻拦他!

第八百六十四章
秋水左雅

天炎祭造成的动荡，在持续了约莫半个月后彻底消失，在天渊洞天这种算是整个天渊域的核心区域中，诸般精彩实在太多，种种争斗博弈让人目不暇接。

在这里，就连天阳境的强者都算不得太出彩，如果不是四阁在天渊洞天有些特殊，恐怕天炎祭的话题连半个月都难以维持。

所以，即便是周元这位在天炎祭上大放异彩的风阁阁主，也很快被人忘却，只会在偶然间的话题中被随口提起……

随着时间的推移，周元、吕霄、韩渊、木柳等人的名字又渐渐在天渊洞天内有了热度，并且远超以往任何一次。

这一切都是因为即将到来的四阁总阁主之争。

在天渊洞天，等级森严，除开五位至高无上的元老，便数长老团长老最为尊崇，而这些长老席位也是五位元老彼此争夺和博弈的对象。

在苍渊大尊失踪，整个天渊域无人能够一言定夺的情况下，一些重大的决策皆要通过长老团来投票，就算是五大元老都难以单独推行，由此可见长老团的席位在天渊域是何等重要。

在天渊域内，想要居长老高位，首要条件是必须达到源婴境，其次还要通过各种审核，其难度不可谓不高。

但唯有一个例外，那就是风林火山四阁总阁主。

这个位置极为独特，因为四阁代表着天渊域未来的新鲜血液，所以这算是唯一一个没有源婴境实力限制的位置，此位等同长老团长老，在长老团议会上拥有投票的权力。

一旦登上这个位置，可谓一步登天，是天渊域当之无愧的高层，权势煊赫。

四阁中的任何一位阁主,即便是吕霄,在这藏龙卧虎的天渊洞天内都不会引起太大关注。可如果有谁登上了总阁主的宝座,就算是天阳境强者在其面前都不敢有任何的怠慢,甚至面对源婴境强者也能够以平辈论交。

这就是风林火山四阁总阁主的身份地位。

正因为如此,当总阁主之争来临时,整个天渊洞天才会为此议论纷纷,所受瞩目远非周元之前所经历的那些可比,就连天炎祭都远远不具备如此影响力。

天渊洞天,某座岛屿的一处宏大庄园内。

伊秋水俏立于一座楼阁上,美目有些无聊地望着下方,那里有着诸多少年少女的身影,时不时发出清脆的笑声,散发着活泼青春的气息。

这是一场聚会。

伊秋水的爷爷伊阁位居长老,交游广阔,平日里少不得要出席一些场合。往日里她大部分时间都在风阁,自从天炎祭以来,四阁出人意料的平静,而周元又闭关多日,她没有什么事情就来陪伴伊阁。

最重要的是,她的妹妹伊冬儿前些时日也被接到了天渊洞天,为了不让她无聊,她方才答应伊阁来参加今日的宴会。

下面那些少年少女都不是一般的人,都拥有不俗的背景,只不过大部分人年龄偏小,还未曾踏入神府境,所以没有进入四阁。

对于四阁,他们显然心生向往。当伊秋水出现后,很快便引人注目,为了避免纠缠,她才躲到了楼上。

"也不知道周元闭关修炼得如何了……"伊秋水的美目眺望着风岛所在的方向,鹅蛋俏脸上浮现出一丝担忧。

她知道即将到来的总阁主之争给周元带来了极大的压力,他此次闭关就是为了再做突破,以便到时应对吕霄。

对于这种争斗,伊秋水给不了多少帮助,只能帮他将风阁的诸多事务打理好,让他少操心,专心修炼。

伊秋水心中轻轻一叹,旋即看见下方的院中有一些骚动传来,隐约间似有争吵声。她初时不以为意,接着便听到一道熟悉的声音,正是冬儿。

她的柳眉微蹙,娇躯一动,源气光芒闪烁,然后出现在人群之中。

那里有数名少女出现了争执，一方三人，另外一方一人，正是伊冬儿。

此时的伊冬儿小脸涨红，正愤怒地盯着那三位气势跋扈的少女。

"冬儿，怎么回事？"伊秋水开口问道。她的美目扫了一眼那三名少女，认出她们都是天渊洞天内有名家族中的女孩。

伊冬儿噘着小嘴，有些委屈地道："她们骂周元哥哥，说他作弊。"

伊秋水一怔，立马明白过来。眼前三个少女背后的家族都属于天灵宗，其中一人的姐姐还是火阁的副阁主，而最近风阁在周元的率领下屡屡胜过火阁，令得火阁颜面无光。

她们身为与天灵宗有着千丝万缕关系的人，自然对周元没有好感，于是便出言不逊。

周元是伊冬儿的救命恩人，对于他，冬儿一直都相当喜欢与尊敬，听见她们辱骂周元，她才会与她们发生争吵。

伊秋水眼眸冷淡地盯着那三个模样娇俏的少女。她们都是太初境的实力，被伊秋水瞧着，顿时感到了压力，原本跋扈的气势都弱了几分。

伊秋水性子温婉，懒得与她们逗口舌之快，她伸出手拉着伊冬儿，转身就要离开。

就在她转身之时，一道戏谑的笑声忽地传来。

"伊秋水，小孩子们说点实话而已，没必要这么认真吧？"

伊秋水脚步一顿，转过头来，只见一道纤细高挑的倩影从人群中走出，来到那三名少女身旁，目光挑衅地看着她。

"左雅？"

伊秋水俏脸冷淡，眼前这高挑的女孩，她当然认识，正是那位火阁的副阁主。

她看了一眼左雅面前的三位少女，心中当即明白，这场争吵恐怕就是左雅暗中指使的。

随着伊秋水与左雅对峙起来，她们成了这庭院中最引人注目的存在。不少人围拢而来，好奇地看着两女。不论伊秋水还是左雅，在他们看来都是四阁中的高层，往后他们进入四阁，还得在她们的手下呢。

左雅瞧得周围越来越多的人，红唇微掀。这些少年少女再等一两年，有人就会踏足神府境。他们大多都有深厚背景，自身天赋不低，值得她费一些心思将他

们拉进火阁。

正因为怀着这种心思,她才会设下这个局,就是想趁此打击周元与风阁,让风阁在这些苗子的心中留下不好的印象。

心中转着这些念头,左雅唇角的笑意愈发玩味,她直视着伊秋水,淡淡的声音在庭院中回荡。

"她们说的难道有错吗?你们风阁那位阁主,不过是靠着作弊的手段,方才侥幸赢了我们火阁而已。"

第八百六十五章
双姝赌斗

当左雅说出这些话时,伊秋水的明眸中掠过冰冷之意。她为人聪慧,如何不知晓左雅的别有用心,她这是在故意给风阁与周元泼污水。

左雅瞧得伊秋水眼眸冰冷,却是得意一笑,振振有词道:"怎么?伊秋水你觉得不对吗?这里的人谁不知道吕霄师兄的实力,火阁称霸四阁这么多年,为何那周元一来风阁就屡屡得势?

"一个神府境中期而已,他真有这么大能耐?简直笑话!

"这其中若是没什么弯弯道道,我可不信!"

周围不少少年少女都若有所思。风阁最近的战绩的确太过辉煌,而这一切都是在一个以往籍籍无名的神府境中期的率领下做到的,从某种程度而言,确是让人很震惊。

伊冬儿见到左雅往周元身上泼脏水,气得小脸通红,就要开口驳斥。

伊秋水拦住了她,她盯着咄咄逼人的左雅,淡淡地道:"天炎祭上,两位元老都在场,你说周元阁主作弊,是在指责两位元老糊涂吗?"

听到此话,左雅面色一变。伊秋水这番反击不可谓不狠,直接扣给她一个巨大的帽子。这个帽子别说她承受不起,就算是家族中的长辈都不行,不论郁菁还是玄鲲宗主,都是天渊域至高无上的存在。

周围的少年少女纷纷点头,他们不知道那周元究竟是如何做到的,但如果要说他作弊,那怎么可能瞒得过两位元老的眼睛?

那可是法域境的强者!

左雅眼神变幻,不敢在这上面纠缠,只是冷笑道:"伊秋水,牙尖嘴利可改变不了什么,马上就是总阁主之争了,到时候吕霄师兄自然会让周元明白什么叫

作跳梁小丑!

"等吕霄师兄成了总阁主,哼,你们风阁以往占的便宜都得还回来!"

在说起吕霄时,左雅的眼中有着浓浓的倾慕之色,而提到周元时,脸上又浮现出轻蔑与不屑。

在她看来,周元根本就不配与吕霄相提并论,之前风阁能取胜,都是因为吕霄未曾出手,而天炎祭上以神魂为重,那并非吕霄所擅长。

否则,吕霄若是出手,那周元又怎么可能乘势而起?

伊秋水俏脸冷淡,道:"结果未出,你高兴得也太早了,就不怕到时候被打脸吗?这几个月来,你们火阁还没长够教训?"

左雅针锋相对,毫不相让:"那些取胜只是小道而已,伊秋水,你自己心知肚明此次的总阁主之争会是什么结果!"

伊秋水袖中的玉手握了握,眸光冰冷。

"怎么?不服气吗?"左雅讥讽一笑,道,"若是不服,你可敢与我赌上一回?就赌此次的总阁主之位,是落在吕霄师兄身上,还是你们周元阁主头上?"

"赌注么,很简单,三千归源宝币,敢吗?"

周围有明白人发出惊呼声,三千归源宝币可不是小数目,就算左雅是火阁的副阁主,这必然也是她的大半身家了。

面对着左雅的打赌,伊秋水只是冷笑一声,并没有理会,而是拉着伊冬儿转身离去。

这摆明了就是左雅设的局,如果打赌输了,她就会以此为由大肆宣扬,诋毁他们风阁。

"看来你也知道你们那位阁主毫无机会。与吕霄师兄的皓月之光相比,那周元不过是萤火而已。"左雅微微一笑,言语却是异常尖锐。

"伊秋水,我奉劝你还是好好劝劝你们那位阁主吧,不如及早认输,免得到时丢脸。我可是听说了,吕霄师兄对他很是不满,此次的总阁主之争,他不会有什么留手呢。"

伊秋水的脚步一顿,那张平日里总是温婉的脸颊此时寒霜密布。

左雅对周元的这种当众侮辱,实在让她难以接受,即便她知道这是左雅故意为之,就是想要激怒她。

如今的她也是风阁副阁主，不能任由左雅贬斥风阁。

她缓缓地转过身，眼眸冰冷地注视着左雅。

左雅却并不在意，讥讽道："怎么？要赌一次？"

伊秋水淡淡地道："你这么想赌，那我就陪你赌一次。不过，你这赌注实在有些小家子气。"

左雅柳眉微竖，眼中有着怒意，旋即又被她压下，冷笑道："那你想要如何？"

"一万归源宝币。"伊秋水盯着左雅，一字一顿地道，"既然你这么想赌，那就赌大点，如果你没这种胆量，那就闭上你的嘴巴！"

"哗！"

周围所有人都惊呆了，一万归源宝币绝对是个庞大的数目了。就算以伊秋水和左雅的背景，不论谁输了，都必然是伤筋动骨。

显然，伊秋水是真的动怒了。

左雅的脸颊变得有些僵硬，一时间竟不敢说话。一万归源宝币，如果输了，那她往后还要不要修炼了？

这伊秋水是个疯子吗？！

她原本只是想要激一下伊秋水，却没想到对方竟会如此疯狂。

"怎么，不敢了吗？"伊秋水冷冷地盯着左雅，轻蔑地道。

左雅的面色青白交替，她望着伊秋水轻蔑的目光，心中恼怒异常，最终心一横，冷笑道："既然你这么想给我送归源宝币，那我怎么能推拒？一万就一万！"

虽说被一万归源宝币这种大数目震撼得不轻，左雅却觉得这只不过是伊秋水的愤怒之言，她可不觉得那个神府境中期的周元会是吕霄的对手！他之前取得的那些胜利在绝对实力面前无疑是非常可笑的。

"伊秋水，这个赌注我们都记下来了。希望到时候你别不认，不然我就只能找伊阁长老讨要了！"左雅说道。

"你也记着吧，到时候若是不认账，我也会找你们左家的长辈。"

伊秋水眼眸冰冷，再不停留，拉着伊冬儿扬长而去。

左雅冷哼一声，随即也转身离开。

随着她们的离去，此地的少男少女们方才爆发出震撼之声，这场赌局恐怕要不了多久就会被传开……

"姐姐,周元哥哥会赢吗?"在回去的路上,伊冬儿有些担忧地低声问道。她不是什么都不懂,那吕霄的名声连她都听说过。

伊秋水摸了摸伊冬儿的脑袋,微微沉思,脑海中划过周元那充满自信的面容与目光,于是她抿着红唇,唇角掀起一抹明媚的弧度,用力地点点头。

"他一定会赢的!"

"若是他输了,姐姐就只能卖身于他,为他工作,赚取赌注。"

"嘻嘻,姐姐你怕是宁愿他输掉吧!"

"讨打!"

第八百六十六章
神府后期

时间慢慢流逝,四阁总阁主之争也渐渐临近。

如今的天渊洞天各处,话题都围绕着此事,受关注的程度远超之前的天炎祭。

身为参战者的四阁阁主,有关吕霄、周元、韩渊、木柳四人的讨论也变得火热。

有赌坊开出了盘口,赌这次总阁主会落入哪一阁之手,一时间引人追捧,极为火爆。

在这种盘口中,吕霄不出意外地最被人看好。无论如何,在如今天渊域年轻神府境中,吕霄都是当之无愧的第一人。不提神府榜第九的排名有没有猫腻,他的实力终归还是被大家认可的。

除开吕霄便是韩渊、木柳二人,这两人在天渊域内仅次于吕霄,也有可能夺得总阁主之位。

周元则落在最后。虽说这几个月来风阁在周元的率领下气势高涨,甚至天炎祭上还胜过了火阁,但所有人都清楚,不论四母纹还是天炎祭,都有一些取巧。

而总阁主之争,却是完全比拼个人实力。

在这上面,任何的取巧都不会有效果,所以周元神府境中期的实力实在让人难以有信心,故而最不被人看好也在情理之中。

当整个天渊洞天都在关注着总阁主之争时,关于伊秋水与左雅的赌斗也流传了出来,一时引起了不少议论之声,毕竟一万归源宝币可不算什么小打小闹。

对于这次赌斗,很多人都为伊秋水暗暗叹息,这摆明了是左雅设的局,没想到伊秋水竟然会上当。有钱也不是这么个败家法吧?

而不管他们如何感叹,赌局已经成立,这也令得总阁主之争的热度更上一层楼。

在真正的万众瞩目间,距离总阁主之争已仅剩一日。

风岛,闭关室。

鼎炉之内,天阳炎熊熊燃烧,一股恐怖的温度在鼎内凝聚。

一道身影静静地盘坐于熊熊大火间,他的皮肤晶莹如玉,仿佛闪烁着光芒一般,而那玉光深处似乎还有璀璨银光若隐若现。

正是周元。

此时在他面前悬浮的赤球内,那封印着的天阳炎已经枯竭。在将近一个月的闭关苦修中,二十四万朵天阳炎显然已被周元消耗殆尽。

周元双目紧闭,呼吸间宛如龙吟,吞吐着金焰。

鼎炉内的天阳炎渐渐变得稀少,待得最后一缕火苗被周元纳入体内时,鼎炉内的火光顿时黯淡下来。

周元依旧静静盘坐,宛如磐石一般,毫无反应。

这种寂静持续了足足三个时辰。

某一刻,周元的身体猛地一颤,他的体内似乎传出了一道细微的破碎之声。

那道声音是如此悦耳,传入体内后,浑身的血液流动都变得更为顺畅,宛如天音。

因为那是破壁的声音!

第七重神府,终于在此时被贯通!

周元紧闭许久的双目在此时猛地睁开,眼中有着金光涌动,仿佛化为实质一般喷薄而出,紧接着一股磅礴雄浑的源气波动犹如火山一般自他的体内爆发开来。

"吼!"

青金色的源气将周元的身影笼罩,隐约间化为一条巨大的青蛟盘踞。

"砰!"

鼎炉的鼎盖被冲飞而起,周元的身影宛如一抹电光,直接破开闭关室屋顶,出现在风岛的上空。

他迎着风岛狂暴无比的罡风长啸出声,青蛟光影缠绕在他身躯之外,将那些凌厉的罡风尽数抵御下来。

啸声持续半晌,终于停歇。

周元的脸庞上有着掩饰不住的畅快之意,此次闭关,终于如他所愿地贯穿了第七重神府，此时的他算是真正踏入了神府境后期。

周元平复着心情，微微感应神府之内，嘴角有一抹掩饰不住的欢喜流露出来。

六百万！

这一次贯穿第七重神府，他的源气星辰数量足足增长了六百万！

如此涨幅，比以往任何一次的提升都要巨大！

之前他的源气底蕴已达到一千五百万源气星辰，如今再加上这六百万的增长，竟直接突破了两千万的关卡，达到了两千一百万的恐怖之数！

要知道之前他与方鳌相斗时，就算将风灵纹、火灵纹都给施展上，也才堪堪达到两千万！

而如今，在动用任何其他手段之前，他的源气底蕴就已经超越了当时的倾尽全力……

由此可见，这一次突破给周元带来了多大的好处！

"混沌神府，果真神异！"周元的内心异常欢喜。他知道，自身源气底蕴能够有如此增长，都是他这变异神府所致。

最可怕的是，他还有两次提升空间，一旦他贯穿了九重神府，那么他的源气底蕴将会达到什么程度？

到那个时候，周元敢说，整个混元天神府境，抛开外在手段，只论自身源气底蕴，能够与他媲美者恐怕不会超过一手之数。

另外，此次闭关，突破到神府境后期并不是他唯一的收获。

周元微微闭目，心脏沉稳有力的跳动声在他耳边响起。

心脏之间有金光流转，随着感应，那竟然是一滴滴金色的血液！

这是玄圣体诞生的金血！

以往周元的玄圣体顶多只能诞生出数十滴金血，可这一次在天阳炎近一个月的灼烧淬炼下，不仅源气变得更为精纯，自己的肉身也获得了极大好处——

就是眼下这两百多滴金血！

这些金血一旦爆发，将会令周元的肉身力量暴涨。这种收获可谓是意外之喜，能让他的战斗力提升一大截。

感受着体内流淌的磅礴源气以及愈发强横的肉身，周元的眼中尽是满意之色。片刻后，他的目光看向远处，只见那里有不少光影疾掠而来，当先的便是面露惊

喜的叶冰凌与伊秋水，她们显然是被这里的动静吸引而来。

周元瞧得她们，然后将目光转向远处火阁所在的方向，双目之中有着灼热的战意涌出来。

此次突破之后，他将无所畏惧，即便面对着吕霄，他也真正拥有了与之一战之力。

对于明日的总阁主之争，他满怀期待！

第八百六十七章
争斗开启

今日的天渊洞天，应该是周元来此近半年后所见过的最为沸腾的一日。

天地间，无数道光影呼啸纵横，铺天盖地宛如蝗虫一般对着天渊洞天中央而去，那里正是今日总阁主之争的场地。

那是一座巨大的浮空岛屿，岛屿之上层峦叠嶂，连绵到视线的尽头，充斥着一种洪荒般的古老气息。

这座浮空岛屿上的天地源气极为精纯，在天渊洞天内，唯有身居长老高位者，才能够在此开辟居所，用以修炼。

寻常时候，这座岛屿处于封闭状态，常人不可进入。今日因总阁主之争特地开放，不禁让很多人大饱眼福，对天渊洞天的长老福利更为向往。

在那山脉深处，有一座大山如巨人般矗立，上面云雾缭绕，那并非一般云雾，乃是天地源气太过浓郁而转化的实质雾气……

"咻咻！"

天地间，有无数道光影自四面八方飞掠而来，最后落在了这座巨山四周的重重山脉中。

山脉的宁静早已被打破，无数的嘈杂声响起，连云霄似乎都被撕裂。

看这情形，恐怕天渊洞天内的大半人都赶来观看这场总阁主之争，声势不可谓不壮观。

此时，来到此处的无数人都将目光投向了那座巨山之下。只见那里有四块区域，每块区域都站满了人，净是年轻气盛的青年，个个锐气勃发，从他们衣衫上的徽纹来看，正是风林火山四阁的人员。

四阁人员的最前方，各有一道身影领首，皆有不凡的气势显露出来。

他们正是今日总阁主之争的四位主角,四阁阁主!

"这阵仗可真大。"周元望着天地间看不见尽头的光影。他也算是见过世面,仍然感到震惊,之前他经历的那些,都远远比不上今日。

"毕竟是争夺总阁主之位。"一旁的伊秋水微笑道。

那个位置并不寻常,相当于源婴境,而源婴境强者放在诸天之中,绝对都是顶尖级别的存在,哪里能够小觑?

周元点点头,然后看了伊秋水一眼,戏谑道:"听说你跟人打赌,在我身上下了一万归源宝币,真是个小富婆呢。"

一万归源宝币,如果不是有着四母纹的销售,把他榨干恐怕都拿不出来。

听到周元打趣,伊秋水温婉的脸颊顿时一红,旋即白了周元一眼,道:"输了的话,大不了砸锅卖铁呗,反正四母纹的销售我也有一点分成。"

叶冰凌此时伸出手揽住了伊秋水纤细的腰肢,道:"放心,我早看那左雅不顺眼,一直想教训她了,此次赌注算我一份,如果输了,咱们一人一半。"

周元则慢条斯理地道:"这笔收入是人家秋水有胆魄才赢来的,叶师姐你这样横插一脚怕是不太地道。"

此话一出,顿时引得周围众人狂翻白眼。

叶冰凌没好气地啐了一声,道:"说你胖你还喘了,这还没开打呢,就好像总阁主之位已经是你的囊中之物了一样。"

伊秋水不禁掩嘴轻笑。而周元这种轻松的态度,让她和其他人都暗暗松了一口气,不管最后结果如何,轻松应对总比忐忑不安让人心定。

气氛虽然轻松了一些,叶冰凌还是忍不住戳了戳周元的手臂,低声道:"你究竟行不行啊?"

周元义正词严:"男人不能不行。"

周围哄笑一片,叶冰凌冷艳的脸颊上浮现出一抹羞恼,双指间冰寒源气凝聚,宛如冰锥,对着周元的腰间狠狠来了一下——这家伙竟敢调戏她!

经过周元这番戏耍,风阁这边原本紧绷得近乎压抑的气氛总算缓解,众人也开始三三两两地窃窃私语起来。

周元见状,不禁暗暗点头。如今无数人都在看着四阁,若是他们表现出紧张兮兮、忐忑不安的样子,会让人看低了风阁。

而远处的火阁也正有人看着这边。

"堂堂风阁阁主,不过是个耍宝的货色而已。"一名高挑的女子冷笑道,正是之前与伊秋水有过赌斗的左雅。

她又看向身前那道身姿挺拔的身影,眼眸之中掠过一抹浓浓的倾慕之色,她声音柔和地道:"吕霄师兄,我可是将所有家当都压在了你身上,你一定要赢得漂亮些哦。

"若是遇见那家伙,最好直接碾压取胜,让他明白自身斤两。"

吕霄神色平淡,目视前方,并没有看周元一眼,只道:"师妹放心,之前火阁失利,我身为阁主,这一次有责任将其尽数讨回来。

"其实我并不希望那周元真的被我摧枯拉朽般击溃,他如果能够展现一些本事才更好,不然之前那些失利会惹人嘴嫌。"

左雅点点头。输给一个有能耐的人,总比输给一个废物来得好,如此一来也算是给他们火阁之前的那些失利盖上一层遮羞布。

当然,最重要的是,他们火阁要站到最后。

吕霄没有再说话,在他的感知中,能够察觉到周元的源气波动似乎有所增强,想来这一个月他的实力有了提升,但那又如何呢?

为了这场争斗,他已经准备很久了。

今日之后,他将登顶四阁,成为天渊域中真正的高层!

想到此处,吕霄的眼中掠过一抹炽热之色。

"嗡嗡!"

就在吕霄心中想着这些时,天地间忽有异声响起,然后所有人都察觉到一股浩瀚无穷的伟力自天地间出现。在这种伟力之下,就连源婴境的强者都感到自身的源气似乎有些不受控制起来。

在这天渊域中,能够让源婴境强者如此不受控的,唯有法域强者。

无数道敬畏的目光望着虚空处,只见那里有着磅礴精纯的源气汇聚而来,最后在高空上化为五方蒲团,蒲团之下有云雾汇聚,缥缈若仙境。

五方蒲团之上有五道身影,渐渐成形,最终出现在众人敬畏的目光中。

周元也在此时抬起头,眼神凝重地望着那五道身影。

他没想到,这次总阁主之争竟然将除郗菁与玄鲲宗主之外的另外三位元老也

给引来了……

此时，天渊域五大执掌者尽数露面！

如此阵仗，不可谓不豪华惊人！

第八百六十八章 五大元老

"恭迎元老!"

当五道身影出现在虚空中的蒲团上时,整个天地间的无数人皆恭敬地弯身下拜,声音之中充斥着浓浓的敬畏之意。

在苍渊大尊不现身时,这五位便是天渊域至高无上的主宰,不提地位,他们自身都是法域境的强者,放在任何地方都足以称霸。

平常时候几乎很难见到五位元老同时现身,今日对很多人来说也算是大开眼界了。

周元同样弯身下拜,然后抬头望着那隐隐间散发着横压天地气息的五道伟岸身影,其中的任何一道恐怕都不会比苍玄宗的青阳掌教弱。

除了早已见过的郗菁与玄鲲宗主外,他最先看见的是一位身穿绿裙的美妇。妇人肌肤如白玉,一对眼眸平和如水,身上散发着一种令人心旷神怡的气息,宛如古老森林,孕育着生气。

从她身上,周元感受到了一股无法形容的勃勃生机,她仅仅只是静静地盘坐于那里,其四周的空间便不断有绿植凭空生长出来,然后化为淡淡的绿色光点。

"那是木族的木霓族长。"周元身旁的伊秋水轻声道。

"好磅礴的生命力。"周元有些震撼地低声道。

他修炼了太乙青木痕,对生命之力颇为敏感,而在见到木霓族长时,他能够清晰地感觉到体内的太乙青木痕在发出欢呼与渴望,仿佛只要得到一点,就能够让它大为精进。

叶冰凌道:"那当然。木霓族长在混元天名气极大,人称圣玉手。任何伤势对她而言都能够轻松治愈,就算是同等级的法域强者都对她颇为客气,毕竟谁还

没个受伤的时候呢？

"木霓族长素来低调，即便在天渊洞天也不常露面，如果此次不是因为总阁主之争，想必她也不会出现。"

周元闻言，心中却是一动。不知道夭夭的伤势，这位木霓族长是否能够帮忙恢复？

旋即他又暗自摇头，夭夭的身份极为神秘，恐怕并不一般，不然也不至于需要祖龙灯、祖龙血肉这种传说之物才能使其恢复。既然苍渊师父没有提到木霓族长，估计其作用不大，不然何必如此麻烦？

一旁的叶冰凌再度悄声道："我听说，这位木霓族长对咱们苍渊大尊可是有些意思呢……"

听到这种八卦，周元不禁一惊，眼神怪异。其实想想也不奇怪，苍渊师父是惊才绝艳之辈，能够开辟天渊域，不论天赋、心性、才学都少有人能及，他这种魅力吸引到木霓族长这般人物，也是理所应当。

不知道这会不会只是木霓族长的单相思，因为他可从没听苍渊师父说起过他还有一位师娘……

周元心中感叹着，又将目光投向了木霓族长身侧的蒲团，那是一名身形略显魁梧的中年男子，他面庞淡漠，其双目并非肉眼，而是一对晶石所化。淡淡的异光从他的双瞳中散发出来，犹如能够洞穿九幽，探照天地。

"那是玄晶族的边昌族长。玄晶族的人，天生玄晶瞳，源气汇聚，眼中迸射玄晶天光，若是被击中，便会身化玄石，霸道异常。"叶冰凌的声音传入周元耳中，"以边昌族长的实力，他只需要看上一眼，目光过处，连天阳境强者都得化为玄石。"

周元暗暗咋舌，这就是血脉带来的好处，玄晶族的确是得天独厚。

他的目光接着投向了最后一位，那是一名白发青年，面庞俊朗，年纪看似和他们相差不大，周元却能够感觉到他身上散发出来的古老气息，显然也是一个老妖怪。

"这就是白族的族长吧？"周元问道。

"嗯，白族的白夜族长。"

"白族血脉有一种毒气，名为白蚀，若是被侵入体内，源气就会被染上白毒，待得最后白毒污尽源气，自身也就灭亡了，极为狠毒霸道。"

"传闻这位白夜族长的法域便名为白域，一旦展开，被法域笼罩者，天阳境以下顷刻间化为白雾，就算是源婴境强者也坚持不了多久。"

周元眼露忌惮。之前他听郗菁师姐说过，如今的天渊域，天灵宗、白族、玄晶族有联手之势，三家可谓最强，好在木族与郗菁还算亲近，勉强能和对方抗衡，只是没有什么优势。

而听先前的八卦，这位木霓族长会亲近郗菁，说不定真有可能是苍渊师父的原因。

这天渊域的局势很是复杂啊，也不知道他那位大师兄究竟要闭关到什么时候，眼下天渊域的话语权到底还是天灵宗那边更大一些。

在他心思转动的时候，虚空上的五位元老对视一眼，最终还是让郗菁发言，她也不推卸，一对清澈眸光投射开来，天地皆静。

"今日便是风林火山四阁的总阁主之争，规则想必大家都已知晓。"

她的目光看向了吕霄、周元、韩渊、木柳四人，然后伸出手指指向那座巨山。只见巨山上的云雾渐渐淡化，有四条漫长的石梯自四方山脚延伸而上，直入云霄。

她看向玄鲲宗主，后者袍袖一挥，一枚令牌现出。

那令牌上铭刻着四灵归源塔，还有一个古老的"总"字。他屈指一弹，令牌长鸣出声，化为一抹流光投入到了巨山之顶。

那一刻，所有人都感觉到一股莫大的威压自山顶如水银倾泻般呼啸而下，将整座巨山笼罩。

诸多神府境的强者面露畏惧，在那种威压下，他们体内的源气都似乎变得凝滞起来。

"想要登顶夺得总阁主之令，首先便得踏过登云梯，唯有过云梯者，方有资格争夺。"

语毕，郗菁玉手一扬，天地间便有着古老的钟吟声回荡起来。

钟声之下，她那清淡的声音随之响起，进而掀起了滔天沸腾。

"规则已定，四位阁主，登梯吧！"

总阁主之争，终于来临！

第八百六十九章
白玉云梯

当郗菁声音落下的那一瞬间,天地沸腾,无数道目光都汇聚于四阁最前方那四道气势不凡的身影上,他们知晓,这场等待多年的好戏,总算要开始了。

"咻!"

在无数目光的注视下,吕霄、周元等四人的身影几乎同时射出,对着那如白玉般的云梯而去。

四人的身影刚刚进入云梯,便感觉到一股极端恐怖的威压自四面八方笼罩而来,犹如身处万里海域之下,四周尽是重重叠叠的压力,四人的身形直接落在了云梯上,难以腾跃。

"好强的威压!"

周元眼神微凝,在这股威压下,宛如身负山岳,难以前行,而云梯漫长,想要登上还真是考验本事。

他并没有急躁地马上登梯,而是任由那股威压笼罩。他必须先行适应。

虚空中五道散发着磅礴气势的身影皆注视着云梯上的四人。

郗菁淡淡地道:"以往的总阁主之争,云梯压制都是一千八百万源气底蕴,为何此次却达到了两千万?"

当总阁主令牌散发出威压时,她就已经察觉出来,但此物之前在玄鲲宗主手中,她自然不知晓对方设定了多少。

玄鲲宗主闻言,笑道:"郗菁元老说错了,按照规定,威压可设置在一千五百万与两千万之间,我设置成两千万是理所应当,就当给这些小家伙一个考验吧。"

郗菁深深地看了玄鲲宗主一眼,她如何不知晓这老家伙的心思,无非是想借此机会给周元造成一些麻烦,因为在这云梯上,只能依靠自身的源气底蕴,其他任何外物都没用。

周元此前表现出来的战斗力的确强横，但他吃亏在只是神府境中期，如果没有外在手段，单论本身底蕴，他的确要比吕霄等人差一些。

不过玄鲲宗主说的也没错，这种威压有浮动，并没有固定值，所以他设置成两千万，郗菁也说不出什么。

她将目光投向云梯，心想，玄鲲宗主以为凭借这些打压就能够压制住周元，那还真是有些小瞧了师父的眼光。

其他三位元老皆未说话，如今的天渊洞天正是郗菁与玄鲲宗主轮值，他们也懒得掺和这种小事。

此时，外界无数道目光望着那四道身影，彼此间议论纷纷。

"据说想要登上这云梯，只能依靠自身源气底蕴，丝毫借不得外物。若是自身底蕴不行，在那云梯上怕是寸步难行！"

"我看这源气威压程度似乎比以往要强啊！"

"的确比以往强，想要顶住这种强度，自身底蕴怕是要达到两千万！"

听到这个数字，不少人都吸了一口冷气。这可不是借助外物就能达到的，而是要实打实的自身底蕴，而正常的神府境后期有一千万源气底蕴就算是优秀了。

唯有那些开辟了九重神府的顶尖天骄，才有可能在神府境后期达到两千万源气底蕴。

在那火阁，左雅与朱炼站在一起，前者望着周元的身影，脸颊上露出一抹冷笑，道："两千万的源气底蕴，那家伙根本就达不到吧？"

朱炼沉吟道："以前方鳌在使用了火灵纹后都无法达到两千万底蕴，更何况这周元？他之前虽说战斗力强横，但大多是依靠外物，如今登这云梯，对他而言可谓自断双臂。"

左雅眼露讥诮，道："若是这家伙在云梯一关就被阻挡下来，那可就太好笑了。"

朱炼笑着点点头。这道云梯本就是为了淘汰自身底蕴不足的人，周元如果还是之前那般程度的话，还真有可能无法登顶。

左雅望向风阁那边的伊秋水，后者有所察觉，两人目光对碰，前者唇角掀起一抹不加掩饰的嘲讽，红唇微张，无声传出："伊秋水，准备好你那一万归源宝币吧！"

伊秋水只是冷淡地看了她一眼,便没有再理会。

这些人还以为是一个月前吗?

"吕霄开始动了!"

天地间忽有惊呼声响起。他们见到一处云梯上,吕霄在略作适应后,脚掌一踏,步履如飞一般踏着云梯扶摇而上,面色从容,气度令人心折。

无数人赞叹不已,不愧是天渊域年轻一辈中神府境的佼佼者,他能够在这种威压下从容先行,显然其自身源气底蕴已达到两千万之数。

而在吕霄动身之后,韩渊、木柳也迈开步伐,登梯而上。

他们不如吕霄那般轻松从容,却依旧能够时不时冲出一截,略作停息后又继续向前冲。

火阁、山阁、林阁三位阁主都开始行动,那通往山巅的云梯上唯有周元一人身影未动,一时间引起诸多窃窃私语:这位风阁的黑马难道这一次要力穷了吗?

在无数惋惜、讥嘲、期盼的目光中,周元的身子动了动,抬起头,眼神奇特地望着这云梯:"不能动用风灵纹以及其他任何外物吗?"

在先前的适应中,他已经知晓,想要通过云梯登顶,就只能以自身的源气底蕴来抗衡那股无孔不入的威压。

而那种源气底蕴,需要两千万源气星辰!

这让周元略微有些感叹,如果此次他未曾突破到神府境后期,恐怕还真要被阻拦在这云梯之下了。

不过现在么……难以造成多大的麻烦。

于是,周元体内源气运转,磅礴之力散发而出,他脚掌抬起,对着石梯一步步踏下。

他这里一动,顿时引来无数目光。

"喊,一步步地走,他是属乌龟的吗?"左雅冷笑出声。看看她那位吕霄师兄,步履如飞,姿态从容,哪里是周元能够相比的?

不过她的冷笑并没有持续多久,因为所有人都发现,周元虽说步伐不急不缓,每一步却都很平稳,仿佛那种恐怖的威压并不存在,就好似在攀登一座寻常的山峰。

这种轻松自如的登山姿态,在这种场合下足以让人感到不简单。

看那韩渊与木柳，都是每过数十息就会停滞一下，而周元的登山速度并不比他们慢，却是毫无停歇，有眼力者一看就知晓他们之间的差距。

如今这云梯上，除了周元如此平静外，便只有吕霄一马当先了。

天地间有些微哗然声响起，从这一幕来看，如果只论自身源气底蕴，这位风阁阁主竟然已经胜过了韩渊与木柳，甚至足以与吕霄争锋！

这匹黑马，果然够黑！

这一次的总阁主之争，看来会有让人意外的惊喜出现了……

第八百七十章
乘蛟而上

天地之间，无数道目光热切地望着通往山巅的四道云梯，此时四道身影皆在不断地迅速攀行。

在这种强悍的威压下，能够保持前行的速度，已经充分表明这四人的源气底蕴都超过了两千万的层次，不然此时的他们将会寸步难行。

四人之中，吕霄一马当先，速度是四人之中最快的，衣衫飘动间扶摇而上，从容不迫。

吕霄的后方便是韩渊与木柳，他们两人没有吕霄那般从容，每隔数十息就会停滞一瞬。

无数道目光望着最后的那位，正是周元。

周元虽然落后，却无人敢小觑。他们能够看见，周元的步伐从始至终都没有出现丝毫停滞，他步步登上，看似步履不快，却与韩渊、木柳二人不断接近。

这说明什么？

说明周元同样在这云梯之上游刃有余，只是没有如吕霄那般速度快而已。

这让不少人暗感震惊，特别是火阁的左雅、朱炼等人，在他们已知的消息中，周元虽说以往战绩还算优秀，可自身源气底蕴在四位阁主中绝对是排名居末的。

可眼下这一幕却让他们明明白白地知晓，他们的认知究竟有多么浅薄。

左雅脸色涨红，有些恼羞成怒，她突然想起先前伊秋水看她的眼神分明是在看傻子，对方显然早就知道周元的实力大为精进。

"哼，得意个什么，他的实力再怎么精进，还能强得过吕霄师兄？"

"这总阁主的位置就一个，只要落在吕霄师兄头上，周元依旧是个失败者！"

这般想着，左雅才长长地舒了一口气，继续注视着那四条云梯。

一炷香的时间迅速过去。

四道身影在云梯上均已攀登过半，天地间云雾飘动，所有人都能见到，随着攀登得越来越高，上方倾泻而下的威压也变得越来越凝实。

如果说前面只是湖水的话，那么后半截就如同泥沼一般。

就在这个位置，周元的身形突然越过了韩渊与木柳，天地间顿时响起惊叹声，这位原本最不被看好的风阁阁主竟然后来居上了……

同一时间，韩渊与木柳皆有所感应，两人面色变幻，显然没料到一个月不见，周元竟然已经达到了这种程度。

如今无数人在看着他们，如果落到最后面，那可真是尴尬了。

两人深吸一口气，体内源气在此时疯狂涌动，三轮神府光环出现在其身后，攀登速度迅速加快。

吕霄同样有所感应，当他发现身后之人竟然是周元时，眼神忽地微凝，旋即又恢复如常，身躯微颤，三轮璀璨的神府光环自身后出现。

他的速度同样暴涨起来。

"开始倾尽全力了吗？"

吕霄三人的动静也被周元所察觉，他知道这后半截的云梯，要开始真正分个高低了。

于是他心念一动，神府震动起来，源气自体内喷薄而出，最后在身后化为三轮混沌色的神府光环。

他脚步迈出，直接出现在数十梯之外，宛如咫尺天涯一般。

云梯之上，四道身影皆在此时倾尽全力，速度暴涨，你追我赶，热闹至极。

外界的天地间，无数人同样看得热闹，气氛沸腾，鼓劲加油的声音此起彼伏。

虚空上，五位元老望着这一幕，木霓、白夜、边昌三人的目光锁定在周元身后的混沌光环上，眼中皆划过一抹惊讶，道："竟然是变异上九府？"

玄鲲宗主微微一笑，道："也不知道郗菁元老是从何方找来的这般人物，我想这般底蕴总该不是没什么根脚的，故此还提醒了一下，但郗菁元老似乎并不在意。"

郗菁面色平淡道："玄鲲宗主莫不是感觉到今日谋划要失败了，所以才以此来指责？"

玄鲲宗主呵呵笑道："如今吕霄一马当先，底蕴远胜其他三人，如何能说失败了？"

瞧得两人争执，木霓族长声音轻柔地开口道："云梯只是用来淘汰底蕴不足者，这里的胜负代表不了什么，两位就莫要再相争了。"

见到木霓族长开口，郗菁与玄鲲宗主便都安静下来，只是对视的目光中依旧毫不相让，好片刻后才将视线再度转回云梯上。

此时的云梯上面，四道身影急速攀登，磅礴的源气波动引得虚空不断震荡。

木柳与韩渊几乎是持平的位置。

木柳周身隐隐间仿佛有连绵的古老森林虚影出现，那是自身源气运转到极致的表现。

韩渊周身则有漆黑源气呼啸，黑气滚滚，宛如大魔出世。

两人都是全力前行，试图追赶周元。

不过他们很快就发现，这种追击反而令双方的距离越来越远，周元的速度已暴涨到一个惊人的地步，快速甩开了他们，直追最前方的吕霄而去。

这一幕无疑又掀起了一阵高潮，无数人眼神炽热。这周元的野心倒是不小，不仅超过了木柳、韩渊，眼下竟然还打算追赶最强的吕霄。

如果吕霄在这里就被周元超越，那可真的有点滑稽了。

"哼！"

吕霄同样发现了这个情况，当即心中忍不住一声冷哼。这个周元还真是狂妄，超过了木柳、韩渊二人也就罢了，居然还想把他当作目标？

吕霄袍袖一抖，紫色的源气充斥在他四周。那颜色极为纯粹，宛如天地间阴阳交汇时所诞生的紫气，这是将自身源气催动到极致后产生的异象。

紫气缠绕在吕霄的双足之下，好似驮负着他迅速攀登。

短短数息，吕霄便将想要追赶上来的周元给甩在了后面。

外界天地间顿时响起了一些惋惜的叹息声。

周元见到这一幕，并没有感到沮丧，眼中反而满是跃跃欲试。他知道这一次的总阁主之争，他与吕霄之间必然要分出一个胜负，既然如此，那现在就开始吧！

他能够感觉到，若论自身源气底蕴，吕霄的确要比他稍强一些，从那紫色源气的精纯程度来看，他所修炼的源气应该是七品中相当顶尖的层次。

周元的镇世天蛟气也是七品层次，但论强横程度，他有自信绝对能与一些八品级别的源气相抗衡。

这就是祖龙经的强横之处。

所以，在源气底蕴上他的确稍逊吕霄，但他修炼的镇世天蛟气比对方的源气更强，如此比较，双方算是不分伯仲。

既然如此，你想将我远远甩开，又凭什么？

周元淡笑，单手结印，天地间有着蛟吟之声响起，青色的源气在其周身涌现，隐隐间竟有青蛟虚影成形。

青蛟盘旋，周元脚步迈出，那一瞬宛如乘蛟而起，以一种惊人的速度对着吕霄风驰电掣般追赶而去。

在那外界，当无数道目光见到周元速度暴涨直追吕霄这一幕时，顿时爆发出惊天的沸腾。

谁都没想到，这总阁主之争还只是处于云梯阶段，周元与吕霄就已经开始倾尽全力地争斗起来……

第八百七十一章 同时登顶

"吼!"

云梯之上,青蛟长吟。

周元脚踏青蛟而上,风驰电掣,直追最前方的吕霄,而吕霄周身紫气萦绕,脚下如有残影浮现。

此时双方都将速度催动到了极致,看他们那种状态,宛如自山顶倾泻而下的磅礴威压并不存在一般,如此强横的源气底蕴,看得不少人暗暗咋舌。

在两人的争锋中,时间迅速推移,外界一波波的喝彩声接二连三地响起来,气氛沸腾。

所有人都发现,在周元与吕霄倾尽全力的比斗下,两人的距离正在渐渐被拉近!

这无疑掀起了巨大的波澜。谁都没想到在这纯粹凭着自身源气底蕴支撑的云梯上,周元这个新任阁主竟然真的敢挑战吕霄这位最老牌的阁主!

无数人都激动起来,毕竟看热闹不嫌事大,他们倒宁愿周元真的一黑到底,那样一来,今日这场总阁主之争将会格外精彩!

吕霄同样听见了外界那些声音,当即面色有些阴沉,眼眸深处还带着一丝恼怒,此时的他有一种山林中兽王被老鼠捋了虎须的感觉。

他从没想到过,在这云梯上竟然有人敢对他发起挑战!

这件事,就算是韩渊与木柳都不敢!

而最让他惊怒的是周元的挑战还在一点点接近成功……双方的距离在不断被拉近,这样下去,他被追赶上来还真不是不可能的事情。

"这家伙的源气底蕴应该不及我,但那青蛟源气分外诡异。"吕霄心中暗怒。在他的感知中,那青蛟源气散发着一种神秘霸道的气息,威能绝对不逊于他的东来紫气。

很显然，周元就是凭借那青蛟源气的强横弥补了两人之间的底蕴差距，从而迅速追上来。

"算了，还剩最后一截距离，先登顶再说。"

吕霄深吸一口气，他自身的源气底蕴其实说明不了太大问题，真要争斗起来，在底蕴差距不大的情况下，还是要看各自的手段，而吕霄对自己的手段抱有极大的信心。

所以此时没必要与周元计较，等登顶后有的是机会对付他。

心中抱着这般想法，吕霄便不再理会后方追赶的周元，保持全速，打算在他追赶上来之前抵达山顶。

周元见到这一幕，自然明白吕霄的打算，不过他既然开始追赶，又怎么会允许吕霄先一步抵达山顶？这云梯之争虽跟总阁主之争没有多大关系，但周元明白，这是一种聚势的过程。

一马当先登顶者，其气势会在这个过程中凝练到极致，自身的状态也会达到近乎完美的程度，对接下来的大战无疑有着好处。

周元从未小觑过吕霄，他知晓这是一个极为棘手的对手，正因如此，他才会一争到底！

他若不争，就会让吕霄占据一丝先机与优势。

周元不蠢，他不可能相让。

他深深吸了一口气，单手结印，镇世天蛟气在此时毫无保留地运转起来。

"吼吼！"

天地间有青蛟咆哮而起，那咆哮声中带着一种古老而神秘的威严。周元周身青气凝聚，随着青蛟虚影，宛如蛟龙乘云而起。

周元脚踏青蛟虚影，速度猛然暴涨！

"唰！"

那漫长的云梯之上犹如有青光划过。

外界天地间顿时响起无数道倒吸冷气的声音。这般速度放在平常都相当惊人，更何况是在磅礴的威压之下？

周元凭借这种速度，与吕霄之间的距离迅速拉近。

短短数息,两人之间便只有数十步的距离。

吕霄的瞳孔此时猛地一缩,他知道这是周元最后的爆发,当即疯狂运转体内源气,周身紫气愈发浓郁,脚下生出幻影,对着那已然不远的山顶暴掠而去。

外界的无数道目光死死地盯着这两道疯狂掠出的身影,一波波呐喊助威的声音排山倒海般响起。至于后方的木柳与韩渊已是少有人关注,他们两人不知不觉间竟变成了陪衬。

紫气与青气呼啸,两人之间的距离不断缩短。

五十步……三十步……十步……

当两人之间只有十步时,前方山顶已是近在眼前,仅剩数十丈。

吕霄甚至都能听见身后的破风声,他的眼神愈发恼怒,此时他已将源气催动到了极致,速度难以再有所提升。

他只能望着前方,山顶愈发近了,数息之内就能登山!

只要先一步登顶,周元的努力就是白费!

三息之后,周元的身影只落后吕霄两步!

外界的沸腾声在此时近乎凝固,所有人的眼睛眨也不眨地望着那两道身影,屏息静气。谁都没想到,这登云梯都能够让两人争得如此惊心动魄!

一息又过!

吕霄一步踏出,终于一脚踩上了最后一梯。

那一瞬,吕霄周身紫绕的紫气消散开来,他紧绷的身躯也在此时松缓下来。他忽地发现自己的背上全是冷汗,不由有些恼怒,他竟然会被周元逼得现出些许狼狈!

不过好在他已经先一步登顶了!

吕霄深吸一口气,旋即感觉外界似乎有些安静,不禁眉头微皱,心中隐有一些不安的感觉。

此时此刻,虚空上的五位元老都注视着这一幕,片刻后皆收回了目光。以他们的能力,自然知晓最后那一瞬的结果。

玄鲲宗主面沉如水,郗菁同样神色平静。

两人都没有说话,木族的木霓族长便将目光投下,然后有柔和的声音响起来。

"此次云梯,吕霄与周元……同时登顶!"

声音传出，天地间顿时爆发出滔天的哗然声，无数人为之惊叹。云梯之上虽然没有明刀明枪的争斗，但那种惊险程度同样让人心惊。

而最让他们感到震撼的是，吕霄竟然没有胜出，反而最后被周元抢走了一半风头！

对于吕霄的名气来说，这种打平手的结局其实更像是一种失败……毕竟在此之前，所有人都觉得吕霄会取得摧枯拉朽般的胜利。

外界有无数的喝彩声响起来。

云雾缭绕的山顶，吕霄的面色变得一片铁青，他同样很清楚，对于他而言，没有完全取胜就是失败，更何况与人平手？

这对于骄傲的吕霄来说，简直就是一种侮辱！

那个曾经他连看都懒得看一眼的周元，居然在此时平分属于他的荣耀，他哪来的资格？！

"好个周元！"

吕霄的牙缝中有着冰冷的声音蹦出来，不过最终他还是平息下心中的震怒。他知晓，今日的总阁主之争，现在才真正开始！

他想要将此次的失败洗刷，其实很简单——夺得总阁主之位，一切的荣光依旧会再度降临在他身上。

他这次会让周元明白，究竟谁才是这天渊域的神府境第一人！

第八百七十二章
四阁之斗

山外,无数的惊叹声仍在持续。

先前周元与吕霄同时登顶的那一幕,显然是一幅极为难得的画面,此时那无数的惊叹绝大部分都是冲着周元而去的。

周元这一路的穷追猛赶,那种气势之凶横,外界无数目光都看得清清楚楚。

对于周元这次在云梯上面的表现,连一些观战的天阳境甚至源婴境强者都感到很惊艳,毕竟他的对手是成名已久的吕霄……

之前的周元虽说率领着风阁已显露出崛起之势,但论及名气和实力,他还是大大不如吕霄,所以几乎所有人都认为,这一次的总阁主之争这位风阁阁主应该是要折戟落马,可谁都没想到,这黑马依旧凶悍,即便面对着吕霄也是毫不相让。

无数人心中对周元的重视程度,经此番之后大大提升了一截。

按照云梯上的表现,这位风阁阁主恐怕真有能力与吕霄在总阁主之位上争斗一场了……

风阁这边,所有人都在激动欢呼着,伊秋水与叶冰凌的脸颊皆露出惊喜之色。周元追赶上吕霄并最终与他同时登顶的这一幕,令她们极为振奋。

风阁原本压抑的气氛此时变得火热起来。

反观火阁那边,众多人面面相觑,一时间有些安静。

朱炼与左雅的面色很不好看,好半响后,左雅才脸色铁青地憋出一句话来:"这才只是开始呢,等周元真正遇见吕霄师兄,他就会知道什么叫作惹不得!"

"呼!"

周元立于云雾缭绕的山顶,深深地吐了一口气,体内磅礴的源气渐渐平息,先前那种爆发让他将自身的源气运转到了极致。

最终他并没有超过吕霄，而是与其同时登顶。

对于这个结果，周元略微有点遗憾，却并不失望。此次他算是试出了吕霄的底蕴，如果他所料不错，这家伙不依靠任何外物，自身的源气底蕴应该处于两千三百万左右，比如今的他高出两百万左右。好在他的镇世天蛟气争气，勉强在两者的比拼中挣回一些颜面，这才有了最终的同时登顶。

所以，在不使用任何外物手段的情况下，现在双方可谓不相上下。

当然，这种比较终归不太现实，在彼此底蕴差距不是特别大的情况下，真正交手时还得看各自的手段。

最起码，此时的周元面对吕霄，已经不会再如数个月前第一次相见时那样有所忌惮了。

这就是他的进步。

而这种进步速度，任何与他为敌的人，恐怕都会心惊。

在周元心思转动间，天地间的源气忽然震荡起来，那山巅的总阁主令牌发出了低鸣之声。

山巅上的云雾变得极为浓郁起来。

见到这种变化，周元知道，木柳与韩渊应该也抵达了山顶。

至此，总阁主之争第一轮应该有了结果。

眼前的雾气越来越浓郁，最终将周元的身影吞没。周元并未惊慌，他能够感觉到四周似有空间微微波动，所以他没有胡乱走动。

如此静静等了一会儿，他感觉到四周的雾气开始消退。

他的目光扫视开来，发现此时自己立于一座巨大的白玉广场上，脚下的白玉闪烁着光芒。

"斗战场吗……"

周元目光一闪。场地变成这样，接下来应该就是总阁主之争的重头戏吧。

此时，虚空上，郗菁清澈的声音回荡起来。

"总阁主之争第二轮，四阁之斗！

"因火阁阁主吕霄和风阁阁主周元同时登顶，故而两人第二轮将会错开，同时随机分配对手。"

火阁的左雅听到此话，轻轻撇嘴道："真是便宜了那小子，他若是第二轮就遇见吕霄师兄，直接送他出场，看那风阁的人还嚣张什么！"

白玉广场上的周元闻言，目光一闪，第二轮就避开了吕霄吗？如果随机分配的话，应该会是木柳与韩渊二者之一吧？

希望不是木柳，毕竟相熟一场。如果是韩渊最好，这家伙总跟在吕霄后面，好似一条隐藏在暗处的毒蛇，时刻给人添堵，没少给他们风阁添麻烦。

另外，这家伙当年辜负了郗菁师姐的信任，倒也算不上背叛，毕竟他一个小小的神府境，并没资格得到郗菁师姐的看重。

对于此事，郗菁未曾说太多，显然没有太将韩渊放在眼中。郗菁虽然不在意，周元如果遇见了他，却想帮师姐将这个恩怨了结一下。

当周元心中这般想着时，广场的另外一头，雾气剧烈地翻滚起来，有细微的脚步声传出，一道人影慢慢地走了出来。

来人一身黑袍，周身有黑色的源气升腾，凛冽阴寒。

不是韩渊又是谁？

韩渊走出雾气，看见了对面的周元，嘴角微微抽了抽。

而此时周元的脸庞上露出了灿烂的笑容，他的目光不着痕迹地看了一眼虚空上。韩渊果然跟他碰上了，不知道这安排是真的随机呢，还是师姐的暗中操纵。

既然碰上了韩渊，那么他就能够心安理得地斗上一场了。

此时的木柳想必应该碰上了吕霄吧？希望他能够坚持久一些。周元知晓木柳的本事不弱，但他也清楚，木柳是斗不过吕霄的。

"当！"

天地间忽有悠扬的钟声响起。

郗菁的声音再度传出："总阁主之争第二轮开始。

"风阁阁主周元对山阁阁主韩渊！

"火阁阁主吕霄对林阁阁主木柳！"

外界的气氛再一次沸腾起来，无数道目光炽热地望着那座巍峨巨山之上的两座广场，他们都明白，唯有从这一轮中走出来的两人，才有竞争总阁主令牌的资格！

总阁主之争，越来越精彩了！

第八百七十三章 对战韩渊

缕缕白雾涌动的广场上,周元眼神毫无波澜地盯着眼前的韩渊。其实他跟韩渊之间并没有多大恩怨,虽说这家伙屡屡跟在吕霄后面给风阁找麻烦,但周元明白,这是因为他没有多少选择。

不过,不论如何,既然遇见了,那就没理由放过。

韩渊也注视着周元,神色有些复杂,叹道:"数个月前,我还以为风阁只是来了一个混日子的阁主,没想到却是来了一条大虫。"

当周元刚到风阁担任阁主时,韩渊并没有太过关注,那时候周元的实力还不值得他高看。可谁能想到,短短半年周元不仅坐稳了风阁阁主的位置,还率领着风阁声势大涨。如今周元所展现出来的实力,更是有了与吕霄相争的资格。

"郗菁元老这次的眼光真的是很好。"韩渊轻声道。

周元眼神平淡,道:"韩渊阁主当初另投他处的举动实在不智。"

在他看来,韩渊离开风阁、前往山阁担任阁主这一举动,相当的愚蠢。即便对于郗菁而言,一位神府境阁主根本入不得眼,但此事到底会恶心一位元老,从长远来看是相当不利的。

除非他未来能够踏入源婴境,凭借实力在天渊域拥有一些话语权,不然的话,没有任何人会为了他去增加与郗菁之间的矛盾。

韩渊笑了笑,道:"我只是天渊域中一个小小的散修,没有背景,没有修炼资源,一步步靠争、靠抢、靠不择手段爬到今天的位子,你以为我夹在玄晶族与郗菁元老之间,我有资格做什么吗?

"当初郗菁大人初任元老,势力薄弱,我若是不为自己多想想,说不定已在某次任务中殒命了。"

他的笑容中有一点苦涩与无力。

没有谁愿意去得罪一位高高在上的元老，现在的他还有点用，未来一旦没用了，玄晶族第一个就会将他丢出去承受郗菁的怒火。

这就是小人物的悲哀。

周元没有说话。神府境在五位元老的眼中的确算不得什么，如果郗菁不是他师姐的话，也不会给他这么多支持，而身处各方的博弈中，若是没有强有力的后台撑腰，必然是要吃亏的。周元自己之前都险些落入天灵宗锡光府主的算计中，若不是他足够小心谨慎以及郗菁师姐的时刻关注，或许他这位风阁阁主早已黯然陨落，哪里还有此时的风光？

虽说他能理解韩渊，但眼下该怎样还是得怎样。

望着周元渐渐锐利的眼神，韩渊没有再说话。他先前说那些可不是要服软，他能以散修身份一步步打拼到如今，同样是心性坚定之辈。

"想必周元阁主对我还是有点怨气，既然如此，今日咱们就打过一场吧！说句实话，对那总阁主之位我也不是没有野心，若是打败了你，我也会与吕霄争一争的。"

"轰！"

磅礴的黑色源气自韩渊的体内爆发而出，遮天蔽日，源气映照虚空，显露出无数源气星辰，粗略看去，约莫有两千万之数。

雄浑强悍的源气威压宛如万丈巨浪，一波波地对着四面八方蔓延而去，即便在外界，诸人都有所感应，当即不由暗暗咋舌：这山阁阁主的确不是寻常角色。

而周元面对着那种源气威压，连衣衫都未飘动，只是面色平静地站在那里。如果不是突破到神府境后期，面对韩渊这种对手，他还真需要倾尽全力才能够抗衡。

然而随着他达到神府境后期，若是比拼纯粹的源气底蕴，他已经强过了韩渊。虽说超出之数也不过数十万源气星辰，可加上镇世天蛟气的强横，周元有把握将韩渊轻易镇压。

对于这一点，韩渊同样心知肚明，在先前的云梯上面，他已经见识过周元的源气底蕴，他知道，如果不借助其他手段，今日他不可能是周元的对手。

于是，韩渊伸出了双掌，手背之上有一黄一赤两道古老的光纹缓缓地浮现出来。

山灵纹！

火灵纹！

当这两道源纹出现时，只见韩渊的源气波动瞬间暴涨，漫天源气星辰瞬间达到了两千六百万！

外界无数看客暗感震惊，一些同样处于神府境后期的人更是暗自苦笑，他们与韩渊比起来，连一半都达不到，难怪别人能够成为山阁阁主，而他们只能在外面呐喊助威。

周元双目微眯，神色依旧没有太大波澜，两千六百万的源气底蕴或许能够震慑旁人，却不包括他。

韩渊盯着周元笑了笑，道："周元阁主应该也凝练出了两道源纹吧？据说是风灵纹和火灵纹？

"我知道，凭借两道源纹就想和周元阁主分出个胜负，恐怕有些异想天开。"

见韩渊这般姿态，周元内心升起了一些兴趣，说道："看来韩渊阁主还有准备，既然如此，那就尽数施展出来吧，不然单这两千六百万源气星辰压不住我。"

如今他自身源气底蕴已有两千一百万，再加上两道完整的风灵纹与火灵纹，他的源气强度可达到两千八百万，所以对于韩渊的两千六百万，他并没有什么忌惮。

韩渊对此应该也知晓，但他依然如此自信，想必还有隐藏。

韩渊一笑，道："也不算什么其他准备。我没太多修炼资源，既然身处四阁，有四灵归源塔这种修炼宝地，自然只会死死钉在里面。

"我跟在吕霄后面任劳任怨，所为的就是分得更多归源宝币……

"原本我是打算留着与吕霄斗一斗的，没想到周元阁主后来居上，如今也只能将这隐藏许久的底牌亮出来。"

伴随着韩渊的话音落下，只见在其眉心处，一道绿色的古老源纹缓缓地浮现出来。

当这道源纹出现时，自韩渊体内爆发出来的源气波动再度疯狂暴涨，最终竟达到了两千九百多万的层次！

周元的眼瞳在这一刻猛地一缩，目光紧紧地盯着韩渊眉心处的那道源纹。

那是林灵纹！

韩渊竟然不知不觉间凝练出了三道古源纹！

"韩渊阁主隐藏得真是不浅，这一点恐怕连吕霄都未曾想到吧？"周元缓缓

地道。

谁能想到，四位阁主之中凝练古源纹最多的不是最为耀眼的吕霄，也不是精进惊人的周元，而是这个素来站在吕霄身后、并不怎么起眼的山阁阁主韩渊！

这个家伙的心机真是太深了，周元心想，如果这次不是他异军突起，韩渊这张底牌就是为吕霄准备的。

别看这韩渊平日里在吕霄面前伏低做小，甘愿听其命令，可暗中也有着自己的打算。

虽然周元不知道他为什么能够在吕霄之前凝练出三道完整的源纹，但这个家伙真是不得小觑。

"呼！"

周元深吸了一口气，双掌一握，青蛟长吟，磅礴源气咆哮而出，化为漫天源气星辰——

两千一百万！

他的手背上，风灵纹与火灵纹同时闪耀。

源气暴涨七百万！

最终他的源气强度达到了两千八百万！

眼前这个隐藏得颇深的山阁阁主，值得他全力出手了。

第八百七十四章
韩渊野心

"轰!"

当韩渊与周元的滔天源气席卷天地时,浩荡的一幕引得无数目光变得灼热起来,谁都没想到,在四位阁主之中,竟然是韩渊率先凝练出了三道源纹!

他那两千九百多万的磅礴源气底蕴呼啸天际,带来的源气威压直接引得这座巍峨巨峰微微颤抖。

不少人暗暗咋舌,在四阁之中,韩渊属于平日里颇为低调的那种,或许是因为他的光芒被吕霄尽数遮掩。对于这位曾经是散修出身的山阁阁主,很多人都有些忽视。

在他们看来,韩渊就是吕霄收服的小弟,可如今再看,他们方才知晓韩渊的低调之下竟隐藏着不小的野心。

最起码第三道源纹,就连吕霄都还没能完整地凝练出来。

由此可见,韩渊在这上面下了多大的苦功。或许的确如他所说,他没有吕霄那种背景,为了提升实力,他只能死守着四灵归源塔,将所有的期望都投注在四道源纹上面……

他的这种笨办法,如今也取得了不小的成效。

原本众人还以为在那云梯之上,四人的高下已经分出,这韩渊遇见周元应该是凶多吉少,如今来看,此话似乎说得早了点……

白玉广场上,黑色源气与青色源气在虚空中对碰,带起的巨声令虚空剧烈地震荡。

韩渊周身源气升腾,宛如黑色的浓烟。他所修炼的源气名为天魔障气,同样位列七品,此源气中蕴含极为霸道的毒素,若被侵入体内,血肉将尽数被融。

即便催动了三道源纹,将自身的源气底蕴提升到了两千九百多万的层次,韩渊盯着周元的双目中依旧充满着忌惮,因为此时的周元并不比他弱多少。

这场战斗,必然会是一场苦战。

"轰!"

韩渊眼神阴冷,双手猛然合拢,只见那浩荡的黑色源气咆哮起来,化为千丈黑色毒手,带着滔天的腥气,对着周元狠狠地拍下。

那黑色巨手上黑雾缠绕,只要能够侵入周元体内,那种毒素就能令其受创!

望着呼啸而下的黑色毒手,周元眼神微凝,并没有真让那巨手接近他的身躯。对于这种毒源气,他必须格外谨慎,就算他的肉身有所小成,一旦中招,也会格外麻烦。

他的手掌抬起,一枚剑丸悬浮在掌心上,顿时有着滔天剑吟响彻而起。

"嗡!"

下一瞬,一道凌厉无匹的剑光冲天而起,带着无比的锋锐,直接与那黑色毒手硬碰在一起。

"嗤!"

剑光过处,由纯粹源气所化的黑色毒手被洞穿,紧接着剑光一摆,竟分化出万千剑影,宛如暴雨一般对着韩渊所在的位置呼啸而下。

韩渊步伐后退,袍袖连连摆动,只见磅礴的黑色源气在前方涌动,层层叠叠,犹如化为深厚的黑色沼泽。

"噗!噗!噗!"

无数剑影刺入黑色沼泽内,并不断地深入其中,最终却在距离韩渊身躯十丈时被里面的剧毒源气侵蚀,化为虚无。

双方甫一交手,都感觉到了对方的棘手。

韩渊眉头微锁,先前的交锋在电光石火之间,他这两千九百多万的源气底蕴并没有取得丝毫优势,反而被周元反攻了一波,对方的源气之精纯、源术之强横,都超出了他的意料。

周元同样轻叹一声,他原本以为此次突破到神府境后期后就能够摧枯拉朽地击败韩渊,然后积蓄力量与吕霄决战,如今来看,他还真是小瞧了这位不显山不露水的山阁阁主。

无论如何，这场争斗都不能陷入持久战，必须干脆利落地解决掉，越是拖下去，对他自身的源气消耗就越大。而此战之后，还有一场更为激烈的大战等着他。

所以，此战需速战速决！

"呼！"

当周元的目光闪烁时，韩渊吐出了一道白气，眼神变得凌厉起来。他的想法与周元相同，他也想进入到最后一轮，所以不能跟周元陷入持久战。

既然如此……

韩渊仰天长啸，脚尖一点，身影直冲虚空，一口精血喷出，十指染血，然后闪电般结出无数印法。

黑色源气滚滚而来，宛如一片看不见尽头的黑海将他的身影笼罩起来。

隐隐间，似有一种令人毛骨悚然的气息在那黏稠的黑海之中凝聚。

周元望着这一幕，知道韩渊准备释放杀招，他不仅没有阻止，反而很乐意，因为这正是他的打算，双方速战速决，胜者进，败者退！

周元五指握拢，青金色的源气在体内咆哮，隐隐间化为青蛟盘踞身躯之外，发出了蛟龙长吟。

外界的无数道目光都紧紧地盯着这里。

周元与韩渊的对碰，比想象中的还要激烈凶狠！

那漫天黏稠的黑色源气滚滚翻涌，数十息后忽地一僵，然后以一种惊人的速度开始倒卷而回。

所有人都能感觉到，那宛如一片黑海的中央处，似有一种令人心悸的波动生出来。

那股波动充斥着暴戾与杀戮。

显然，周元与韩渊都想快速打完赶下一场，只是不知道究竟谁能够如愿……

黑色源气不断地卷回，待得最后一圈黑色源气散去时，韩渊的身影再度显露出来，此时的他面色微显苍白，但双目之中满是狠厉之色。

无数道目光看向韩渊的身后，只见那里有一道约莫十丈的黑色身影静静矗立，最后一缕黑色源气正钻进它的鼻息之中，黑影的手中握着一柄黑镰，镰锋上有异光闪烁。

那股无边的暴戾与杀戮之气，便是从那诡异的黑影体内散发出来的。

韩渊面色苍白地注视着周元，旋即咧嘴一笑，露出森森白牙。

"周元阁主……

"这是我为你准备的大餐，你可以叫它——

"黑天魔！"

第八百七十五章
黑色镰刀

"黑天魔……"

周元眼神微凝望着立于韩渊身后的黑色影子,从它体内散发出来的那股令人心悸的杀戮气息让他感觉到了阵阵寒意。

剑丸自周元的面前悬浮起来,剑光弥漫,化为一道锋锐无匹的剑影。

"唰!"

下一瞬,剑影暴射而出,快若惊雷,直指韩渊而去。

韩渊立于虚空,纹丝不动,待得那剑影距离面门不过尺许时,黑色的镰刀猛地破空而出,狠狠地斩在剑影之上,剑光顿时碎裂,剑丸一晃,倒射而回。

"咻!"

剑丸倒射,而那黑天魔却凭空消失于原地。

周元的脚步在此时斜踏一步,身后有刺耳的破风声传来,镰刀光影贴着他的身躯斩了下去,连虚空都被撕裂出一道痕迹。

一刀落空,刀光再变,裹挟着杀戮之气,划起刁钻无比的轨迹,直接对着周元的脖子划去。

周元眉头微皱,这黑天魔的速度快得惊人,也不知道究竟是个什么东西。不过面对那撕裂而来的镰刀刀光,他却并不惊慌,五指陡然紧握,有着雪白的毫毛弥漫出来,覆盖拳头,宛如拳套。

"当!"

他一拳轰出,与那镰刀刀光碰撞在一起。

虚空有着涟漪震荡,碰撞的那一瞬,周元能够清晰地感觉到有一股暴虐的杀戮之气自镰刀上传递而来,想要冲进他的体内肆虐。

"吼!"

还不待那股暴虐杀戮的气息扩散,周元体内的镇世天蛟气便呼啸而出,将其迅速扑灭。

这番交手,已让周元明白了黑天魔的强横,此物几乎有着韩渊所有的源气强度,再加上那种与生俱来的暴虐杀戮,论其战斗力,甚至已经超出了韩渊本身。

韩渊在召唤出这黑天魔后,自身的源气出现了亏空,无法再战,不然现在周元就会陷入以一敌二的困境中。

"唰!"

黑天魔的身影宛如鬼魅,手中镰刀化为无数刀光,如浪潮一般对着周元铺天盖地地斩杀而来。

"当!当!"

在接下来的比拼中,周元与那黑天魔闪电般交锋数十回合,每一次硬碰,他的步伐都会后退半步。黑天魔战斗力凶悍,连他都有点落入下风,难怪韩渊会将此视为杀招。

虽然局势看似不妙,周元的神色却是毫无波动。黑天魔固然凶横,但终归不可能拥有与人类相同的战斗意识以及对局势变幻的把控。

"当!"

又是一次硬碰。这一次周元目光一闪,步伐不仅未退,反而踏前一步,身影诡异地贴近黑天魔,出现在那镰刀挥舞的一个细微盲区,同时他手掌一握,剑丸化为剑光出现在其手中。

"唰!"

周元的身影出现在了数十步之外,而那道剑光却直接洞穿了黑天魔的胸膛。

外界天地间顿时响起诸多哗然声,那韩渊费尽心机搞出来的黑天魔,就这样被解决掉了吗?

一击得手,周元的眼中并没有任何欢喜,反而掠过一抹疑色。他发现被自己一剑洞穿的黑天魔,其气势依旧强横,并没有丝毫减弱。

半空中,韩渊淡淡地笑道:"周元阁主,你这剑丸之术的确凌厉无匹,但可惜的是,对我这黑天魔恐怕没多大效果。"

周元的眉头皱起,紧紧地盯着黑天魔,片刻后忽然心头一动,他发现,在那黑天魔浑身紫绕的庞大源气波动之下，竟隐隐有着一丝神魂波动散发出来。

"这黑天魔竟是以神魂为核心驱使源气？"

周元眼中惊讶大盛，怪不得他先前的那一剑没有太大效果，因为这黑天魔的核心乃是某种神魂或者说兽魂，而纯粹的源气攻击对神魂类本就有所削减。

所以，如果不能直接摧毁其内在的神魂核心，无论周元如何进攻，它都能够迅速恢复，长久下去，周元反而会被它生生耗死。

想要摧毁神魂核心，就必须以神魂之力攻击，但单纯的神魂之力又难以攻破其外在的源气防御。

这就是黑天魔让人感到棘手的地方。

"唰！"

就在周元心思转动时，前方有暴虐气息如风暴般卷来，黑天魔高大的身躯带起阴影笼罩向周元，那黑色镰刀裹挟着杀戮之气洞穿虚空，狠狠地对着周元疯狂斩下。

周元的身影极速暴退。

"轰！轰！"

地面上被黑天魔的镰刀撕裂出深深的痕迹，攻势狂暴。

"吼！吼！"

黑天魔仰天尖啸，天地间的源气被其吞入嘴中，它的身躯逐渐膨胀，其攻势变得更为可怕，不断斩向周元。

此时的场中局面，周元看上去已经处于绝对的下风了。

外界，火阁的左雅见到这一幕，忍不住讥笑起来，道："还以为这周元有多大能耐呢，竟然被韩渊逼得如此狼狈……"

朱炼则摇摇头，道："是这位山阁阁主隐藏得太深了，他这一手黑天魔以往从未见其施展过，极为棘手，莫说周元，就算是吕霄师兄恐怕都会被纠缠一会儿。"

左雅撇撇嘴，道："如果周元真被韩渊阻在了这里，那可就真有笑话看了。"

风阁处，伊秋水、叶冰凌等人皆神情凝重地望着广场上的战局，对于韩渊隐藏的这手，她们不禁感叹，能够成为四阁阁主的人，果然没一个是简单的。

虽说眼下周元似乎处于下风，但她们并没有显露出太多的担忧之色，对于周元，她们同样有着信心。

她们可不信周元真的会被韩渊阻拦在这里。

"轰！"

黑镰斩下，一道深深的裂痕蔓延而开，烟尘弥漫。

周元的脚掌擦着地面倒射而退。

"咻！"

黑天魔的速度更快，直接出现在周元身后，那镰刀光影撕裂虚空，狠狠地对着周元的脑袋斩下。

周元的眼中有着锋利之色浮现，手掌上涌出雪白毫毛，并尽数化为漆黑色。

"当！"

他的手掌对着刀锋抓去，刀锋与漆黑毫毛疯狂摩擦，发出了刺耳的吱吱声。

"哼！"虚空上的韩渊见状，一声冷哼，那镰刀上弥漫着毒气，越是接触得久，毒气侵蚀得就越深。

周元的手臂上有黑色雾气迅速蔓延，不过他神色平静，将袍袖猛地一抖，一道璀璨剑光暴射而出，再度洞穿了黑天魔的身躯。

"没用的！"韩渊声音淡漠道。

"周元，看来此次你要输了。"

周元为了这次的攻击，硬生生承受着毒气的侵蚀，此时可见他的手臂内有着黑色气息流淌，毒气一旦扩散到体内，他将再无战斗之力。

"那可未必。"周元的声音在此时响起。

韩渊眉头一皱，下一瞬，他忽地察觉到什么，猛然看向洞穿黑天魔身躯的那抹剑光。

剑光渐渐碎裂，只见剑光之内竟有一道灯笼般的虚影若隐若现。

而灯笼之内有着熊熊火苗在燃烧。

那是……

"魂炎？！"韩渊的面色剧变。

周元竟将魂炎隐藏于剑光之内，想要送入黑天魔体内，摧毁它的神魂核心。

"当真狡诈！"韩渊双手迅速结印，只见黑天魔体内忽有无边的黑色毒雾席卷而出，对着那魂炎涌去。

"我早就知晓你拥有化境神魂,但凭你这化境初期的魂炎,想要毁掉黑天魔的核心,怕是还不够!"

韩渊的眼神阴沉,他知道化境神魂能够凝练魂炎,如何会不做准备?

黑天魔体内隐匿的这些黑色毒雾,足以抗衡化境初期的魂炎!

周元同样察觉到那些席卷而来的黑色毒雾,他摇了摇头,没有多说什么,只是嘴中有着轻声传出:"魂灯术!"

"熊!"

就在他声音落下的那一瞬,灯笼之内忽有熊熊魂炎咆哮而出,宛如火蟒嘶啸,与那无边的黑色毒雾碰撞,魂炎升腾,毒雾顷刻间被焚烧得干干净净。

韩渊的瞳孔猛地一缩,通体冰凉。他发现周元那道魂炎之雄浑远超寻常的化境初期。

魂炎火蟒闪电般蹿出,直接缠绕在黑天魔体内某处,无形火苗升腾间,那里盘踞的神魂核心顿时烟消云散。

"啊!"

黑天魔发出尖啸,身躯上的黑雾疯狂地涌出来,短短数息便化为一堆黑色的灰烬。

"扑哧!"

黑天魔被毁,与之相连的韩渊顿时一口鲜血喷出来,下一刻他的身影急速倒射而退。

不过,他的身影刚刚退出数步,便不得不停下来,因为一道剑影抵在了其背心处,锋锐的剑气在他后背刺出了血点,有着鲜血滴落下来。

那股锋锐的寒气直透体内深处。

广场上,周元将手臂上的毒气尽数化解,然后甩了甩手掌,神色平淡地盯着半空上的韩渊。

此次反击,他自觉颇为满意,他仅仅动用了荡魔剑丸术和魂灯术,便将韩渊的杀招击溃,源气消耗并不算大。

半空中,韩渊神色不甘,但最终还是颓然下来。他没想到自身隐藏这么久的杀招在还没有遇见吕霄之时,就已经折戟沉沙……

这位风阁阁主真的不简单啊!

韩渊抹去嘴角的血迹,身形在无数道目光的注视下缓缓落下,有些艰难地道:"周元阁主好手段,我输了。"

周元袍袖一挥,抵在韩渊背后的剑影消散而去,一枚剑丸射来,他张嘴吞下,然后抱拳一笑:"韩渊阁主,承让了。"

总阁主之争,周元先下一局。

第八百七十六章 吕霄取胜

当韩渊认输的时候,外界观战的人群中爆发出此起彼伏的哗然声,他们没想到片刻之前占据绝对优势的韩渊,竟然在短短十数息后就被周元逆转了局面。

"那风阁的周元阁主倒是狡猾,这一手剑光藏魂炎刚好将黑天魔完美克制。"眼力毒辣的强者点评道,言语间对周元的这种作战手法颇为赞叹。

不少人点头表示认同。韩渊的这手黑天魔其实相当厉害,如果不是周元在神魂上有着不低的造诣,旁人想要击碎黑天魔,必然需要付出不小的代价。即便是吕霄在此,也不见得会比周元做得更好。

"这韩渊只是有点倒霉,如果换作遇见吕霄,说不定能坚持更久,虽说最后还是输的下场……"

"呵呵,木柳和吕霄那边也颇为精彩呢。"

"木柳坚持不了多久的,今日这场总阁主之争的重头戏必然是在周元与吕霄之间……"

……

火阁处的左雅听到那些议论的声音,脸色有些不太好看,忍不住冷哼道:"真是聒噪!如果韩渊遇见的是吕霄师兄,他根本就没有动手的勇气!"

说什么吕霄难以比周元做得更好,简直是笑话!

朱炼没有说话,虽说他是火阁这边的人,但有些说出来会显得太愚蠢的话,他自然不想开口,他明白那些人的意思。他们并非说吕霄不如周元,只是表示在应对黑天魔上,吕霄的手段应该不及周元,因为吕霄的神魂境界没有周元强。

如果是吕霄面对黑天魔,只有一种办法,以绝对强横的源气底蕴碾压,只是如此一来,势必会对他自身的源气消耗造成不小的影响。

而风阁那边,原本情绪紧绷的众人皆在此时爆发出欢呼声,神情激动。

先前周元被黑天魔压制的时候,他们紧张得连大气都不敢喘,如今局面被逆转,当然要发泄一番。

叶冰凌与伊秋水对视一眼,都如释重负地松了一口气,虽说她们对周元有信心,但只有看见了结局才能彻底地安心下来。

"这一下算是闯进决赛了。"伊秋水拍了拍饱满的胸脯,说道。

"是啊,接下来才是真正的苦战。"叶冰凌冷艳的脸颊充斥着凝重之色。韩渊已经算是很强了,可与吕霄相比起来,其危险度却是大大不如。

"木柳那边应该快要坚持不住了。"伊秋水的美目望着另外一座巨大的白玉广场,有些惋惜道。

此时,天地间无数道目光也都盯着那里。

那是第二座战场。

那座白玉广场上有着无数树木破土而出,彼此互相缠绕,犹如形成了一片碧绿森林。这森林乃是以纯粹的源气所化,其危险程度远非一般森林可比。

"轰!轰!"

源气所化的巨大蔓藤宛如巨蟒一般咆哮,铺天盖地地对着森林之中的某处狠狠砸去。

这片源气森林是由木柳衍变而出的,此时被疯狂攻击的便是困在其中的吕霄。

木柳的身影立于一棵大树之上,他望着森林中央处的疯狂攻势,面色一片凝重。虽说他将吕霄困在了这片木界之中,但他能够感觉到,那些攻击并未对吕霄造成多大伤害。

"真是棘手!"木柳喃喃道。

"咦?"

木柳忽然抬头望向另外一个方向,眼中有着惊疑之色浮现出来:"韩渊已经输了?这么快?!"

他知道先前在云梯上面周元已经展现出比他们更胜一筹的源气底蕴,但这种对战可不是光靠源气底蕴就能够取胜的,毕竟周元并没有超出他们太多。

可如今韩渊输得这么快,只能说周元的手段相当厉害了。

"轰!"

就在木柳心中惊叹时，下方的源气森林中忽然有一道极端恐怖的源气爆发开来，中央位置的一棵棵源气巨树直接被那源气冲击生生地撕裂开来。

木柳一惊，急忙就要运转源气修复。

"木柳，木族的面子我已经给够了，接下来就莫要再得寸进尺了。"源气森林中有一道漠然的声音响起。

木柳眉头微皱，并没有回话，但体内的源气在此时尽数调动起来，他知晓，被困半天的吕霄恐怕就要爆发了。

"嗡！"

就在吕霄的声音落下时，只见源气森林的中央位置忽有璀璨的紫光凝聚，宛如一轮紫日冉冉升起，一股狂暴的燥热之气随之弥漫开来。

"紫霄焚天波！"

一道暴喝如雷响彻，下一瞬，狂暴的紫色光波宛如万丈巨浪一般，猛然自那森林中央横扫开来。

"砰！砰！"

紫色光波过处，一棵棵源气巨树瞬间被焚烧，迅速化为虚无。

短短数息，光波肆虐，源气森林便尽数崩溃。

无数道目光震撼地望着那光波中央处，一道浑身萦绕着紫光的身影凌空而立，气势磅礴，令人心悸。

源气森林被破，木柳面色微变，身形暴退。

那道紫光身影眼眸冷冽地看来，身影一闪，便如鬼魅般出现在木柳的上方，然后一掌拍下，紫气滚滚。

"紫浪手！"

那一掌有紫气连绵涌动，一重重源气不断叠加，狂暴之力引得虚空不断震荡，最后那一掌直接洞穿虚空，印在了疯狂退后的木柳的胸膛上。

"扑哧！"

一口鲜血自木柳的嘴中喷出来。

"砰！"

他的身体重重地坠落在白玉广场上，地面顿时崩裂，一道道裂痕如蜘蛛网般蔓延开来。

木柳躺在巨坑之中，面色惨白，嘴角挂着血迹。他望着半空中眼神冷漠的吕霄，却是咧嘴笑起来，嘶哑道："吕霄，你别得意，我感觉这一次的总阁主之争，你会失败……

"你要知道我的感觉是很敏锐的！"

"哈哈！"

吕霄眼神冷冷地看着木柳，淡声道："哦？凭那个周元吗？因为他打败了韩渊？"

他摇摇头，没有再理会木柳，转身朝着山巅而去，淡漠的声音远远地传来。

"那你就躺在这里好好看着吧，看是你的感觉准，还是我的手段更让人信服。

"那个周元，很快就会来陪你的。"

第八百七十七章 最后一轮

擎天巨山山巅处。

一枚古老的令牌悬浮于半空，令牌上雕刻着四灵归源塔的图纹，蕴含着一种独特的威严气息。

山巅之上布满着无数山石，或大或小，千奇百怪。

此时，一道身影穿过云雾，仰头凝视着半空中的古老令牌，神色平静，只是双目深处略显感叹。

"总阁主令牌……"周元轻轻自语。

他来到混元天天渊域，至今为止有一年了。刚来时，他毫无根脚，可一年之后，他已经有了与天渊域诸多天骄争夺总阁主的资格。

不，已经不只是资格了，只要他再前行一步，这个万众瞩目的总阁主之位就会落到他的手中。

这一年来，周元从未放松过，他在竭尽每一丝可能提升自己的实力，他不敢放松，因为夭夭还在那孤寂冰冷的水晶琉璃棺中等着他。

那些年，他从大周王朝走出，在之后所经历的诸多危险艰难中，夭夭不知道给予了他多少帮助与保护。

若是没有夭夭，周元真不敢想象他在与武煌、武王的争斗中究竟谁能够笑到最后……

所以，周元内心很清楚，这些年来他欠夭夭太多。

如今夭夭因为他而受伤沉睡，他的内心无比自责。他知道自责不能解决任何问题，所以孤身一人义无反顾地来到这陌生的混元天、陌生的天渊域，开始新的征程……

在这里的一年,他从神府境初期突破到后期,也从一个籍籍无名者成为如今天渊域中的耀眼黑马。

这一切,不是为了那些所谓的名声。这个四阁总阁主的位置周元不见得有多稀罕,但这是夺得祖龙灯的第一步,所以他无论如何都不能放弃。

所幸的是,第一步的成功近在眼前。

"夭夭,虽然这还只是一小步,但只要能够让你苏醒,刀山火海,我都会为你去闯。"周元心中轻语,脑海中有一张清冷绝美的容颜浮现出来,让他为之神魂动摇,因刚才经历一场大战而冷冽的脸庞也在此时变得柔和下来。

"我怎么都没想到,最后与我竞争总阁主的人竟然会是你……"一道淡淡的声音忽然自后方传来。

周元微微偏头,望着从云雾中走出来的吕霄,道:"你更想不到的是,这总阁主之位落不到你头上。"

吕霄上前,与周元身形齐平,他抬头望着半空中的令牌,道:"真不知道你从哪儿来的这种信心,看来打败韩渊给你增加了不少勇气。"

"待会儿交手后不就知晓了吗?"周元笑笑。

吕霄摇摇头,没有再说话。他的身形一动,直接出现在一座百丈巨石之上,眼神淡漠地道:"周元阁主,请吧。"

经过云梯以及第二轮的阁主对战后,外界的气氛在此时彻底地沸腾起来,特别是当周元与吕霄在山巅对峙时,无数人眼中都有着浓浓的期待之色涌现出来。

这场总阁主之争,比他们想象的更精彩。

原本他们以为此次的总阁主之争,吕霄会毫无悬念地成为胜者,但看过先前周元与韩渊的对决后,众人知晓,现在的周元同样有资格与吕霄对战。

从那些此起彼伏的议论声中能够听得出来,看好吕霄的人占据多数,周元虽然令人惊艳,但吕霄到底是天渊域年轻一辈中神府境的第一人,还在神府榜上高居第九,不论名气还是展现出来的实力,他都要胜过周元。

"终于等到这一天了!"

火阁处,左雅咬着银牙,一脸的痛快之色。这几个月来,他们火阁与风阁的争斗屡屡不顺,让火阁诸多高层都极为憋屈,在他们看来,火阁的总体实力远胜风阁，风阁怎敢有胆子来捋虎须？

而之前的那些争斗偏偏又和整体实力没有太大关系，这让火阁诸多高层有一种有力不知往何处使的感觉。

好在他们终于等来了总阁主之争！

今日，吕霄将会把他的实力毫无保留地施展出来！

"我看这周元凭什么和吕霄师兄斗！"

风阁处，先前众人因周元打败韩渊的欢喜神色在此时再度变得凝重起来，就连伊秋水与叶冰凌都脸色肃然，再没之前那种绝对的自信。

她们都很清楚，吕霄绝对是比韩渊更为棘手的对手！

吕霄也会是周元登顶四阁总阁主之位的最大拦路虎。

今日周元若能闯过去，那他就会取代吕霄在天渊域的地位，成为天渊域神府境中新的牌面。

如果闯不过去，那么之前风阁在与火阁的斗争中所取得的优势将会荡然无存，甚至往后，吕霄有的是手段来对付风阁，让他们将前几个月得到的好处尽数还回去。

"现在……只能相信周元了。"叶冰凌缓缓地道。

伊秋水轻轻点头，旋即笑道："大不了就退出风阁，以周元的本事，外放也有能力成为一州之主。"

如果吕霄真的成为总阁主，与其被他处处找麻烦，还不如外放，省得受气。

叶冰凌苦笑一声，如果那样的话，就真是最糟的事情了。外人一定会认为周元是因为斗争失败，没有勇气留在风阁……所以眼下的局面，真的只有拼命一搏了，不论周元还是吕霄，都难以承担失败者的名头。

诸多巨大乱石堆积的山巅上。

两道身影脚踏两座巨岩对峙而立，空气仿佛都变得凝固起来，气氛压抑。

吕霄神色淡漠，滔天紫光源气席卷，半壁天空在此时化为紫色，那一幕宛如紫气东来。紫光映照虚空，显露出无数源气星辰，那数目多达两千三百万……

如此源气威压肆虐，巨大的山巅都在微微颤抖。

周元体内有青光源气喷薄，在那虚无空间，隐隐化为一头虚幻的青色蛟影，

蛟龙咆哮，发出惊雷般的吼声。

青蛟之后，则是那两千一百万的源气星辰。

两股磅礴强悍的源气在此时冲天而起，对峙间虚空震荡，惊雷狂响。

整个天地间，无数道目光包括虚空上的五位元老，都在这一刻将目光汇聚于这两道身影之上……

这场总阁主之争的最后一战，终于来临。

第八百七十八章
双骄鏖战

"轰!"

山巅之上,两道磅礴的源气波动冲撞在一起,惊雷响彻,冲击波肆虐开来,将附近的一些巨石都生生震裂开来,声势惊人。

周元与吕霄各自立于一座巨石之上,两人的目光都在此时变得凌厉、冷冽。

周元双手的手背之上,风灵纹和火灵纹缓缓浮现。

两道源纹被催动,下一瞬间,自周元体内爆发出来的源气波动直接暴涨,那映照虚空的源气星辰数量更是节节攀升,最终达到了两千八百万的可怕程度。

面对吕霄这种级别的对手,周元没有任何试探之意,他知晓,唯有倾尽全力,方才能够取得先机。

吕霄见状,面色漠然,同样毫不犹豫地施展出火灵纹与山灵纹,其源气底蕴瞬间暴涨了六百万,再加上他自身两千三百万的底蕴,一共达到了两千九百万!

外界无数目光满是震撼,不论周元还是吕霄,两人的源气底蕴距离三千万都近在咫尺,如此强度的源气,让不少同为神府境后期的强者面容苦涩。

"轰!"

周元与吕霄的身影几乎在同时冲天而起,磅礴源气在他们周身化为洪流,下一瞬咆哮而出。

一青一紫两道源气洪流震荡虚空,带着足以让寻常神府境后期头皮发麻的惊天之威,在虚空之上凶横硬碰。

"轰轰!"

青紫交错的源气冲击波爆发开来,下方无数巨石被生生掀飞,连虚空都被撕裂出一道道淡淡的空间裂缝。

　　周元与吕霄的身影皆微微一颤，旋即两人的眼神变得凝重起来。这次交手，他们都感觉到了对方完全不逊色于自己的强悍源气。

　　"嗡！"

　　周元嘴巴一张，一枚剑丸暴射而出，只见剑光爆发，漫天剑影闪现而出，那股锋锐之气直冲云霄。

　　"荡魔剑丸术，剑洪流！"

　　周元单手结印，只见万千剑影汇聚，化为浩荡洪流暴射而出，所过之处，虚空被撕裂，那股无可匹敌之势，仿佛要将任何阻拦在前方之物都撕碎。

　　吕霄望着咆哮而来的剑影洪流，一声冷笑，源气澎湃涌动，毫不退让。

　　"紫浪手！"

　　滚滚紫色源气呼啸，化为紫色巨浪，其中有紫光大手探出，一掌拍下，足以令大地崩裂。

　　"砰！"

　　剑影洪流与巨浪紫手相撞，整个天地间都是惊雷之声，狂暴的源气冲击波肆虐不休。

　　一波波的攻势在山巅爆发，整个擎天山岳都剧烈地震动起来。

　　无数道目光望着这种级别的对碰，皆是目瞪口呆。到得此时他们方才明白，不论周元还是吕霄，在先前面对韩渊与木柳时都没有真正地倾尽全力。

　　"轰！"

　　山巅上又是一轮凶悍碰撞。

　　周元双手闪电般结印："太玄圣灵术！"

　　只见一道神秘光影出现在他身躯之外，双翼展开，吞吐着天地间的磅礴源气。

　　催动了太玄圣灵术，周元体内的源气波动再度暴涨起来，他手掌一握，剑丸破空而来，源气灌注间，一柄百丈光剑便从周元的手中蔓延而出，剑锋吞吐不定，寒光四射。

　　"斩！"

　　周元啸声如雷，那一抹光剑狠狠地劈斩而下。

　　"轰！"

　　光剑尚未落下，山巅之上已出现了一道深深的剑痕，一座巨大无比的山壁直接被生生削去，轰隆隆地砸落到深渊。

周元这一剑，运转了两千八百万源气星辰，再加上太玄圣灵术和荡魔剑丸术两道上品天源术，其威能看得无数神府境强者眼皮狂跳。

这一剑之下，恐怕十个普通的神府境后期都会被斩成碎末。

磅礴剑光从天而降，吕霄面色凝重，双手合拢，璀璨的紫光从他的双掌间散发出来，形成了一道紫色光罩，将他的身躯覆盖起来，在那光罩表面仿佛有一道神秘身影静静盘坐。

"不动明王紫光罩！"

这是天灵宗的上品天源术，防御力极为惊人。

"轰！"

磅礴剑光狠狠地斩在那层薄薄的紫色光罩上，狂暴的冲击波肆虐而开，山巅之上被撕裂出无数深深的痕迹，遍地的巨石更是被剑气绞碎成粉末。

山巅上的剑气肆虐了足足数十息后方才渐渐消散，无数道目光急忙投射而去。

只见虚空上，吕霄凌空而立，周身紫色光罩若隐若现，虽说上面布满了裂痕，但是仍将周元那惊鸿一剑给抵挡了下来。

山腰两座残破的广场中，韩渊与木柳望着这一幕，不禁神色复杂，如果换作他们，这一剑真不一定接得下来。

外界，火阁处的左雅忍不住跺了跺脚，道："吕霄师兄怎么不进攻？反而让那家伙跳来跳去！"

她还指望吕霄摧枯拉朽地击溃周元，让她好好出一口气呢，但眼下来看，反而是周元占据着主动。

朱炼摇摇头，有些无奈地道："你就别瞎说了！周元的实力很强，你没见到吕霄师兄每一次应对都是倾尽全力吗？这种级别的交锋，只能在不断的碰撞间找寻机会。"

左雅有些不满地看了他一眼，终归没有再多说。她心里很清楚周元的实力，他先前的惊人攻势直看得她心惊肉跳，她知道如果换作自己，恐怕十条命都不够周元砍的。

这个风阁的阁主，的确是有些能耐！

"这家伙……"

吕霄望着几近破碎的紫色光罩,眼中掠过一抹阴鸷。这道防御源术有多强,他心里再清楚不过,没想到才承受了周元的一击,便已达到了极限,可见先前那一剑是何等凶残。

"嗡!"

吕霄的眼神忽地一动,只见右侧虚空一荡,一道剑丸破空而出,裹挟着剑光再度暴刺而来。

见到周元咄咄逼人的攻势,吕霄眼中寒气大盛,袍袖一抖,紫光源气席卷而出,将那剑光抵御住。

"咻!"

就在他抵御住剑丸攻势时,周元的身影却如同鬼魅般出现在其后方,只见周元的手掌一抬,竟有一道虚影般的灯笼出现在其手中。

灯笼之内有一点火苗在跳动。

"魂灯术!"

周元深吸一口气,猛地对着灯笼狠狠一吹。

"呼呼!"

下一瞬间,滚滚魂炎自其中咆哮而出,宛如一道磅礴火线,直接对着吕霄呼啸而去。

魂炎能够对神魂产生攻击,而吕霄的神魂是弱势,一旦被魂炎沾染,必然会被重创。显然,先前那些攻势都只是虚招,这魂灯术才是周元为吕霄准备的狠招。

魂炎滚滚而来,吕霄眼神一凛,眼中掠过一丝忌惮,却没有丝毫惊惶。

"周元,你真以为我不会防着你这一手吗?"

吕霄双手闪电般结印,只见他的嘴巴陡然鼓起,其中有着紫光凝聚,隐隐间还有一股檀香味散发而出。

"哗啦啦!"

下一瞬,吕霄嘴中竟有一股紫水喷吐而出,紫水滚滚,宛如洪流,带着异香与那魂炎相撞,两者迅速开始消融。

"周元,我这紫檀镇魂水可是专门为你的魂炎准备的!"

周元见状,眉头一皱。吕霄的难缠程度当真是远远超过了韩渊。

"先前你进攻舒服了吧，接下来也该尝尝我为你准备的好戏了。"吕霄的嘴角掀起一抹森冷笑容。

周元的心头一凛，他感觉到四周的天地间有着一丝异样的波动，当即毫不犹豫地暴退。

"走哪儿去？！"

吕霄大笑出声，双手猛然一抬，下一刻，整个山巅都在此时剧烈地震动起来，只见下方的九座巨石爆裂开来，九道紫光冲天而起，犹如一座巨大的牢笼，同时还带起了九道古老狂暴的兽吼之声。

外界，当左雅、朱炼他们见到那九道紫光时，顿时一惊，旋即失声道："九兽封源阵？！"

左雅狂喜。

"原来吕霄师兄是在暗中酝酿这一招！

"哈哈，此阵一成，那周元必然难逃！

"胜负已定！"

第八百七十九章 两段葬魂

"吼!"

九道紫光自山巅上冲天而起,彼此相互交织,宛如形成了一座巨大的囚牢,那一瞬,囚牢内部的天地源气纷纷遁逃,短短十数息,便化为一片源气空寂的地带。

外界无数道目光望着这一幕,忽地爆发出滔天哗然。

"竟然是九兽封源阵!"

"这可是天灵宗顶尖的秘法源术!据说一旦布成,便会封闭天地源气,而九兽是以无数兽魂炼制而成,战斗力惊人。旁人身处阵中,源气得不到补充,还要面对九兽连绵不尽的攻势,源气迟早会被消耗殆尽!"

"这吕霄不愧是天渊域神府境扛鼎之人,难怪先前任由周元狂攻,原来是在暗中准备这道杀招!"

"周元还是太年轻了,如今陷入阵中,大大的不妙啊!"

风阁处,叶冰凌与伊秋水俏脸微变,眼中有着担忧之色涌现出来。

她们自然听说过九兽封源阵,但以往可没听说吕霄修成了此术,如今来看,对今日这场大战,吕霄也是做足了准备。

万众瞩目的山巅上。

周元望着那笼罩下来的紫光囚牢,眼神微现凝重。这吕霄的难缠程度果真远胜韩渊,先前与韩渊交手,几乎没费多大力气,如今面对吕霄,稍稍慢上半步,就会落入对方的算计之中。

"九兽封源阵吗……"周元的目光微微闪烁。

"吼!"

高空上，忽有兽吼声响彻天际。周元望去，只见九头巨兽盘踞各方，虎视眈眈地将他锁定，兽身上皆涌动着强悍的源气波动。

"轰！"

下一瞬，九兽径直咆哮而来，利爪之上闪烁着寒光，撕裂虚空，化为漫天爪影对着周元笼罩下来。

周元手掐剑印，剑丸震动，分化为九道剑影，与那扑来的九兽纠缠在一起。

"当当当！"

双方对碰，爆发出源气冲击波，引得虚空震荡。

甫一交锋，周元便感觉出这九兽几乎都是神府境后期的层次，只论纯粹的战斗力算不得多厉害，但麻烦的是，九兽同命，只斩杀一两头根本没用，它们瞬间便能恢复过来。

唯有九兽同时斩杀，才能令其消散。

但处于这囚牢中，源气被封截，周元与它们纠缠下去，消耗极大，长久下去，他的源气底蕴终会撑不住，更何况除了九兽之外，还有一个时刻盯着他的破绽、虎视眈眈的吕霄。

周元的眉头微皱。若是破不了这阵，他将会陷入极为不利的境况。

他目光闪烁，旋即身影猛地倒射而退。

虚空上，吕霄眼神淡漠地望着这一幕，屈指一弹，九兽便咆哮而出，破空追袭周元。

他打算先用九兽来消耗周元的源气。

而周元似乎不想将源气浪费在这九兽身上，所以面对着追击，他选择不断地退避。但那些九兽在吕霄的控制下，攻势可谓十分猛烈，不断地压缩着周元的退避空间。

此时，场中的局面渐渐地偏向吕霄，而周元却在那九头巨兽的围攻下退避得十分狼狈。

外界的火阁成员已爆发出欢呼声，风阁这边则比较沉寂，大多成员都显得格外紧张。

"吕霄师兄在锁定周元的位置，一旦周元再无退路时，就是吕霄师兄雷霆出手、直接击败周元的时候。"朱炼眼神灼灼地开口说道。他源气修为虽不怎么样，

眼力却很毒辣，一眼就洞穿了吕霄的意图。

左雅闻言，悄悄地松了一口气，道："这周元也算是有点本事了，竟然能够让吕霄师兄如此费尽心思。

"不过可惜，今日他注定要成为吕霄师兄的踏脚石了。"

"当！当！"

剑影呼啸，源气横扫。

九兽带起光影掠过虚空，攻势狂暴地攻向周元，将他逼得节节败退。而随着不断地后退，周元在这座囚牢内的可退避范围也越来越小……

就在这时，虚空上立于囚牢之外的吕霄的身影凭空消失。

"吼！"

九兽咆哮，攻向已经再无退路的周元。

周元的眼瞳中倒映着掠来的九兽，这一刻，他能够感觉到强烈的危机，这危机不仅来自九兽，还来自消失的吕霄，那个家伙才是隐藏在暗中的毒蛇，试图将他一击毙命。

"就是此时了……"

周元目光一闪，手掌一握，剑丸出现在手中，旋即猛地一剑斩出。

尖锐的破风声响起，不过谁都未曾看见，周元体内的天元笔那第六道古老源纹在此时绽放出光芒。

"葬魂！"

"嗡！"

一道千丈的光虹横扫而出，裹挟着磅礴之力，狠狠地斩在那些冲来的九兽身上。

"嗷！"

九兽爆发出凄厉的惨叫声，"砰砰"声响起，九道庞大的兽影竟然在同一时间爆炸开来。

九兽同时湮灭，那座囚牢也直接破碎，天地间的源气再度滚滚而来。

一击斩灭了九兽，破了九兽封源阵，但周元并没有因此松口气，他的眼神变得更为凛冽，手掌一握，两颗六品源兽的兽魂晶出现在其掌心中，雪白的毫毛涌出，直接将那兽魂晶吞噬。

在其体内，天元笔那第六道黯淡的吞魂源纹再度变得明亮起来，且明亮程度远超之前的任何一次！

毕竟这次足足吸收了两颗六品源兽的兽魂晶，相当于两位天阳境强者的神魂！

"吞魂！"

周元的眼中有着血丝涌现出来，他再度催动了吞魂。此时他的脑海中有疯狂的兽啸回荡，震荡着他的神魂，额头上更是青筋暴起。

吸收两颗六品兽魂晶，这是周元如今所能达到的极限，若是再多，那种反噬，就算以他化境初期的神魂都难以承受。

"轰！"

"葬魂！"

周元的面庞有些扭曲，手中剑光猛地对着身后某处虚空狠狠斩去。

"给我滚出来！"

一剑斩下，磅礴的洪流咆哮而出，那种强度的攻击将虚空都震碎开来，无数空间碎片飞舞起来，被洪流裹挟，威力更为恐怖。

这是此次总阁主之争以来，周元发动的最为可怕的攻势！

洪流咆哮的虚空处，一道身影闪现而出，正是吕霄。他望着那席卷而来的洪流力量，面色一变，此时此刻他哪里还不知晓，周元先前的种种退避不过是演给他看的！

他在试图找寻周元的破绽进行致命一击，周元又何尝不是在故意显露破绽引诱他近身而来，以图给他致命一击？！

那滚滚而来的洪流中所蕴含的力量，就连吕霄都感到头皮发麻。

这显然是周元暗藏许久的杀招！

"轰！"

此时后悔已经来不及，吕霄只能疯狂地催动源气，咆哮出声："不动明王紫光照！"

当那紫色光罩出现在吕霄身躯之外时，磅礴洪流已是倾泻而至。

"轰隆！"

那一瞬间，虚空震裂，一道道空间裂痕蔓延开来，吕霄的身躯直接倒飞而出，最后轰然砸落下去，在那山巅上撕裂出一道千丈痕迹，沿途的巨石纷纷化为碎末，烟尘之下，死活不知。

这一刻，外界的滔天哗然声顷刻间戛然而止。

无数人瞬间呆滞。

第八百八十章 吕霄底牌

山巅之上,大地碎裂,烟尘升腾。

无数人目光呆滞地望着这一幕,那转瞬间出现巨大变化的战局给他们带来太大的震撼。

那周元明明已被吕霄逼到了绝境,怎么最终受创的反而是吕霄?!

寂静持续了十数息,紧接着便被轰然掀起的哗然声打破。

"怎么回事?"无数围观之人满头雾水。

有一些实力出众的强者,他们的眼力更为敏锐,先前那般变故虽然是电光石火之间,但他们也隐隐有所察觉,当即有人道:"先前那周元看似被吕霄逼到绝境,但那不过是假象。吕霄想要逼出周元的破绽,伺机出手,可周元也在故意露出破绽,引诱吕霄出手,继而发动一波极为强大的攻势,击溃吕霄……"

"啧啧,这两人的战斗意识都相当老辣,真是两个小狐狸。"一名天阳境强者感叹道。

"嗯,最后周元催动的那道攻势尤为强横,连吕霄的不动明王紫光罩都未能防御住。"另外一位天阳境强者附和道。

听到这些天阳境强者的评论,无数围观者方才明白过来,当即连连咋舌,谁能想到,在那瞬息之间,周元与吕霄已在暗中进行了多次博弈。

看眼下的局面,这场博弈最终还是周元占了上风。

先前周元那道攻势,即便隔着如此远的距离,他们都能感觉到可怕的余波,而吕霄首当其冲,就算他最后催动了最强防御,恐怕此时也不好受。

说不定,胜负就要出现了……

"怎么会这样?!"

火阁处,左雅满布笑意的脸颊立即僵硬下来,她显然有些气急败坏,从先前的局势看,她甚至以为吕霄将要取胜了!

可下一瞬局面的变化却狠狠给了她一耳光,让她脸上火烧火燎。

朱炼张了张嘴,一句话都没说出来。那种程度的交锋已经超出了他的眼界,周元的反击太过漂亮与凌厉,连吕霄都中招了,他又能看出什么?

此时最让他心悸的是,先前周元的那道攻势太过强悍,连他都不敢肯定此时的吕霄究竟被重创到什么地步。

如果太重的话……朱炼不敢再想下去。

那个时候,身旁的左雅估计会直接爆炸吧……而且朱炼也知道,爆炸的恐怕不会单单是她。

风阁这边并没有出现想象中的欢呼声,因为所有人都还处于难以置信中。

那可是吕霄啊!

如今天渊域神府境一辈的牌面,在风阁很多人的眼中,吕霄虽然将他们死死地压制着,但他们仍对吕霄抱着极为浓郁的畏惧之心。

然而如今,这个曾经被他们认为不可战胜的吕霄,却在他们这位阁主的手中吃了一个大亏,这一瞬,周元在他们心中的地位再度疯狂拔高……

叶冰凌与伊秋水都深深地吸了一口冰凉的空气,彼此对视一眼,皆能看出对方眼中的震惊。

"如此攻势,那吕霄应该是被重创了吧?"

"不知道……按照常理来说应该是这样,但吕霄并不简单,未必没有后手。"

"能够将吕霄逼成这样,这次周元就算输了,也能名扬天渊域了。"

"依那家伙的性子,怕是不会满足于此……"

……

当外界因战局掀起惊涛骇浪时,山巅上,周元的身影缓缓地落在一座完好的巨石之上。此时他双目中的血丝正在渐渐褪去,额头上的青筋也开始恢复。

他的脑海中依旧残留着剧痛,令他眉头微皱。此次以两颗六品兽魂晶发动的葬魂攻击,对他自身造成了不小的冲击。

周元的眉心处,神魂之光不断地散发出来,平息着神魂的翻涌。

他的目光紧紧地盯着远处肆虐的烟尘，先前那一击结结实实地轰在吕霄身上，虽说对方最后时刻祭出了防御，但周元敢肯定，这一击绝对让吕霄不好受。

至于能否就此取胜，他有点不确定。

"呼呼！"

周元袍袖一挥，源气搅动狂风，将那弥漫的烟尘卷走。

山巅变得清晰起来。

无数道目光投射而去，只见那里出现了一个深深的巨坑，吕霄躺在坑内，他的身上满是血泥，看上去狼狈不堪。

但吕霄依旧睁着双目，似是有些恍惚地盯着天空，胸膛微微起伏。

他周身的源气波动变得微弱了许多，任谁都看得出来，在遭遇周元那狠狠一击后，此时的吕霄伤势不轻。

似是察觉到周元的注视，吕霄吐出一口血沫，淡淡地道："好狠的一击，看来你为此准备了许久。"

周元道："彼此彼此。"

吕霄为周元准备了一座源术大阵，而周元同样为他准备了一道超凶悍的攻击。

"这种攻击还能再来一次？"吕霄冷笑一声。

"试试不就知道了？"周元双目微眯道。吕霄说得没错，为了此次大战，他请郗菁师姐帮忙寻了四颗六品兽魂晶，如今已用了两颗，剩下的两颗已经没法再用了，因为他的神魂短时间内承受不住再一次反噬。

当然，周元自然不会明明白白地说出来，让吕霄留一分忌惮也是好的，毕竟兵不厌诈。

吕霄没有再多说，嘴角似是牵动了一下，也不起身，而是缓缓地闭上双目，神色有一种令人心悸的淡漠。

周元见到他这般举动，眉头轻蹙了一下，出色的战斗意识让他隐隐地察觉到了一些什么。

他的眼神变得凛冽起来，手掌一抬，剑丸闪现而出，直接裹挟着滔天剑气，一剑便对着躺在深坑中的吕霄狠狠斩下。

"如果你不想再战，我这就送你下山！"

"嗡！"

磅礴剑光在无数道惊呼声中暴射而至,对着吕霄当头斩下。

火阁诸多成员在此时甚至不忍地闭上了眼睛。

"轰!"

一剑斩下,深坑之中出现了一道剑痕,蔓延出百丈。

周元的眼神却在此时猛地一凝,目光冷冽地望着深坑之中,只见吕霄的身体内有着浓郁磅礴的黑烟弥漫出来,隐隐间似有极端狂暴的长啸声传出。

剑丸裹挟的剑光斩在那黑雾上后便再难寸进,更是无法伤害到黑烟之内的吕霄。

"嘶!"

吕霄的身影缓缓飘起,滔天的黑烟在其身后汇聚,仿佛滚滚黑云,其中似有一道巨大无比的黑影出现,那黑影盘踞,犹如有九头,诡异神秘。

周元望着黑烟之中散发着强悍威压的九头黑影,面无表情。

果然……还留着一手底牌吗?!

第八百八十一章
深渊黑蟒

浓浓的黑色气息自吕霄的体内涌出来，黑气漫天，里面那巨大的九头黑影发出尖锐刺耳的嘶啸声，令人神魂为之震荡，天地间的源气都在此时变得紊乱起来。

无数道目光惊骇地望着这一幕。

随着黑色气息肆虐，吕霄的身躯渐渐膨胀起来，短短数息便化为一个数丈的黑色巨人，他的肉身上崩裂出一道道裂缝，其中不见血肉，只见幽冷的黑色气息在流转。

此时的吕霄宛如深渊之魔，气息令人心悸。

虚空上，五位元老也将视线投来。

郗菁双目微眯，淡淡地道："深渊九头蟒……真是好大的手笔！天灵宗这么做还真是不怕毁了一个不错的苗子！"

以她的眼光如何看不出吕霄体内融合了深渊九头蟒的血脉，那是七品源兽，堪比源婴境强者。

融合九头蟒的血脉虽说能够在短时间内提升战斗力，从长远看却并不明智，因为这会令自身血脉难以保持纯净，未来吕霄的实力很有可能只会止步于源婴境，想要再触及法域境却是不太可能了。

玄鲲宗主的面色不喜不怒，道："郗菁元老说笑了，老夫也不知吕霄从何处得来的深渊九头蟒的血脉。这小家伙好胜心太强，为了能够赢得总阁主之位，几乎是赌上了未来。

"此战之后，老夫定会严厉训斥他。"

对于玄鲲宗主这般作态，郗菁只是淡笑一声，她自然不会真的相信此事与玄鲲宗主无关。其实这种手段严格来说并不算违规，就算她要追究也无从下手，谁

让玄鲲这老家伙如此心狠，竟然舍得让吕宵冒此大险！

类似这种源兽血脉，她手中自然有，但她从未对周元提起过。在她看来，周元未来的成就不会比她低，如果为了一个所谓的总阁主之位就让他舍弃未来，那简直就是鼠目寸光。

或许，玄鲲宗主是认定了吕宵未来没有触及法域境的潜力，才会舍得让他搏上一把吧。毕竟只要踏入源婴境，就能够位列当世的顶尖层次，而法域境并不是有天赋就能够达到的。

其余三位元老的神色并没有太多波澜，木霓族长眉尖微蹙了一下，终归没说什么。天灵宗这些年在天渊域愈发强势，白族与玄晶族都被其拉拢，郗菁这边唯有她给予支持，才能勉强保持平衡。

眼下她若是掺和进来，一旁的白夜与边昌定会为天灵宗说话，到头来事情反而愈发麻烦。

她性子偏柔，并不太希望郗菁与玄鲲等人针锋相对，至于一个总阁主位置，虽说分量不轻，但就算舍掉，也不见得会有多大损失。

木霓族长心中最清楚，这些争夺都没有太大意义，只要有一天苍渊能够归来，不管是天灵宗还是白族、玄晶族，都得老老实实把威风收起来，再不敢有丝毫放肆。

若是苍渊出事……光凭他们，恐怕连九域的地位都守不住，那这一切的争端就更加没有意义了。

心中掠过这些念头，她暗自摇头，再度将目光投向山巅上。如今这场总阁主之争，从眼下的局面来看，那吕宵已开始占据优势，深渊九头蟒的血脉虽然算不得顶尖的源兽血脉，但对于神府境而言，足够形成碾压之势。

那个叫作周元的小家伙，倒是有些可惜了！

无数道惊骇目光汇聚的山巅上，吕宵身影悬于虚空上，滔天的黑色气息在其身后流转，此时他的双瞳也化为漆黑的竖瞳，带着令人毛骨悚然的森冷。

周元望着这般形态的吕宵，神色变得格外凝重，显然已经察觉到那股浓郁的危险气息。

吕宵漆黑的竖瞳死死地盯着周元，他的嘴中有低低的嘶啸声传出。

"唰！"

他的身影瞬间消失。

周元面色微变，身形暴退。

"轰！"

就在他步伐刚动时，面前的虚空直接破碎，吕霄那高大如魔影般的身影闪现而出，五指紧握，一拳对着周元轰下。

那一拳轰出，磅礴的黑色气息缠绕，虚空顿时崩裂。

周元单手结印，剑丸震动，卷起凌厉剑光狠狠地斩下。

"轰隆！"

缠绕着黑气的拳头直接轰在那剑光之上，几乎是顷刻间剑光便碎裂开来，剑丸也被轰飞出去，变得黯淡下来。

周元的眼皮一跳，此时的吕霄比他意料中的更为凶悍。

"砰！"

一拳轰碎剑光，吕霄一腿带出残影，裹挟着滚滚黑气对着周元的胸膛狠狠踏来。

周元双臂交叉，源气喷薄而出，双臂处似有光盾浮现。

"咔嚓！"

那光盾刚一接触黑气就碎裂开来，一股恐怖的力量自双臂处涌来，竟将他的身影震得倒飞出去，双脚连连虚踏，在虚空上荡出道道涟漪。

周元的身影倒退出数百丈后方才稳住，双臂处有剧痛传来。

"轰轰！"

还不待周元缓一口气，吕霄的身影已再度暴射而来，下一刻，狂暴如洪流般的攻势铺天盖地地将周元笼罩。那些攻势没有任何花哨，完全是倚仗着此时吕霄那近乎恐怖的力量，每一击都引得虚空震颤。

短短十数息，两人已经交手了上百回合。

谁都看得出来，这次的凶悍交锋，周元完全是被吕霄压着打。

而那种交锋的激烈程度，也令无数人看得眼皮急跳。

"咚！"

虚空上又是一次硬碰，周元的身影急坠而下，将一块块巨石震成漫天粉末。

周元的脚掌猛地一踏，稳住身形。他擦去嘴角的血迹，此时他的身体表面布满着一道道黑色的拳印，是先前与吕霄交手所致。那些黑色拳印上面缠绕着丝丝

黑气，犹如无数细小的蛇一般正向着他体内钻去，带来钻心的刺痛与寒意。

"认输，或者死！"虚空上，吕霄嘴中有着黑气升腾，嘶哑尖锐的声音漠然地响起。

周元却是咧嘴一笑，笑中略带轻蔑。

瞧得周元这副笑容，吕霄眼中顿时有着无边煞气升腾而起。今日这场对战已经大大超出了他的意料，怎么都没想到，这个当初他根本看都懒得看一眼的人，竟会将他逼到这种地步。

"那你就去死吧！"

音爆之声响彻，吕霄的身影如鬼魅般出现在周元的前方。他五指紧握，一拳轰出，那一拳之上有着滔天的黑气涌动席卷，隐隐间似化为漆黑的蟒蛇，张开了血盆大口。

周围地面瞬间崩塌，诸多巨石化为粉末。

那黑拳在周元的眼瞳中急速放大，感受着那一拳之威，他的眼中掠过一抹寒意。这一次他不仅未退，反而一步踏出。

"青蛟形态！"

青色的光鳞自周元的身体表面浮现出来。

"玄圣体！"周元的肌肤仿佛化为晶莹光玉，身体内部的骨骼绽放出银芒。

"爆金血！"

低吼声在周元心中响起，那一瞬间，盘踞于心脏之中的两百滴金色血液在此时轰然爆开，金色洪流化为磅礴浩瀚之力，自心脏间席卷而出，直奔四肢百骸。

神府之内，所有的源气星辰都爆发出璀璨光芒，滚滚源气涌出。

他一脚踏下，地面崩塌，肉眼可见的冲击波横扫而出。

两道身影暴掠而过，下一瞬，在无数道震撼的目光注视下，蕴含着最强之力的双拳宛如陨石坠地般狠狠地轰撞在一起。

"轰！"

那一刹，有惊天震荡自那山巅之上肆虐开来。

第八百八十二章
怨龙现身

"轰！"

如风暴般的源气冲击在山巅之上肆虐开来，冲击过处，无数林立的乱石顷刻间化为粉末，大地之上百米高的土浪一层层地向着外围涌去，整座巍峨巨山都在剧烈震动。

在那山巅上，一道巨大的裂痕正在蔓延开来，一块块峭壁跌落，溅起漫天灰尘。

无数道目光惊骇地望着这一幕。

神府境的对战，想要达到这种程度的破坏力可是相当不容易，由此可见周元与吕霄的这次对碰究竟是何等凶悍。

所有的目光都死死地望着那山巅，眼睛眨也不敢眨一下。

"砰！"

在那些目光下，肆虐的百米土浪之中忽有两道身影暴射而出。两人的脚掌落向地面，生生犁出了两道数丈深的沟壑……

那是周元与吕霄！

此时的两人，上身衣衫皆炸裂开来，露出鲜血斑斑的精壮身躯，特别是两人的拳头，皮开肉绽，隐隐可见白骨。

从目前情形来看，之前那恐怖的硬撼中，双方竟是不分上下！

"嘶！"

这种结果让不少人忍不住倒吸冷气，虽然他们不清楚吕霄为何力量暴涨得如此惊人，但想必是付出了某种不为人知的代价。按照他们的猜想，当吕霄祭出这等手段时，这场战斗应该有了结果才对。

可如今这局面却让他们明白，他们到底还是小瞧了周元这匹黑马，他的顽强

超出了所有人的想象。

"这周元当真不简单!"

"据说他此次闭关才刚刚突破到神府境后期,如果我没猜错的话,他的九神府恐怕才贯穿到第七重。而第七重神府就已经如此凶悍了,等他九府尽数贯穿融合后,潜力爆发,又该会是何等的恐怖?!"

"如果他九府尽数贯穿,吕霄将难以企及。"

"如此潜力,简直可怕!"

……

无数强者震动不已。吕霄会如此强横,那是因为他早已贯穿了九府,也说明他的潜力抵达了一个尽头,想要再度提升,就需要外部的机缘,而这种机缘,每一道都格外珍稀,难以找寻。

可周元却不一样。他直到现在才贯穿七重神府,他在神府境的潜力还没有彻底被开发出来!

所以,此时再将周元与吕霄做比较,很多人心中已向周元有所偏移。

他们暗暗感叹,如果周元此次真的能够胜过吕霄,他必然会成为天渊域神府境的牌面,甚至待得他贯穿九府后,或许真的具备与其他八域最为顶尖的天骄叫板的资格!

他足以依靠自身实力坐上神府榜第九的位置,而不是依靠天渊域的身份加持。

火阁处一片寂静。左雅双手紧握,银牙咬得咯吱作响,她的眼中满是愤怒,她愤怒于周元怎么就跟打不死的怪兽一般,明明眼看着已处于劣势,偏偏又能够触底爆发!

要知道,吕霄几乎已将所有的底牌都掀开了!

可即便如此,他还是未能摧枯拉朽地击败周元,这说明了什么?

这一刻,就算左雅再短视,她也不得不正视这个问题——这说明那个在她眼中如土包子般的周元,已经拥有了真正抗衡吕霄的实力与资格。

想到此处,左雅忽地感觉到一股寒意自脚底升腾而起。

这个时候,她不得不想想万一吕霄真的输了,后果将会如何?

"不可能……"左雅喃喃道,旋即用力地甩了甩头,她绝不会相信周元能够胜过吕霄。

一旁的朱炼低声道："不用太担心，那周元虽然很棘手，但不见得就能最终取胜。"

听到朱炼的安慰，左雅犹如溺水之人抓住最后一根稻草，她用力地点点头，道："吕霄师兄一定会赢的！"

"噗！"

一口血沫从吕霄的嘴中吐出来，此时他的一对漆黑眼眸中有着暴怒在涌动，先前他那一击竟然没有彻底击溃周元，反而被其抵挡下来。

这对吕霄的心气造成了不小的打击，他斗到这一步，就连深渊九头蟒的血脉都催动了起来，可即便如此，依然被周元挡住了！

这岂不是说，如果他没有深渊九头蟒血脉，此时早已败给了周元？！

一念至此，吕霄原本俊朗的面庞变得扭曲起来。以往在他眼中，根本连多看一眼周元的兴趣都没有，他对周元之前取得的胜利都抱着一种居高临下的轻蔑。

他相信，那都是因为他没有出手，只要他亲自出手一次，周元的好运就该到尽头了。

他一直都是这么想的。

直到现在……

望着远处那道浑身鲜血的身影，吕霄的内心深处不自觉地涌起一丝后悔。若是早知道这个周元会变得如此难缠与棘手，当初他就应该与方鳌一同前往雨州袭杀，那样就不会有今日的麻烦了！

吕霄眼神阴沉，他明白当自己有这种想法的时候，其实就已经输了一筹……而想要洗刷之前的耻辱，他就必须在这里真正地击溃周元。

吕霄深深地吐了一口气，眼中掠过决然与狠辣之色。

"啪！"

他双手猛然合拢，身体上的那些裂缝中有掺杂着黑色气息的血液流淌出来。

滔天的黑气在他身后凝聚，深渊九头蟒的黑影越来越清晰，黑雾中甚至有九双阴冷凶残的蛇瞳若隐若现。

"嘶！"

深渊九头蟒的嘶啸声从黑雾中传出，下一瞬，九道血盆大口张开，狠狠地撕咬在吕霄高壮如巨人般的身躯上。

"啊！"

吕霄发出凄厉的惨叫声，他的皮肤下有黑色如蛇般的东西在蠕动，令此时的他看上去格外瘆人。

他后方的深渊九头蟒黑影却在迅速缩小，犹如化为黑雾，彻彻底底地融入了吕霄的体内。

吕霄身躯外的黑雾越来越浓郁，甚至开始变得黏稠。

数息后，黑雾向着他的体内缩回，在其身体表面凝结，似乎化为一种黑色的角质层。

天地间无数道骇然的目光望着那翻滚的黑雾，他们能够清晰地感觉到其中有一股极端暴虐的气息在涌动，就犹如真正的深渊九头蟒现世。

黑雾涌动，一只包裹在黑色角质层的脚掌踏了出来，黑雾尽数散去，只见此时的吕霄浑身包裹在黑色角质层内，那些角质层仿佛形成了一具狰狞森然的战甲。

吕霄的脖子处血肉蠕动，竟有九个蛇头钻了出来，蛇信吞吐，发出令人毛骨悚然的吱吱声。

此时的吕霄宛如从深渊中爬出来的蛇魔！

无数人骇然失色，那是因为吕霄将深渊九头蟒的血脉彻底地融入了自身，只是这样一来，究竟是他融合了九头蟒，还是九头蟒融合了他？如果吕霄无法在这之中保持灵智，那么往后他很可能会变成毫无理智的蛇魔。

"嘶嘶！"

吕霄的舌头变得又长又细，舔着脸庞，双瞳彻底化为了蛇瞳，充满着残暴与杀意地锁定周元。

"嘭！"

他脚掌一跺，大地崩塌，他的身影直冲天际。

无边的黑雾自他体内咆哮而出，宛如一块黑色陨石轰然降落。

吕霄五指紧握，一拳轰下，在其脖子处，九颗蛇头钻出，顺着手臂缠绕而来，九颗蛇头围绕着拳头张开蛇嘴，那一拳之威几乎直接震爆了虚空。

这一拳，是吕霄的力量达到极致的一拳！

第八百八十二章 怨龙现身

"轰轰!"

拳风尚未落下,下方的大地已经开始崩塌。

无数人都为吕霄这拼命的一搏而惊骇。

"给我死!"

吕霄的嘴中蛇信吞吐,有着森冷的嘶啸传出。

"唰!"

在无数道惊骇目光的注视下,宛如蛇魔降临的吕霄出现在周元的上方,而此时的后者立于原地一动不动,犹如被吕霄这般反扑吓傻了一般。

"去死吧!"

吕霄尖啸,一拳轰下。

周元望着在眼瞳中疯狂放大的毁灭一拳,深深地吸了一口气,然后双目缓缓闭拢。

他右手的五指一点点握紧,掌心深处似有沉寂许久的东西悄然苏醒。

"既然你想死……那就成全你!"

他的双目猛然睁开,眼瞳渐渐变幻,犹如龙瞳。

浓烈的血红色气息带着一种无法形容的疯狂之意,从他的掌心中如洪流般爆发开来。

"怨!龙!变!"

第八百八十三章
怨龙灭蟒

"吼!"

血红色的洪流自周元的掌心中喷涌而出,转瞬间便将他的身躯覆盖,一股疯狂的恐怖气息弥漫开来,隐隐间,血红洪流似在周元身躯之外化为一道盘踞的血红龙影。

那道龙影发出龙吟,整个天地仿佛都在这一瞬引起共鸣,天地源气源源不断地汇聚而来。

无数强者眼神惊疑地望着这一幕,他们不知道周元施展了什么手段,但不知为何,他身躯外的血红龙影令一些天阳境强者都感到了一丝危险。

那种感觉仿佛天命在此,诸邪莫侵。

虚空上,郗菁、玄鲲宗主等五位元老的眼瞳中都有一抹精光闪现而出,他们的脸庞上极为罕见地掠过惊讶之色。

"气运护身?"木霓族长讶异道。

周元这般手段分明是某种气运,这种气运一旦运转,便可得天地一丝冥冥间的神秘相助,端的是玄妙异常。

寻常人或许看不出来,他们身为法域境的顶尖高手却能够察觉到。当周元那气运施展时,原本对着吕霄汇聚而去的天地源气顿时变得稀少,就仿佛被天地所截断。而反观周元那边,却能够轻易地汇聚更为庞大的天地源气。

这不是任何手段能够破解的,因为这不是周元施展的任何源术,而是一种气运加持。

能够拥有这种气运的人,无不是天地间最为顶尖的天骄,整个混元天内都格外稀少。而且气运也分等级,一般来说以万兽之形来表现,凡是能够展现与龙有关的气运异象，等级都不会低。

一直未曾说话的白族族长白夜缓缓地道："听闻武神域的顶尖天骄武瑶拥有龙凤气运，没想到如今我们天渊域也出现了一位。"

玄鲲宗主面庞淡漠，没有说话。如今的局面已经脱离了掌控，连他都没想到，在给吕霄准备了深渊九头蟒血脉这道底牌后，依旧没能摧枯拉朽地取胜，甚至眼下还有可能败北。

一想到多年谋划或许就要化为乌有，玄鲲宗主的心情变得极差。

天地间所有人都将目光汇聚于山巅，屏息静气，眼睛眨都不眨一下。

周元身躯外的血红气息越来越浓烈，下一瞬，他仰天长啸，啸声中有着龙吟回荡。

"轰隆！"

血红洪流咆哮而出，化为一道千丈的血红光柱，光柱之内有血龙光影盘旋，一股难以形容的威压笼罩着这方天地。

血龙光柱冲天而起，对着那从天而降的吕霄冲击而去。

吕霄嘴中也发出刺耳的尖啸，那血龙光柱中散发出的威压令他感觉到体内的深渊九头蟒血脉隐隐有些颤抖，似乎有所畏惧。

不过此时已是箭在弦上，吕霄知道自己毫无退路，只能将体内所有的力量尽数释放出来。磅礴黑光被他一拳轰下，裹挟着最强之力，与那血龙洪流冲撞在一起！

"想要赢我？没那么容易！"他面容扭曲地咆哮道。

"轰！"

下一瞬，血红洪流与磅礴黑光终于在无数道震撼的目光下轰然相撞。

惊雷巨声自天地间炸响，声浪滚滚，仿佛整个天渊洞天都能听到。

巨声之后，在那席卷开来的血黑两色光芒冲击波的肆虐下，这座巨山的山巅彻底崩塌，巨石如暴雨般倾泻而下，将附近的山脉林海尽数摧毁。

无数人死死地盯着那两道对轰在一起的光芒洪流。

任谁都看得出来，血红洪流正在缓缓形成压制之势，伴随着每一道龙吟响彻，那磅礴黑光便微微颤抖一下……

"嘶嘶！"

吕霄暴怒不已，心中咆哮道："什么深渊九头蟒，你在怕什么？！你不是想吃我吗？给你吃啊！"

他体内九头蟒的血脉也在嘶啸，它毕竟只是依靠本能行事，如今被压制，当即爆发出凶性，疯狂地侵蚀吕霄的精血，于是黑光中的九头蟒黑影变得愈发清晰，凶威暴涨！

"吼！"

血光之中的血龙光影似是察觉到那九头蟒的竭力反抗，龙目之中掠过被冒犯的怒意。

区区蛇类！

一道震耳欲聋的龙啸陡然炸响，虚空破裂。

血光洪流的声势节节攀升，暴涨到一个极为惊人的程度，那刚刚爆发出凶威的九头蟒顿时剧烈地颤抖起来，来自血脉的绝对压制令它本能地生出恐惧。

下一瞬，九头蟒的光影竟掉头就逃，似乎想要钻入吕霄的体内。

"轰！"

它这般一退，血龙洪流便贯穿而过，瞬间将那磅礴黑光吞没得干干净净。

九头蟒黑影尚未钻回吕霄体内，就已被冲击成一片虚无。

血龙洪流绞碎九头蟒，去势依旧不减，最终轰然撞在了吕霄的身躯上。

洪流贯穿而出，最终冲上不可见的虚空。

天地间的动静渐渐平息，一切归于寂静。

滔天血光与黑蟒都消失得干干净净，犹如先前一幕只是幻觉一般。

外界，巨山周围仍是看不见尽头的黑压压人群，此时却是一片安静，空气仿佛都为之凝固。

山巅上，周元浑身的源气尽数收敛，面庞微显苍白，他抬起头看了一眼虚空上那道纹丝不动的身影，然后一屁股坐在旁边的岩石上。今日这场战斗，出乎意料的艰难。

他原本不想动用怨龙变，因为这会暴露他的圣龙气运，身处陌生的天地间，总是要谨慎低调一些才好。

但最终他还是没能如愿。

这吕霄真的太麻烦了……不过好在一切都结束了。

一口浊气自周元的嘴中吐出，而虚空上的那道身影终于在无数道骇然的目光下一头栽下……

无数的惊呼声随之响起。

"砰！"

吕霄的身影坠落到离周元不远的乱石中，身体僵硬得宛如尸体一般，上下弹了弹。

周元看了一眼不知死活的吕霄，神色淡漠。虽说吕霄的伤势非常重，却还剩了半口气，真要说起来，这吕霄还得感谢他。如果不是周元用怨龙变摧毁了他体内的九头蟒血脉，往后的他恐怕只会渐渐衍变成那种没有理智的蛇魔。

周元没有理会吕霄，他略微休息了一会儿后，方才在天地间无数道复杂的目光下站起身来，然后伸出手掌。

高空上，那悬浮的总阁主令牌缓缓落下，被他一把握在手中。

他紧紧地握住令牌，如释重负。

"夭夭，这第一步，我做到了！"

周元握住令牌，然后举起了手臂。

外界，沉寂持续了数息，紧接着是排山倒海的欢呼喝彩声震耳欲聋地响彻于天地之间。

"贺总阁主！"

第八百八十四章 贺总阁主

"贺总阁主!"

"贺总阁主!"

……

此起彼伏的恭贺之声浩浩荡荡地回荡于天地间,声音远远传开,仿佛整个天渊洞天都能够清晰听见。

如此阵仗,不可谓不宏大。

无数道目光注视着山巅上那个年轻的身影,眼中满是惊叹之色。今日这场总阁主之争令他们大开眼界,此时他们方才明白,这些名列神府榜前列的绝世天骄们究竟是何等人物。

先前那场战斗之激烈,令绝大部分的神府境后期强者黯然神伤,自愧不如。

山腰处,木柳与韩渊皆面色复杂地望着那近乎崩塌的山巅,这个结果同样出乎他们的意料。即便木柳有所感应,然而当结果真正出现在眼前时,他还是有些难以置信。

那可是吕霄啊,天渊域神府境中的翘楚,放眼整个混元天的神府境,他都算是名声响亮。

然而今日,这位曾经的天骄折戟了。

取而代之的人,在数个月之前几乎是籍籍无名。

当初第一次见到周元时,不论木柳还是韩渊,恐怕都没有想过这个横空出世的青年竟然会超越吕霄,成为他们天渊域所有年轻神府境的领头人。

"吕霄的时代结束了。"木柳叹息一声,有些怅然地道。

他算是颇有傲骨的人,这些年屡屡与吕霄作对,自然将其视为最大的对手,但每一次交锋他都逊色于人，所以木柳最清楚吕霄究竟有多强。

可如今，连吕霄都败在了周元的手中，而且还是倾尽全力之后的失败，这足以堵住任何人的嘴。

周元这场胜利，含金量十足。

木柳心中很清楚，从今天开始，吕霄的时代过去了，往后将会是周元制霸天渊域年轻神府境的时代了……

在靠近山脚的地方，是四阁人员的所在地。

当整个天地间都回荡着恭贺声时，这里反而陷入了诡异的安静中。

火阁所有人都是一脸恍惚，吕霄战败给他们带来的震撼实在是太强烈，强烈到他们不敢相信眼前这个结果……这对于他们而言简直就是一场噩梦。

这些年来，火阁是四阁之首，这让火阁的成员格外骄傲，可如今，火阁的靠山却在他们的面前彻彻底底地败了。于是，他们的骄傲、他们的倚仗，都在此时崩塌。

无数火阁成员面色似哭似笑，怪异至极。

朱炼面色苍白地望着这一幕，他知道，当吕霄失败的那一刻，火阁的好日子就到头了。他并不是没有想过火阁终有一天会失败，却没想到这一切会终结在周元的手中。

数个月前，当见到风阁在这个新任阁主的率领下不断挑衅火阁时，他们都是抱着一种戏谑的心态，那时恐怕做梦都不会想到，这个眼中的小丑最终打碎了他们的所有骄傲。

朱炼转头看了一眼身旁的另外一人，那是火阁的副阁主王尘。

当初周元到风阁后，第一个出手对付的人就是他。

察觉到朱炼的目光，王尘的嘴角微微抽了抽，他懂对方眼神中的意思，但这个时候他又能说什么？因为眼瞎的人不止他一个……火阁上上下下，包括吕霄在内，估计没一个人真正将周元当作势均力敌的对手。

而最终他们都为此付出了惨重的代价。

"啪！"

一旁有着异声传来，朱炼偏头，只见左雅的身子缓缓地瘫倒在地，脸色惨白，双目无神，失魂落魄。

"怎么可能？！"

"不可能！"

"不可能的！"

她不断地喃喃自语，这个结果她在今天之前根本想都没想过。

她原本还在盘算如果今日周元输了，她应该怎样去嘲讽伊秋水才能够心中畅快，然而现在，这一切的幻想戛然而止，当她明白接下来自己将要付出什么时，才会陡然崩溃。

不提那一万归源宝币的巨大赌资，光是她这一行为，恐怕往后在她的那些圈子里都会成为一个笑柄。

没有人搭理崩溃的左雅，因为火阁所有人的士气都已一泻千里，那股压抑的气氛让每个人都颓废无比。

而与火阁压抑的安静相比，风阁这边虽然也很安静，但气氛则要显得轻快许多……

诸多风阁成员安静地面面相觑，眼神似乎在进行着无声的交流。

"阁主似乎赢了？"

"好像是的。那吕霄的源气已经消失了。"

"他们在恭贺阁主成为总阁主吗？"

"应该是的吧。"

"那我们要做什么？"

"不知道呢……"

……

所有的人包括伊秋水与叶冰凌都有些不知所措，她们还没有准备好这种时候究竟应该做些什么，于是索性都保持沉默。

不过，伊秋水与叶冰凌的唇角还是微微掀起，显露着内心的愉悦与激动。

山阁和林阁的人要稍好一些，他们受到的冲击远少于身为主角的火阁与风阁，他们虽然同样神色复杂，但还是慢慢接受了这个结果。

他们都明白，以后的风阁不会再是以往的风阁了，如果还对其持有以往的那种傲气之态，那可是相当的不智。

心态要扭转过来啊，毕竟风阁将是四阁新的霸主！

虚空上，五道散发着浩瀚威压的身影静静地望着这一幕。

玄鲲宗主的面色无喜无悲，他的眼帘缓缓垂下，只是眉角的细微抽动仍然显露出他内心的震怒，只不过因为受身份所限，他不能爆发出来而已。

白夜与边昌两位元老看了玄鲲宗主一眼，面无表情，都没有说话。毕竟吕霄是被人家堂堂正正地击败，他们不可能以任何理由来否定这场战斗，所以玄鲲宗主这次失败的谋划只能归咎于自身。

这是规则，即便他们是元老，也必须遵守。

木霓族长望着山巅上那道年轻身影，美目中划过一丝惊讶，她没想到郗菁竟然能够找到如此出色的年轻天骄，看来这妮子还是有些眼光的。

四位元老皆保持着沉默，郗菁则微微一笑，酒红色的发丝轻扬，她凝视着周元的身影，眼眸深处掠过一丝愉悦与满足的笑意，下一刻，她清澈的声音在这天地间响起。

"总阁主之争，胜负已分。

"从今日开始，四阁总阁主当为——

"风阁，周元！"

第八百八十五章
四阁慑服

当郗菁的声音响起时，整个天地仿佛震动起来，这句话几乎在天渊洞天内所有人的耳边响起，此时身在各处的人皆不约而同地抬起头，望着这边的方向，眼中惊诧莫名。

这位新任总阁主的名字，对于他们而言有点陌生。

而那位众人皆知的天渊域最强的神府天骄，已经输给了这个叫作周元的黑马……

这个结果让无数人感叹不已，同时又对周元心生好奇。他们知晓，当周元成为四阁总阁主的时候，他已位列天渊域高层的位置，可谓权势不小。

山巅上，周元听到郗菁的声音，对着虚空上那五道身影抱拳行礼。

从郗菁话语说出的那一刻，这个总阁主的位置就真真切切属于他了，任何人都改变不了。

虚空上，玄鲲宗主面无表情地一挥手，乱石间的吕霄便被一道源气卷起，直接丢向了火阁所在的方向，朱炼等人慌忙将其接下来，面色惶恐，不敢说话。

从玄鲲宗这一举动中，他们已经感受到他心中的震怒。

这让诸多火阁的天灵宗弟子暗暗叫苦，今日之后，他们每个人都将难逃被训斥，以玄鲲宗主的脾气，说不定连他们日后的修炼资源都会被扣除一些，以作惩罚。

郗菁并未在意玄鲲宗主的怒意，她望着这座近乎崩塌的巍峨山巅，纤细玉指轻轻一点，天地间便有着奇异的力量涌动起来。

之后，无数人便震撼地见到，那崩塌的山巅处，诸多巨大的裂痕竟迅速合拢，那些坠落的巨石也纷纷掠空而回，短短不过数十息，那崩塌碎裂的巨山便恢复了原状。

周元也被郗菁这一手给震住了。要知道单纯的破坏与创造、恢复之间，可是差了不少境界。

这就是法域强者的实力。

法域之内，万物随心。

"周元，此次取得总阁主之位的人可获赐一道小圣术，之后你可寻个时间前往万术殿挑选。"郗菁望着周元说道。

无数人眼带艳羡，小圣术虽说带了个"小"字，却已算是踏入圣源术的范畴，这种等级的源术对于源婴境的强者来说都具有不小的吸引力。

周元心中充满着惊喜，他差点将这个奖励给忘记了。

小圣术……这种等级的源术，周元修炼这么多年还从未见过。据说完整的苍玄七术若是修炼到大成，可融合出一道真正的圣源术，但周元现在才修成了太玄圣灵术、玄圣体、荡魔剑丸术、魂灯术四种。

其中太玄圣灵术与玄圣体勉强能够算作大成，而荡魔剑丸术与魂灯术都还需要磨炼，更何况还有三种源术没修炼，所以那苍玄圣术也不知什么时候才能现世。

由苍玄七术融合出来的圣源术，其威能、品阶必然远超小圣术，但若是分开来单独比较，应该还是不及小圣术。

如果周元能够将所赐的这道小圣术修成，必然能让他的实力得到极大的提升。

虽说此次打败吕霄，夺得了总阁主之位，但周元并没有任何松懈之意，反而感觉到了更大的压力，因为他的目标是九域大会！在九域大会上，将会出现整个混元天最为顶尖的超级天骄，如那赵牧神、武瑶以及苏幼微等。

吕霄虽强，但在混元天神府榜上才位列第九，据说还有天渊域九域身份加持的缘故。由此可见，那神府榜排名前列的人真实战斗力究竟有多恐怖！

此次周元打败吕霄已是一场苦战，如果此时再对上排名比吕霄更靠前的人，他还真没有绝对把握能赢。

以那些人的背景与天赋，手中未必就没有小圣术或者其他秘术。

周元若是想在九域大会上夺得魁首，确实是一件相当任重道远的事情，容不得他有半点松懈。

虚空上，做好收尾事宜后，玄鲲、白夜、边昌三位元老的身影凭空消失而去，

没有半点要停留的意思。

木霓族长对着郗菁轻轻点头,也消失于虚空中。

在这种场合,郗菁不好对周元多说什么,只是冲着他鼓励地点点头,然后转身离去。

随着五大元老离去,笼罩于四周的那种威压顿时消散,天地间的气氛陡然变得火爆起来,无数道目光好奇又热切地望着周元的身影。

周元掠下山巅,还不待他回到风阁,便有诸多身影围拢过来。

"周元总阁主,在下陈家家主。总阁主真是年少有为,不知何时有空去我陈家坐坐?"

"周元总阁主如此年轻,可有婚配?"

"周元总阁主,我是山灵州州主……"

……

突如其来的热情,令周元一时间回不过神来,他感觉自己已被人群包围,四周涌来的嘈杂声音令他脑袋发胀。

好在这时有一只纤细玉手伸了进来,拉住他的手腕就跑,同时留下轻柔的声音:"诸位往后若是有时间可前往风阁,今日总阁主大战一场,状态不佳,还望见谅。"

周元被拉出人群后,这才看见出手之人正是伊秋水。

其他人见状,不禁有些遗憾,终归还是识趣地没有再追上去。

"没想到总阁主如此受欢迎。"周元感叹道。之前他是风阁阁主的时候,可从没享受过如此待遇。

伊秋水轻笑一声,道:"这两个位置哪有可比性?"

总阁主位列长老团长老席位,可谓位高权重,莫说这些人,就算是五大元老都会给予重视,不然玄鲲宗主也不会为此谋划多年。

长老团的席位可谓一个萝卜一个坑,而源婴境以下,唯有四阁总阁主才能够升任。

两人回到风阁所在地,诸多风阁成员哗啦啦地迎上来。

"阁主威武!"

"阁主无敌!"

这个时候,风阁那些成员再也掩饰不住内心的激动,纷纷狂呼起来,看向周元的目光中满是尊崇与敬畏。

而火阁那边则带着处于昏迷中的吕霄灰溜溜地退场。周元升任总阁主，已是他们的直属上峰，他们哪里还敢有丝毫挑衅，连那骄蛮的左雅都灰头土脸地离去。

不过，火阁那边也不是所有人都走了，仍有部分成员留在原地望着这边。

这些人虽然身在火阁，却并非天灵宗的弟子，他们加入火阁只是为了获得更好的修炼资源，如今局面突变，风阁未来必然会逐渐强势，他们不想因为一些原因让周元这位新任总阁主对其留有不好的印象。

在四阁之中，总阁主的权力极大，有罢免或升任四阁任何一阁副阁主的权力，就算是四阁阁主，一旦被他抓到漏洞，也能够直接被解除职务。

在火阁这边出现细微的分裂时，木柳倒是没有丝毫心理阻碍，带着林阁的数位副阁主过来恭贺。

韩渊微微犹豫，最终也带着人前来。如今人在屋檐下，不得不低头啊！

那些原本立于原地、有些踌躇的火阁成员见状，终于下定决心，陆陆续续地走过来。

叶冰凌与伊秋水见到这一幕，彼此相视一笑，暗自松了一口气。

她们知道，从这一刻起，四阁的局势将会发生巨大变化。

时隔数年，他们四阁终于迎来了一位强势的总阁主！

伊秋水悄悄看了一眼周元，心中忍不住涌起一股惊叹，因为她亲眼见证了周元从天渊域的籍籍无名者，在短短一年内一步步走到总阁主的位置。

这个家伙……真的是太厉害了！

第八百八十六章 玄机九宫

总阁主之争的影响力超出了周元的想象,在结果出现的第一时间,不仅传遍了天渊洞天,甚至同时间传向了整个天渊域。

在这种传播速度下,恐怕在很短的时间内,天渊域所有人都会知晓这位新上任的四阁总阁主。

不仅在天渊域,在混元天的其他地方,一些消息敏锐的势力恐怕也会知晓这道信息。无论如何,经此之后,周元在天渊域或者说混元天,已经不再是无名之辈。

而在这天渊域内,他将会取代吕霄,成为年轻一辈中神府境的新领袖。

混元天的其他地域最先得到这道消息的,便是那号称天下地上无所不知的玄机域。

玄机域以消息灵通著称,混元天的神府榜、天阳榜等榜单,便是由玄机域汇总列出,算得上是有品质保障。

玄机域耳目遍布混元天,只要是比较重大的事情,玄机域都能在第一时间获知。

周元以往那些战绩,因等级不够,未曾有资格被玄机域收录。而当天渊域的总阁主之争落幕时,其结果便第一时间传入了玄机域,因为此事不仅关乎天渊域多了一位长老,也关系到神府榜上的排位变化。

既然排名第九的吕霄被打败,那么神府榜上的排名也该有所变化了……

玄机域。

玄机域的中枢所在名为星宫,同样处于一片独立开辟的空间,这里没有白日,只有漫天星辰,永不黯淡与坠落。

星光之下是连绵的巍峨山峰,山峰之上坐落着许许多多的宫殿,这些宫殿看似杂乱无章，却是以星辰运转轨迹而建造，形成了一座极为玄妙与神秘的结界。

在结界内部的一座大山之上有一座观星阁。

观星阁顶部。

一张青玉案牍上摆满了玉简，这些玉简便是来自于混元天各处的第一手重量级情报。

青玉案牍后面跪坐着两名女孩，她们身穿绣有星纹的白色衣裙，显得身材窈窕修长。居左的女孩青丝轻束，容颜更为清美，她手握玉简，查探着其中的信息。

"咦？"突然间，她发出了一道轻声。

"九宫师姐，怎么了？"一旁的女孩俏目看来，问道。

被称为九宫师姐的清美女孩有些惊讶地道："来自天渊域的消息，那吕霄在争夺四阁总阁主之时居然失败了。"

"哦？吕霄败了？天渊域神府境中应该没人是他的对手吧？难道是那韩渊或者木柳？"那名女孩也感到有些讶异。听她如数家珍地说出这些名字，显然对天渊域的诸多信息了如指掌。

"若是这样，就不值得我惊讶了。"九宫摇摇头，道，"是一个叫作周元的人，此人的名字以前可从未听过。"

"混元天浩瀚无垠，其中不乏藏龙卧虎之辈，这周元恐怕属于那种身负大机缘的，平常不显山露水，一到关键时刻就一鸣惊人为天下知。"那女孩想了想，回道。

九宫螓首微点，旋即淡笑道："既然吕霄输了，那么他的排名位置也该挪一挪了。"

她从案牍上取过一卷卷轴缓缓拉开，只见排名靠前的几个名字正是赵牧神、武瑶、苏幼微等，正是神府榜排名卷。

"九宫师姐要不要将你的位置也挪一挪？"一旁的女孩瞧着排名第六的名字，正是眼前这位玄机域的九宫师姐，当即偷笑道。

九宫白了她一眼，道："我玄机域讲究的是'公正'二字，我的实力只能在这个位置，何必要故意挪上去丢人？"

女孩有些不服气地道："那是我玄机域并非擅长正面相斗而已，真要论本事，九宫师姐不见得就比那武瑶、苏幼微差！"

九宫不置可否地撇了撇嘴，她的眸光掠过榜单上排名在她之前的武瑶与苏幼

微。虽说她表面上显得并不在意，眼眸深处却掠过一丝好胜之心，同为混元大内最为出色与出名的女子，九宫自然是骄傲的，她内心深处并没觉得自己比不过那两位。

当然，这种单纯的力量比较没有太大意义，她也不会因为自己内心不服就故意挪动她的排位。

女孩见到九宫没说话，便将话题转了回来，道："那周元打败了吕霄，我们需要将他直接提升到第九的位置吗？"

九宫微微沉吟，摇摇头，淡淡地道："这神府榜第九的位置本来就不属于天渊域，当初将这吕霄排到第九的原因你又不是不知道。在我们最初的评定上，吕霄应该排多少？"

那女孩一怔，回道："排名第十四。"

九宫轻叹一声，道："这天渊域真是一年不如一年啊……那么这一次就将周元放到十四的位置吧。"

女孩连忙道："师姐，这样做的话，天渊域恐怕又要找尽关系来麻烦人，上次他们为了此事，还专门派了人来求见老祖……他们天渊域毕竟名列九域，如果将他们最强的天骄排到十四名，那可是有些丢脸呢。"

九宫一脸平静地道："上一次排名是柳师叔他们负责的，这一次却是我。

"天渊域在苍渊大尊失踪后其整体实力就越来越弱，如果不是大尊余威尚存，说不定都有掉落九域的风险，这是世人皆知的事情，何必还要我们玄机域来帮他们遮遮掩掩？

"我只讲究公正，该是什么位置就是什么位置！

"如果天渊域那五位元老对此有意见的话，可以来找我，我倒要看看那五位大人是否舍得屈尊！"

见到九宫坚持己见，那位女孩只能点点头。

九宫白玉般的小手执着笔，在那卷轴上面直接轻轻一抹，便将吕霄的名字抹除，然后在那十四名的位置写上了周元的名字及其生平战绩。

她的双眸凝视着这个名字，并不觉得将他排在这个位置上有什么不妥。其实对于天渊域的吕霄，她本就不怎么看得上，在她看来，榜单上的排名应该靠自身的实力去争取，而不是通过各种关系来改变。

当初的吕霄本该排在十四名，只是后来他们玄机域碍于天渊域的颜面才将他排在第九位。

此事可一不可二，更何况今年的审核权还在她这里。

至于周元，她并没有什么感觉，只是觉得这应该是一匹黑马，但也仅此而已。九宫见过太多突然崛起的天骄，这些人的战绩比起周元并不差，其中有几人甚至比他更强。

她未曾见过周元，不知晓其实力究竟如何，如果只是和吕霄相同的层次，按照她的估计，他想要保住第十四的位置都会有点悬。身为神府榜的审核者，九宫心中再清楚不过，神府榜只是表面的考量，并不代表整个混元天的天骄。据她所知，其他几域内就有一些故意隐藏实力的顶尖天骄，真要论起实力，至少有资格争夺前十的名次。

这天渊域真的是越来越不行了。她暗自感叹一声，然后将卷轴封起，道："将神府榜审核名单递交给几位长老，如果没有问题，就照此分发天下。"

身旁的女孩接过卷轴，迅速离去。

九宫慵懒地舒展着纤细双臂，衣裙勾勒出玲珑有致的娇躯。她望着案牍上的神府榜卷轴，眸光流转间停留在第一名的位置上。

这混元天内天骄无数，能够让内心极为骄傲的九宫都认可的只有寥寥数人，而此人便在其中。

赵牧神。

那天渊域的新任总阁主跟他相比起来，恐怕还差了很大一截……

第八百八十七章 万祖牧神

如果说混元天内什么东西最具有吸睛力与话题度，玄机域出品的各种榜单绝对算得上。

当新版的神府榜一经发布，立刻便成了混元天内的热点所在，无数人研究着榜单上的排名变化，想要从中分析出如今的神府境中究竟又出现了什么样的黑马……

混元天太过浩瀚无垠，纵然玄机域的耳目遍天下，也不可能对整个混元天的情况尽数掌控，所以每隔一段时间便会有那种超级黑马出现，从籍籍无名变得天下皆知。

而这一次，周元无疑就是超级黑马之一，备受瞩目。

"这天渊域的吕霄竞争总阁主竟然失利了，反被一个叫作周元的黑马击败……"

"那周元击败了吕霄，为何排名反而落到第十四去了？"

"呵呵，此前不是有过传闻么，吕霄那第九的名次本就是为了照顾天渊域的脸面，看来这一次玄机域打算照实来了……"

"啧啧，堂堂九域之一，如今竟连神府榜前九都进不去，看来苍渊大尊的失踪对天渊域的影响实在太大，若是这样持续下去，说不定连九域的位置都不保……"

"谁说不是呢？如今可有好几方顶尖势力对天渊域虎视眈眈，如果不是苍渊大尊行踪成谜，恐怕他们早就对天渊域出手了。"

"如今这新榜单上的黑马可不少呢，那周元不算最亮眼的，取代吕霄第九排位的那个家伙才是狠人。"

"哦？是三山盟的陈玄东吗？"

"嗯。据说此人前些时一人独斗四位神府榜后期的高手，最后取胜。"

"一斗四对平常神府境来说虽然有些不容易，可对于排名前三十的人来说应该没什么难度吧？"

"呵呵，和陈玄东斗的那四人都在神府榜上排位三十余名……"

"嘶！那就难怪了……真是个狠人啊！"

类似的声音几乎在混元天各个地方响起，而新版神府榜无疑再一次引领了混元天的话题。在超级黑马屡见不鲜的情况下，周元的战绩虽说引起了一些注意，但比他更为亮眼的人依然不少。

这混元天藏龙卧虎，可见一斑。

万祖域。

如果说九域是混元天之尊的话，那么万祖域就是九域之中资格最老的那一批。

万祖域的开辟者被称为万祖大尊，论成圣年数，在那些至高无上的大尊中都是名列前茅。

万祖域的中枢所在被称为万祖洞天。

与天渊洞天的鼎沸人气相比，万祖洞天这片空间内却弥漫着一种古老与寂静的氛围，因为此处唯有万祖域的核心弟子方可进入，并不对外开放。

不知多少天骄强者都以能够进入万祖洞天内修行为毕生追求。

万祖洞天，西北角。

一座火山口处，巨大的凹陷之地中充斥着赤红岩浆，恐怖的高温弥漫出来，引得虚空都呈现出扭曲的迹象。

在火山口边缘处，一道青衣倩影俏丽无比，那是一名容颜娇媚的女孩，小脸清纯，身姿窈窕，柳腰纤细，胸前饱满，身材让人过目难忘。

此时，青衣女孩的一对美目正盯着岩浆之中，眨也不眨。

透过赤红的岩浆，隐约可见深处盘坐着一道身影，似乎正在修炼中。

时间悄然流逝，眨眼便是一个时辰过去，然而青衣女孩却未显露出丝毫的不耐烦，仍静静地等待着。

"砰！"

某一刻,岩浆忽然翻腾,一道身影暴射而出,带起漫天溅射的熔岩,直接落在了岩浆口。

那是一名赤着上身的男子,身躯颀长高壮,皮肤上流转着光芒,蕴含着恐怖高温的岩浆在他的皮肤上流淌,却并未留下半点痕迹。

他的面庞宛如刀削一般,剑眉星目,颜值不可谓不高,在其眉心处铭刻着一道莲花印记,给他平添了几分神秘气息。

望着出现在眼前的男子,那青衣女孩眼眸深处流露出一丝倾慕,然后她巧笑嫣然地取出一件衣袍递了上去。

男子接过衣袍穿上,顿时显得更加气势逼人。

"多谢清淑师妹。"男子温声道。

青衣女孩名为柳清淑,别看她一副娇滴滴的恭顺模样,她在混元天神府榜上高居第十三位,不知是多少天骄心中梦寐以求的女神。

能够让这种备受追捧的女孩如此温顺,眼前男子的身份自然不言而喻。

神府榜第一,赵牧神。

"师兄何必这么客气!"

柳清淑抿着小嘴轻笑一声,然后小手上有着一卷卷轴出现,她笑嘻嘻地道:"新的神府榜出来了呢,我第一时间就给师兄送来啦!"

赵牧神英俊的脸庞上带着温和的笑意,道:"有什么变化吗?"

"师兄你当然不会有任何变化啦,这混元天年轻一辈谁能撼动你的位置?"

赵牧神笑着摇了摇头,道:"师妹这话可不要在外面说。混元天藏龙卧虎,我这位置别的不说,武神域的武瑶与紫霄域的苏幼微不见得就不能争一争,只是她们不想而已。"

听到这两个名字,柳清淑心中有些不快,她虽然也极其优秀,备受追捧,但与那两人的确还有一些差距。

"我可不觉得她们会是师兄的对手。"柳清淑微笑道。

赵牧神笑道:"武瑶从那苍玄天回来后,我感觉她变得更危险了……至于那苏幼微,如果只比自身源气底蕴,连我都不见得比她强,十神府……当真恐怖!"

旋即他便见到柳清淑小脸上的不以为然,他知晓她的心思,也不再多说,只将手中的神府榜打开,目光一扫。

"这陈玄东倒是有点意思。"他淡笑一声。

"周元？打败了吕霄吗？又是一匹没听过的黑马吗？"他的目光停留在第十四名的位置上。

柳清淑的小嘴轻撇道："这天渊域真是越来越不济了，堂堂九域之一，如今竟连前九都混不上一个，简直丢九域的脸！"

"这次的神府榜应该是玄机域的九宫审核的吧，只有她才如此讲究公正，连天渊域的面子都不给。"赵牧神忍不住笑道。

"自从苍渊大尊失踪后，天渊域一直在走下坡路，那吕霄实力不怎么样，却偏想赖在那个位置，如今被一匹黑马挑落，也真是……"

他摇了摇头，平淡的言语中可以看出他并不怎么看得起那位曾经的天渊域神府境的牌面。

粗略看了一眼神府榜，赵牧神便没了兴趣，以他的眼界，此次神府榜的变动并没有多少亮眼的地方。

他的视线重新移到排名仅次于他的那个名字上，面带微笑，目光轻轻闪烁。

"武瑶……

"从苍玄天回来后，她的气运变得更强了……"

就在赵牧神看着新版神府榜时，在那遥远的武神域与紫霄域，有两位在混元天无人不知的女孩也收到了新版的神府榜。

第八百八十八章
武瑶幼微

武神域，一座古老的莽荒森林中。

"吼！"

滔天兽吼声响彻而起，充满着暴虐之意。

"轰隆！"

狂暴的源气自森林中爆发，千丈之内的林海瞬间化为平地，八头巨猿兽显现而出，它们巨拳挥舞，裹挟着磅礴之力，对着前方的一道纤细身影狠狠地砸下。

这八头巨猿通体金黄，犹如身披金甲，赫然是八头黄金猿。这是顶尖五品源兽，实力堪比顶尖的神府境后期强者，再加上它们那一身防御力可怕的金甲，多数神府境后期强者都不太愿意招惹它们，更何况一次八头！

在八头黄金猿的围杀中，那道纤细身影身穿鲜艳刺目的大红裙，裙袂飘飘，仿佛不带丝毫烟火气息。

"轰！"

八头黄金猿渐渐围拢，形成了包围圈，就在它们狰狞着要将那纤细身影扑杀时，天地间忽有惊雷声响彻，下一瞬间，黑色的雷光自那道红裙倩影体内咆哮而出。

黑雷宛如八道雷龙，直接洞穿虚空，一个瞬间就轰击在八头黄金猿的身躯上。

八头黄金猿暴冲而出的身躯顿时僵住，黑色的烟雾升腾起来。面对那种霸道得无与伦比的黑雷，即便是它们引以为傲的金甲防御都毫无作用，体内的生机几乎在顷刻间就被断绝。

"嘭！"

八头巨兽缓缓倒下，大地都剧烈地震动起来，烟尘弥漫。

红裙倩影缓缓地飘落而下，一双凤目淡淡地看了一眼那些冒着黑烟的黄金猿，略微有些不满意地轻轻摇头，这些五品源兽对她已经很难再造成什么威胁了。

红裙倩影有着绝美的脸颊，一对凤目略显凌厉与威严，那股气势宛如女皇一般，让寻常男子望而生畏。

有这般容颜的不是那武瑶又能是谁？

在武瑶秒杀了八头黄金猿后，不远处有一道身影掠来，那是一名女子，此时的她望着武瑶，脸颊上不禁浮现出敬畏之色，她低声道："武瑶师姐，新版神府榜发布出来了。"

她双手举着一卷卷轴，恭敬地递上。

武瑶绝美的容颜上没有任何波澜，她随手接过，漫不经心地打开。

"没什么太大的变化。"武瑶的声音中透着一股淡淡的冷漠。她的眸光掠过排名第一的赵牧神，然后又停留在第三位的苏幼微上面。

瞧得这个名字，她的眉尖微不可察地蹙了一下。这个紫霄域的十神府顶尖天骄她见过数次，似乎并不怎么友好，凭着自身敏锐的感知，她能够感觉到苏幼微对她隐藏着一丝针锋相对的敌意。

那种敌意不像是单纯的排名之争，倒像是有其他缘由。

武瑶很是想不明白这敌意究竟来自何处，她和苏幼微之间也算是井水不犯河水。至于这所谓的神府榜排名，武瑶并不觉得苏幼微有多么看重，因为她也是如此。

想不通便不再多想，她武瑶不惧任何人。

她的眸光习惯性地掠过前十，然后在陈玄东的名字上面停了停，之后便没了关注的想法，就要将卷轴收起。

就在收起的瞬间，卷轴移开一些，从中显露出几个名字，她那淡漠的眼神便在这一瞬间凝起来，走出的步伐也突然停下。

她缓缓将卷轴抬起，凤目微眯盯着第十四名的名字。

天渊域，周元。

周元？

武瑶淡漠凌厉的气势在此时微微有些变化，是那个周元吗？

武瑶的眼神变幻了瞬息，然后将卷轴递还给那女子，平静地道："给我调查一下天渊域的周元，我要知道他所有的信息。"

女子一怔，有些惊讶，显然没想到武瑶竟然会关注一个排名第十四的人，不

过她是聪明人，当即应道："是，师姐！"

武瑶螓首微点，上前数步，来到山崖边。轻风吹动着青丝，她的凤目凝视着蔓延到视线尽头的葱郁林海。

大周王朝的周元……如果真是你，你是来取回圣龙气运的吗？那希望现在的你有这个本事吧。若你比我强，这气运和我这条命都可还给你；若你比我弱，那么这一次就不要怪我把圣龙气运齐聚了……

气运之争本就是你死我活，没有半分慈悲与道理可言。

紫霄域。

一座巨大的云台之上，云台周围有层层叠叠的无数石台，这些石台上皆盘坐着人影，所有人的目光都盯着云台中央。

只见那里有一道体态优美的倩影亭亭玉立，吸引着无数目光。

倩影身穿紫裙，身姿窈窕修长，肌肤白皙细腻，玉鼻挺翘，杏目柳眉，有着倾国容颜，特别是她的眼角处有一颗泪痣点缀，令她多了一丝清媚。

她神色柔和，唇角时刻挂着一丝笑意，让人心生亲近。

只是那柔和之下，双眸深处却有一种多年都未曾改变的坚韧。

紫霄域，苏幼微。

"可有人要下场与幼微对战？"高台上，一位紫霄域的长老高声问道。

场中无数道身影闻言，皆低笑出声，却没人下场。他们对苏幼微的实力再清楚不过，那种绝对强横的源气底蕴，足以将任何人压制得毫无脾气。

那长老见到这般结果，也不觉得意外，无奈地摇了摇头，然后便宣布今日的演武到此结束。

随着长老离去，云台上的气氛顿时变得松缓下来，诸多年轻身影起身，彼此笑闹，气氛极为热闹。

而更多青年的目光则在偷偷望着场中那道优美倩影。

诸多年轻貌美的紫霄域女弟子围绕着苏幼微，清脆的笑声不断传出，看得出来苏幼微的人缘极好。

"幼微师妹，此次演武又是无敌之姿，真是让我们男弟子都汗颜啊。"在她们向着场外走去时，一名青年笑着走过来，神态随和。

青年模样英俊，颇有气势，苏幼微身旁的一些女弟子不禁偷偷打量。

眼前的青年名为薛惊涛，在紫霄域也是极为出名的存在，他并未出现在神府榜上，这是紫霄域高层故意隐藏所致，就是为未来的九域大会做准备。

薛惊涛的实力或许不及苏幼微，却仍拥有争夺神府榜前十的资格。

薛惊涛的目光盯着苏幼微，眼中那一丝细微的爱慕并不遮掩。

苏幼微轻声道："只是诸多师兄弟谦让而已，我可当不起'无敌'二字。"

薛惊涛笑了笑，取出一卷卷轴，道："师妹，这是新版的神府榜，我得到后就立刻给你带来了。"

周围那些女弟子闻言一阵起哄，这薛惊涛的心思还真是明显。

苏幼微没有理会那些起哄声，摇头婉拒道："多谢薛师兄！这神府榜想必没有太大变化，就没必要再看了。"

她的婉拒不仅针对神府榜，还针对薛惊涛本人，对于他的心思她同样很清楚。

面对苏幼微的婉拒，薛惊涛并不在意，哂然一笑，道："师妹猜得倒是准，此次神府榜前面的排名的确没有太大变化。"

苏幼微莲步轻移，向着前方走去。

薛惊涛跟在后面，声音笑着传来："前十中就一个陈玄东是新上来的，他顶替的是天渊域吕霄的位置。说起来那吕霄也真是没用，据说竞争总阁主失败，被一个叫作周元的人得了胜，现在那周元则是排名第十四……"

他的声音突然停了下来，因为他见到苏幼微向前的步伐猛然间停住。

"师妹，怎么了？"薛惊涛疑惑地问道。

苏幼微沉默了数秒，然后转过身伸出玉手，露出一个柔和的笑容，道："师兄，把这神府榜给我吧，我回头看看。"

薛惊涛闻言，心中一喜，连忙将神府榜递过去。

苏幼微接过来，玉手用力握了握，却没有当众打开，收起后就转身朝着住所而去。

一路上她跟众女分别，又向薛惊涛告辞，迅速回到住所。

关上房门，她背靠着门，第一时间取出神府榜，然后猛地将其打开，眸子直接看向那第十四名的位置，紧接着她的心尖便是一颤。

天渊域，周元。

　　望着那个名字,苏幼微一时间有些痴了,眼眶都泛红起来。她不确定这是不是她所想的那个人,但光是这个相同的名字,就让素来坚强的她压不住内心翻滚的情绪。

　　她微微颤抖的指尖轻轻地抚摸着那个名字,脑海深处的记忆不断涌出,那样的清晰与深刻。

　　"殿下……真的是你吗?"

　　空旷的闺房中,有着轻轻的声音带着期盼在回荡。

第八百八十九章 分化火山

"这玄机域真是太过分了,竟然把你的排位调到十四名去了!"凤岛阁主楼中,伊秋水用力地将神府榜拍在桌子上,有些生气地说道。

一旁的叶冰凌柳眉紧皱,点头表示这玄机域此举的确太过分。

周元的神色却不见愤怒,他接过神府榜看了看,然后笑了笑,道:"十四名就十四名吧,之前不是说过吗,吕霄的排名有水分,我虽然打败了他,被放回十四名也不是什么难以理解的事情。"

他的目光往后看了看,然后在二十三名的位置上看见了吕霄。吕霄此次被他打败,看来对其排名造成了不小的影响。

对于这些名次,周元并不怎么看重,毕竟一切还是得依靠真正的实力,排名不代表什么。

伊秋水白了他一眼,道:"你倒是大度,此事不仅仅关系你,还关乎天渊域的名声。别人看了这神府榜,发现我们天渊域最强的神府境都只能排在十四名,他们会怎么说?他们一定会觉得我们天渊域越来越没落,这对天渊域的名声可不好。"

周元耸耸肩。这些都是事实,没必要遮遮掩掩,何况也遮掩不住。

他没有争辩什么,只是任由伊秋水发泄了一会儿,然后才伸着懒腰笑道:"待会儿应该是四阁会议吧?"

自从总阁主之争后,这几天他都在休息,恢复状态,今日才算是真正开始上任。

伊秋水螓首微点,道:"已经通知了其他三阁。"

她又取出一卷卷轴放在周元面前,道:"你如今初任总阁主,风阁、林阁都好说,对你肯定是支持的,但火阁那边一直比较消极,山阁也是墙头草。

"如果你想要将四阁尽数掌控,让他们听从你的命令,还需要一些手段。"

"怎么做?"周元谦虚地问道。

"分化他们内部。"伊秋水毫不犹豫道。

"分化?"

伊秋水道:"如今火阁除去吕霄这位阁主外,还有八位副阁主,这八位中有七位都出自天灵宗,但你知道,火阁中更多的成员并不属于天灵宗,他们进入火阁只是因为能享受到更多的修炼资源。

"对于火阁高层几乎全是天灵宗的人,他们内心必然抱着一些不满,只是因为吕霄的镇压而不敢显露出来。

"只要你以总阁主的身份,从火阁那些非天灵宗成员中挑选一些优秀的人晋升为统领或者副阁主,必然能够拉拢大量的人心,甚至让他们内部失衡,到那时候,就算吕霄他们想要反对,也无法统合火阁内的声音了。

"山阁那边也是如此,想必要不了多久,四阁就会真正由你掌控。"

周元望着俏脸上满是自信、侃侃而谈的伊秋水,忍不住咂咂嘴,并对她竖起了大拇指。这些计划即便还没施展出来,光是想想就知道会给吕霄、韩渊他们带来多大的麻烦。

伊秋水抿嘴轻笑,指着那卷轴道:"这几天我已将火阁和山阁的情况调查清楚,这上面记载的,便是那种非天灵宗弟子但自身实力与天赋皆不错的人,他们被吕霄压制多年,心中存怨,你可以从中挑选看看进行提拔。"

周元点点头,心中满是感叹,有了伊秋水这个大管家,他这个总阁主真是不知道有多舒心。

周元打开卷轴,细细看了一会儿,忽道:"这些手段用来立威是够了,但我如今刚升任总阁主,如此大刀阔斧,难免引人口舌,甚至会引发一些动荡,所以我觉得还缺了一点怀柔。"

"怀柔?"伊秋水一怔,道,"那你打算怎么做?"

周元想了想,缓缓地道:"我打算将四母纹的销售价格降低三成。"

当初四母纹的出现是为了对付火阁,如今周元成了总阁主,他就不能再将眼光只放在风阁上,不然长久下去,必然会引发其他三阁的不满,觉得他这个总阁主太偏袒风阁。

如果他能够将四母纹的销售价格降下来，那么受益的就不只是风阁，其他三阁成员都能够从中获得好处。

只是如此一来，销售价格降低了，他这里的收入也会减少。不过周元对此并不在意，即便减少三成，他获得的也足够了。

伊秋水听到此话，美眸一亮，道："这倒是个好办法！吃了这般好处，不管你对火阁、山阁做什么，估计大部分人都会支持你。"

她先前那番手段算是刚猛，而周元此举则是怀柔，如此刚柔并济，才是完美之法。

一旁的叶冰凌点头表示支持，道："我会通知风阁，想必大家也会理解。"

在周元升任总阁主后，风阁阁主的位置就腾了出来，而周元将它交给了叶冰凌。伊秋水虽然出谋划策不错，但自身实力还欠缺火候，无法彻底服众，而叶冰凌不论实力与资历都完全能够胜任。

周元见状，笑着点点头。

他站起身来，道："既然如此，那走吧，先去会会三阁。"

周元率先向着外面走去。如今的他虽然升任四阁总阁主，却并不能放松，他知道很多人都在盯着他，如果他无法快速整合四阁，将所有内部问题解决掉，天灵宗定会以此为借口来弹劾他这个总阁主失职。

所以，不管是为了保住位置，还是为了整合力量应对未来的九域大会，周元都必须以最短的时间，将四阁所有力量彻彻底底地掌控在手中。

若有不服者，不论吕霄还是韩渊，周元都必须想办法将其踢出四阁，以免到时候坏了他的大事。

走出房间的周元，眼中掠过一抹凶光。

希望那吕霄和韩渊足够识趣吧。

第八百九十章 大棒甜枣

总阁主府位于四灵归源塔所在的巨大圆盘平台的最中央。

在那人气沸腾的圆盘上，楼阁建筑众多，总阁主府是其中最为雄伟的一座。因之前四阁长时间未曾出现总阁主，导致这总阁主府空置了许久。

如今周元升任总阁主，这里自然再度开启。

在总阁主府的四周汇聚了大量的四阁成员，他们紧张地望着总阁主府内，今日是周元升任总阁主后的第一次四阁大会，他们用脚趾头都能够想到，这场四阁大会必然会带来一些重量级的信息。

这位从风阁阁主升上来的总阁主，对其他三阁将会抱着怎样的态度，这会直接影响到三阁所有成员的切身利益。

特别是火阁的成员，他们很清楚之前给周元带来了多大的麻烦，如今周元新官上任三把火，这火最有可能烧向他们火阁……

总阁主府，巨大的会议厅内。

四方位置尽数被坐满，最前方是四阁阁主，之后便是副阁主、统领……可以说四阁的所有高层今日都齐聚于此。

周元居于最上方，目光足以俯览全场，他平淡的面色散发着一种威压，令全场弥漫着压抑的气氛。

他的目光扫了一眼火阁的最前方，那个位置上正是吕霄。

如今吕霄面色依旧苍白，显然还没从之前那场大战的后遗症中恢复过来，他的气势比起以往也少了那种自信与锋锐。

在总阁主之争上输给周元，对他的打击似乎不小。

吕霄身后的火阁副阁主都保持着沉默，只是看向周元的眼神中依旧隐藏着一丝敌意，毕竟他们都是天灵宗的人，算是吕霄的铁杆，对于周元上位，他们最是难以接受。

赴会之前，他们已经达成了共识，虽然如今周元声势强横，他们不敢正面敌对，却可以采取一些迂回套路，阳奉阴违。只要他们暗中捣乱，让周元无法整合四阁，到时候宗内的高层就能够以此发难，说不定还能借此弹劾周元。

周元目视全场，片刻后，他的声音平缓地响起："诸位，如今我既侥幸升任总阁主，那我就该为未来的九域大会做一些准备。这些年来，我们天渊域的实力在九域之中愈发没落，如果我们想要在九域大会上取得好成绩，现在就必须整合内部的力量。"

他的言辞之中没有任何委婉之意，而是极其直接。

他千辛万苦夺得这个总阁主位置，不是用来耍什么权力威风的，他对此没有任何兴趣，但九域大会是以域为单位，他不可能单打独斗，若是想让天渊域在九域大会上脱颖而出，他就必须将四阁所有力量掌控起来。

周元的目光带着一丝凌厉锁定火阁高层，在他这般目光下，朱炼、左雅等副阁主都是心头一悸。

周元并没有给任何人说话的机会，他知道火阁那些高层的想法，所以他不打算留情，而是直接发难："火阁有八位副阁主，其中七位出自天灵宗，二十五位统领中有二十三位出自天灵宗，这个比例过于畸形，必须做出改变。"

此言一出，火阁那边顿时爆发出低低的哗然声，朱炼、左雅等副阁主面有怒意。

周元根本没有理会他们，道："从现在开始，我提名以下人选竞争火阁副阁主及统领之位……"

紧接着，一个个早已商定好的名字从周元的嘴中吐出，声音回荡在会议厅内。

听到那些名字，在场不少人浑身冒着冷汗，他们发现被周元提名者，皆是火阁之中实力卓越却被吕霄打压得无法抬头的人，他们都是来自各处的天骄，并不是天灵宗的弟子。

这些人的实力，不见得就比如今火阁那些天灵宗的副阁主差。

如果真让他们上位，恐怕吕霄就会失去对火阁的掌控。

朱炼、左雅等人面色铁青，忍不住出声道："周元总阁主，你不能这么做！"

周元面色平静道："为何？我提名的这些人是实力不济吗？还是我身为总阁

主没有这个权力？"

朱炼与左雅哑口无言，面色青白交替。周元提名的那些人，有少数人的实力放在他们数位副阁主中都能够算得上强横。

朱炼与左雅只能将求救的目光投向最前方一言不发的吕霄身上。

察觉到他们的目光，吕霄抬起那苍白的面庞，语气漠然道："你是总阁主，在四阁中有绝对的行事权，只是火阁局面早已如此，你这样做会引起那些天灵宗弟子的不满，到时候闹大了，你自己想办法收拾吧。"

听到吕霄此话，周元眼中掠过一抹讶异，他听得出来吕霄没有与他硬扛，反而有些消极后退。

朱炼、左雅等人见状不禁着急，还想再说话，却见到吕霄有些虚弱地闭上了眼睛。

周元淡淡地道："这些由我提起，任何后果自然由我负责。

"先前我所提名者，未来十天内都可以对火阁现任副阁主与统领发起挑战，只要取胜，就可以取而代之。"

他临时将伊秋水的谋划稍微改变了一下，因为这种竞选模式，必然会加剧火阁天灵宗成员与非天灵宗成员的分裂，身为总阁主，他当然不能让火阁合力来反对他。

将火阁的事情说完后，周元又将目光投向了山阁。

那韩渊瞧得他的目光，顿时心头一寒。

果然，周元接下来又在山阁提名了一些人竞选副阁主与统领，只是数量比火阁少许多，算是给韩渊这根墙头草一些惩罚。

即便如此，这件事对火阁和山阁都造成了不小的冲击，整个会议厅内一片混乱，如果不是碍于周元总阁主的威势，恐怕此时连秩序都维持不了了。

周元这种大刀阔斧的做法不可谓不狠，只是这样引发的混乱与骚动也会难以收拾。

所以，朱炼、左雅等人都暗自冷笑，只要周元收不住场，到时候就是他这个总阁主失职！

好在周元只对火阁和山阁采取了这些手段，林阁与风阁都无事，这才令得场中没有直接哗变。

周元的面色始终平静，他望着会议厅内，慢慢地道："除了提名这些人外，我还有一道消息要宣布。从今往后，四母纹的销售价格会降低三成，高品质的四母纹也会对其他三阁出售。"

于是，吵闹喧哗的会议厅内瞬间安静下来。

所有人都面面相觑，眼中有着掩饰不住的激动。四母纹价格降低，这是惠及四阁所有人的好事，而周元竟然舍得将这种好处给让出来？

面对着这种诱惑，就连火阁的天灵宗弟子都有所心动。

他们执着于副阁主、统领等位置，无非是为了能够获得更多的修炼资源，如今周元降低四母纹的价格，则是从另外一个方面给予他们资源……一时间，他们都觉得这种改变似乎也不是不能接受。

唯有朱炼与左雅等人面色阴晴不定，因为他们不在乎那点修炼资源，而更在乎颜面与话语权。

但他们终归只能代表少数人。

当周元宣布将四母纹的价格降低后，这场会议便就有了定调，混乱渐渐平息下来。可以想象，当这里的消息传向四阁后会引发多大的轰动，那个时候的四阁，超过八成的人估计都会拥护周元这个新任总阁主。

面色苍白的吕霄站起身来，他看了一眼面色惶恐的朱炼、左雅等人，淡淡地道："他大势已成，就不要再想着给他找不自在了，不然之后被他找借口踢出四阁，我也说不得什么了。"

说完，他便率先朝着外面走去。

周元这一手大棒一手甜枣的手段，足以将四阁镇服。

所以，吕霄知道，往后的四阁将真正属于周元。

第八百九十一章 火阁内乱

当四阁高层会议最终的结果传出时，四阁不出意料地沸腾起来。

除开少数极为不开心的天灵宗弟子外，其他几乎所有人都欣喜不已，他们没想到周元在成为总阁主后，第一件事竟然是将四母纹的价格降下来。如此一来，等于是从另外一个方面为他们缓解了归源宝币匮乏的难题。

这种实质性的举动，比说任何好听的话都管用。

当消息传出，即便是原本最反对周元的火阁，都在顷刻间分裂开来，一些天灵宗的弟子还试图竭力煽动，引来的却是大部分火阁成员的冷眼旁观。

特别是那些被周元提名可以竞争火阁副阁主和统领的成员，他们本就拥有不弱的实力，只是因为非天灵宗弟子的身份，以往都被吕霄等天灵宗弟子打压，难以出头。如今周元升任总阁主后，直接打破了吕霄的压制，给予他们公平竞争的机会！

虽然他们都知道这是周元分化火阁内部所施展的手段，他们却心甘情愿地咬上这个危险的鱼饵，因为没有人愿意被一些实力不如自己的天灵宗弟子一直压制。

在四阁这种地方，积极去争取才会有更多资源。以往他们是无法撼动那些天灵宗弟子的，现在却不同，有了周元这个总阁主在前开路，他们自然会选择毫不犹豫地跟随。

于是，在短短一天中，原本声势浩大、整体实力居于四阁之首的火阁就内乱了！

那些得到周元提名的火阁成员开始陆陆续续向火阁现任的那些副阁主和统领发出挑战，而他们此举也得到了大量非天灵宗火阁成员的强力支持。

在火阁，天灵宗弟子终归是少数，更多的人则是来自各方的神府强者，所以他们的声势更强！

在这场全新的竞争中，不到一天时间，火阁高层便开始出现大换血。

八位副阁主，有七位出自天灵宗，其中三位直接被挑落！

二十三位出自天灵宗的统领，有十五位被挑落！

这一日，火阁几乎是处于狂欢之中。每伴随一位天灵宗高层被击败，欢呼声就变得狂热一分，而周元在火阁内部的支持力也变得更强一分！

……

火阁，阁主府。

左雅和朱炼心急火燎地找到吕霄，急道："吕霄师兄，你再不出面，我们天灵宗还怎么掌控火阁？"

左雅的形象有些狼狈，显得气急败坏。因为她的实力在七位副阁主中不算最强，所以她也遭到挑战，并最终输掉了，也就是说，她需要让出副阁主的位置，这简直让她无法接受！

如果是在之前，那些人怎么敢来觊觎她的位置？！

吕霄面色苍白，淡淡地道："那你们想要我怎么做？你们以为我现在出面让他们停止，他们就会停止吗？"

左雅与朱炼皆一愣，他们明白，这一切的源头都在周元身上。如今周元才是总阁主，凌驾于吕霄之上，吕霄根本无法反抗。

左雅紧咬着牙，道："那我们就上报宗内的长老，捅到宗主那里去！"

吕霄反问道："这些事都在总阁主的权力范围内，捅到宗主那里，他难道就能直接撤了周元吗？如果这么简单的话，还需要谋划许久让我去竞争总阁主吗？"

"这样捅上去，只会让宗主觉得我们无能，除此之外没有其他意义。"

"那怎么办？"左雅一下爆发了，有些歇斯底里。最近这段时间她简直要疯了，她与伊秋水的打赌本就令她在天渊洞天内颜面尽失，家族内部也对她斥责颇多，如今就连火阁副阁主的位置都丢了，她不知道之后还会迎来多少冷嘲热讽。

吕霄平静地看了她一眼，道："没有什么怎么办，一切用实力来说话。你们身为天灵宗的弟子，本就比其他人有更多优势，以前我也尽可能地给了你们更多的资源，可到得如今，你们连这个位置都保不住，那又怪得了谁？

"我之前就说过，你们要改变一下心态，现在的四阁，不再是以前的四阁了。

"周元不是个善茬，只要不故意去招惹他，他也不会来惹我们。他的目标是

九域大会，那个时候他也需要我们的力量，所以他不会做得太过分。

"以前你们以为有我在，就可肆意妄为，但现在我得告诉你们，这个局面我已经罩不住了。"

望着眼前神色平淡、仿佛失去了以往那些锐气骄傲的吕霄，左雅的贝齿紧咬着嘴唇。她知道吕霄说的都是事实，但她还是感到有些失望。

"吕霄师兄，你变了！"她说出这句话后，便转身跑了出去。

朱炼无奈地叹息一声，也跟了上去。

望着他们离去的身影，吕霄瘫坐在椅子上。他的神色显得有些颓败，正如左雅所说，这一次败给周元，锉掉了他以往所有的锐气。

对于周元，他原本应该是怨恨的，但他最终发现怨气并不多。他内心很清楚，如果不是周元最后时刻打散了他体内的九头蟒血脉，此时此刻他或许已经变为一个没有理智的蛇魔。

一想到那个结果，他就感到不寒而栗。

所以严格说来，他还得谢谢周元。

"呼！"

吕霄深深地吐了一口气，他能够感觉到，周元是冲着那九域大会去的，这个家伙的野心比他想象的更大。

不过……

九域大会可没那么容易，那上面的天骄妖孽有时候能让人感到绝望。

他吕霄甚至与那些妖孽交手的资格都没有。

吕霄闭上双目，喃喃自语。

"周元……你的野心很大，我倒想看看，这四阁在你的率领下到底能在九域大会中取得什么样的成绩？

"若是你败得太难看，可别怪我落井下石。"

第八百九十二章 去万术殿

"看来局势已经尽在掌控中了。"

当周元收到伊秋水上报过来的火阁和山阁的变动情况后,他忍不住松了一口气,露出满意的笑容。

这一次大动干戈,他看似凶狠,实则担心不已,万一引来太大的反弹,难免会给他带来麻烦,毕竟天灵宗对他已经很不爽了。

好在那种最坏的情况并没有出现,在他这种分化之下,火阁内部难以再统合所有声音,这样就更加不可能对他这位总阁主造成什么威胁。

一旁的伊秋水轻轻点头,旋即有些疑惑道:"此次火阁的吕霄竟反常地没有任何动静,不然我们的计划也不会这么顺利,难道他是被你打怕了?"

周元一笑,道:"那吕霄可没这么胆小脆弱。"

他心中其实已经隐隐有了答案。吕霄会采取这种不支持不反对的态度,应该是总阁主之争上他将其体内的九头蟒血脉打散的缘故。

那时候九头蟒血脉已经融入了吕霄的体内,今后势必会对他的神智造成极大影响,甚至让他最终变为没有理智的蛇魔。

而周元的怨龙之气蕴含着比九头蟒血脉更为强大的威压,于是在那最后时刻,吕霄虽然被他重创,也算因祸得福,将九头蟒血脉的后遗症给驱除了。

从某种意义上来说,这算是个大恩。

当然,吕霄不可能真的因此来千恩万谢,所以他最终在周元此次大动作上面选择了不支持不反对的态度。

如果不是他的这种态度,周元想要分化火阁恐怕也没那么容易,毕竟吕霄在火阁这些年的威望不会因为一次失败就扫尽。

"接下来四阁的事情,就要麻烦秋水你多费心了。"周元起身,冲着伊秋水露出讨好的笑容。

他在升任总阁主后,第一时间就将伊秋水从风阁调到了自己身边。如今总阁主的事务远比风阁更为繁杂,如果没有伊秋水协助他,他恐怕头都会被忙炸掉。

伊秋水瞧得他这神情,便知晓他又要偷懒了,当即没好气道:"你又想干吗去?"

周元苦着脸道:"我赢得这总阁主的位置,不是还要去万术殿领一道小圣术么?前些天忙得半点时间都没有,如今四阁好不容易平定下来,我当然得赶紧去一趟。"

听到他这理由还挺正当,伊秋水不好再说什么,只能轻哼一声放他一马。

周元见状,赶紧窜出门去。他源气涌动,身影腾空而起,脚踏源气,化为一道流光朝着万术殿所在的方向疾驰而去。

万术殿坐落于天渊洞天核心区域,此处乃是天渊洞天的重地,寻常人不可靠近。

周元手持郗菁给的令牌,沿途虽被两拨巡查护卫拦了两次,最终还是顺利地来到了万术殿前。

万术殿所在的浮空岛屿上只有一座巨大的殿宇,巨殿散发出一种古老的韵味,不知已在这里矗立了多少岁月。

周元落在浮空岛屿的接引台上,看了一眼四周的虚空,心头微凛。他能够感应到此地的天空地面皆布满着一些极其危险的源纹结界,若是胡乱闯动,一旦陷入其中,恐怕连源婴境强者都会被困住。

"这些结界是由师父当年亲自布置而成。"

一道熟悉的声音从前方传来,周元抬头便见到郗菁立于前方,笑吟吟地望着他。

她瞧得周元看了看四周,摆了摆手,道:"我已张开法域,无人能听见我们的谈话。"

周元闻言有些吃惊,因为他半点都没感应到自己落入了郗菁的法域之中,这让他忍不住感叹法域境实在是太强大了,如果此时的郗菁对他有一丝恶意的话,恐怕他连任何反抗都做不出就会直接烟消云散。

"郗菁师姐。"周元收敛心思,笑着打招呼。

郗菁迈开长腿走来,笑道:"你倒是有点能耐,这么快就将四阁内部整合起来了。"

这些天她时刻关注着四阁，毕竟周元是她的师弟，她可不想他刚刚上任就被人给踢下去。

周元的手段让她有些惊讶，一手大棒，一手甜枣，把火阁与山阁收拾得服服帖帖。

周元谦虚地笑了笑。

"你虽然打败了吕霄，神府榜上反而被排到了第十四名，是不是很气？"郗菁戏谑道。

周元无所谓地摇摇头，道："排名说明不了什么，排名低点也有好处，往后遇见强敌，别人还会心存小觑呢。"

"你倒是想得开。"郗菁微微点头，旋即又轻哼道，"不过这对我天渊域来说却不算什么好消息，玄机域那个丫头还真是不识趣。"

她看着周元继续道："往后若是在九域大会中遇见玄机域那丫头，给我好好教训她一顿。"

周元有些无语，他知道郗菁所说的那个丫头就是在神府榜上排名第六的九宫。他内心偷偷吐槽道：你堂堂法域境强者跟一个神府境计较什么……

"九域大会确定了吗？"周元问道。

"九域已经在磋商了，两个月内应该就会有定论。"郗菁看了周元一眼，笑道，"你还是祈祷时间拖久一点吧，不然以你现在的实力，恐怕很难在九域大会上脱颖而出。

"那吕霄在神府榜上的名次你应该很清楚，即便打败了他，也不代表你就真的能够和那些最顶尖的天骄抗衡。"

她小小地打击了周元一下。

周元轻轻点头。此次神府榜上的变动，让他清楚地知道了自己的层次，但他并不惧。那些排名在他之前的人几乎都贯穿了九重神府，并将神府打磨圆满，而他现在还只打通了七重神府，如果他将剩下两重神府给贯穿，不见得就会比那些排名前列的人弱。

"所以这不是一空下来就赶紧来领取我那道奖励了吗？"周元笑道。

他本就打算此次得到小圣术后便开始着手领悟，如果有更多的时间，他会把重心放在凝练山灵纹、林灵纹以及贯穿最后两重神府上面。

等他将这些都准备好后,他有自信跟神府榜上的任何人进行正面较量。

郗菁点点头,道:"这座万术殿乃是当年师父亲自建造,这些源纹结界也是由他亲手布置。"

说着,她转身对着那座巍峨古老的大殿走去。

"跟我来吧,这座万术殿这些年都由木霓族长亲自坐镇,你想要挑选小圣术还得通过她⋯⋯"

她偏过头冲着周元戏谑地一笑,悠悠的声音传进了他的耳中。

"你可得讨好一下她,她若是开心了,就能让你得到一卷不错的小圣术。你要知道,就算是小圣术也有着高下之分。"

第八百九十三章
法域本源

当周元跟随在郗菁身后踏入万术殿那扇古老厚重的大门时，感觉到四周有着细微的空间波动。待得他眼神一定，才发现自己已身处一座弥漫着檀香的书房之中。

此时的书桌前，一名绿裙美妇正眼带淡淡笑意望着他们。

她的身上没有散发出任何源气波动，周元却感觉到一股难以形容的压迫感，就仿佛自身的一切都置于对方的掌控之中。

这种感觉让周元极其不舒服。这些法域境强者实在是太恐怖了，只要站在其跟前，几乎便被他们的法域所笼罩，在这法域内，他与对方就是凡人与神灵之间的差别。

身处其中，他就算想要自爆都难以做到，而这种连自身性命都无法掌控的感觉实在是让人难受。

眼前的美妇，自然便是那位木霓族长。

"木霓元老，我带新任的总阁主来领取一道小圣术。"郗菁望着木霓族长笑道。

木霓点点头，道："这小家伙倒是沉得住气，寻常神府境能够得赐小圣术，一般当日就来了，偏偏他还能忍得了数日。"

周元有些尴尬地笑了笑。他也想第一时间前来，奈何四阁一堆事情等着他处理，实在是脱不开身，所以才耽搁了几天。

木霓神色温和，并没有元老的架子，她看着周元微笑道："郗菁这一次的眼光着实不错！"

周元能够感觉到木霓的声音中带着一丝善意，想必是将他当作郗菁所看重的下属，他也没有反驳，只是露出憨厚的笑容。

"你以往应该没有接触过小圣术吧？"木霓问道。

　　周元老老实实地点点头。那种级别的源术，即便在苍玄宗内他都未曾见过，当然苍玄宗必然是有的，但以往的他只是太初境，根本就没资格接触。

　　"那你可知道小圣术或者说圣源术与寻常源术有什么区别？"木霓笑着问道。

　　周元知道眼前这位木霓族长是要指点他，当即摇头道："晚辈不知。"

　　"其实区别很简单。想要创造出小圣术以及更高的圣源术，有一个必需的条件，那就是需要法域及其以上的实力。"

　　"圣源术之所以威能无穷，足以毁天灭地，是因为圣源术有着天源术所没有的一种核心力量，那种力量被称为法域本源。"

　　"法域本源？"周元心头微震，这还是第一次有人给他解析圣源术的来源。

　　"嗯，所谓法域本源便是法域的核心，每一位法域强者想要构建法域，法域本源便是重中之重。"

　　"只有法域强者以自身的法域本源为根本创造出来的源术，才能够列入圣源术的范畴。"

　　周元恍然，难怪只有法域强者才能够创造出圣源术，原来需要所谓的法域本源。

　　"创造圣源术需要消耗大量的法域本源，所以一般法域强者都不会轻易去创造，就算创造出来也不会轻易传授，毕竟法域本源对于任何法域境强者都是极为重要的。"

　　"如果你得到了一卷小圣术，想要修成，就需要感悟其中所蕴含的法域本源。切记，你必须在法域本源消耗枯竭之前于自身体内形成源术印记，源术印记一成，便如同种下种子，往后只要你以自身源气日夜磨炼，便可渐渐将这道小圣术的威能施展出来。"木霓提醒道。

　　"如果在法域本源消耗枯竭后，还未能形成源术印记呢？"

　　木霓平静地道："那你的修炼就算是失败了。万术殿的小圣术都只有一次修炼机会，失败说明你自身天赋机缘不够，怪不得谁。就算是法域强者，也不可能随随便便挥霍自身的法域本源来助你修炼。"

　　周元暗暗咋舌。难怪不论是在苍玄宗还是在天渊域，圣源术都被管控得非常严格，这一切都是因为法域本源的珍贵。

　　"接下来我会将你送入小圣术殿，那里存放着我天渊域所收集的小圣术，你可自行挑选。而如何选择，那就是你自身的缘法了。"木霓说完，便将裙袖轻轻一挥。

周元还想问些什么，却还来不及开口，四周的空间便扭曲起来，直接将他的身影吞没进去。

眼前的黑暗持续了数息，然后陡然变得明亮起来。

周元目光转动，发现自己身处一座大殿之内，大殿显得格外古朴，没有任何装饰，唯有一根根斑驳古老的石柱矗立着。

当周元看见那些古老石柱的时候，只见上面忽有无数的光点汇聚而来，最后形成了一道道光团，静静地悬浮于石柱顶部。

周元心有所动，走近一根石柱，望着那光团，只见光团内有一颗淡红色的光珠若隐若现，光珠内部不断有火苗涌现出来，那些火苗犹如具备灵性一般互相融合，渐渐化为古老的文字——

"九星炼火诀。"

原来，这光珠之内蕴含着一道名为九星炼火诀的小圣术。

那些涌动的火苗看似微小，却给周元一种极为恐怖的感觉，似乎是一种远远凌驾于他这个层次的力量，如果周元所料不错的话，那很有可能就是所谓的法域本源。

"这就是小圣术么……"

周元眼神炽热，垂涎不已，即使未曾接触，只是一种感知，他便已明白眼前这道小圣术的强大，那种威能绝对远远超过他如今修炼的苍玄七术。

周元舔了舔嘴唇，站在这石柱面前踌躇了片刻，最终还是迈开了步伐。这九星炼火诀虽然强横，他却没有那种冥冥中的感应，这说明他们之间的契合度并不高，就算得到它，说不定也难以修成。

于是他不再留恋，朝着前方缓步走去。

大殿内共有三十九根石柱，也就是说这里有着三十九道小圣术……

周元很期待，同样也想知道，在这里他究竟能够获得什么样的小圣术……

第八百九十四章 挑小圣术

寂静的大殿中。

周元沿着一根根斑驳的石柱缓慢前行，他好整以暇、饶有兴致地盯着每一根路过的石柱，仔仔细细地察看上面的小圣术。

虽说无法看出修炼之法，但感应着那一丝丝泄溢出来的恐怖气息，确实能够让他对那种神秘的法域本源生出足够的敬畏与向往。

周元在心中立下了一个小目标：先达到法域境！

似乎也不远，等他突破神府，踏入天阳境，再越过源婴境，就可以到法域了！

努力！

周元在心中给自己鼓舞了一番，然后再度迈步走向前方的斑驳石柱。这石柱上面的光团内部黑气缭绕，隐隐间显露出一面巴掌大小的黑镜，镜面上有黑气幻化成古老的文字。

"玄魔镜术！"

周元微微感应了一下，眼露奇光。这道小圣术倒是奇妙，似乎能够映照敌人，直接将对方复制出来，并且具备对方的一定实力。

奇妙倒是奇妙，但真要对战时，应该只能起到一些骚扰作用吧，周元可不相信这玄魔镜术能够复制出对方完整的实力，那样也太变态了，就算是真正的圣源术也难以做到吧。

他在感叹一番后，继续迈步向前。

一道道在外界难得一见的小圣术不断落入他眼中。

"九禽扇！"

"离火天罩！"

"北冥剑经！"

……

不过百来丈距离，周元愣是走了半炷香，那一道道小圣术让他挪不动步，越看到后面越是心痒难耐，甚至有一种想要尽数卷走的冲动。

虽然眼热的不少，但周元还没做出选择，对这些小圣术，他并没有生出那种特别心动的感觉。

他的步伐虽慢，但大殿终归有尽头。

在他面前的石柱上有一道金色光团，光团内有一卷金页。

"巨灵神诀！"

周元舔了舔嘴唇。这道小圣术是一种肉身源术，一旦修成，施展开来时，天地源气可被吞入腹内，身躯暴涨百丈、千丈、万丈，宛如巨神一般，举手投足间足以搬山填海，毁灭力十足。

这是一种真正用来战斗的小圣术，若是修成，对战斗力的提升不言而喻。

周元踌躇了片刻，然后深吸一口气，伸出手掌朝那金页抓去。

就在周元手掌距离那金页越来越近时，他神情忽地一动，隐隐间似乎听见了一道细微的雷鸣声，他将手掌停住，有些疑惑地偏过头看向不远处。

只见那里还有一根斑驳石柱。

这让他有些惊疑，他明明记得这大殿内只有三十九根石柱，眼前这根又是什么时候冒出来的？

周元微微犹豫，而后他迈开步伐缓缓来到那根石柱前。

石柱顶部，光团内有雷光浮现，那雷光格外奇特，竟呈现黑白两色，给人一种极为特殊的韵味。

雷光掠过，有古老文字闪现。

"阴阳雷纹鉴！"

……

充满着檀香的书房中，郗菁与木霓盯着眼前的光镜，光镜内部便是正在挑选小圣术的周元。

"这小家伙还挺挑剔。"木霓见周元挑选了半天没有结果，不由得淡笑一声。

郗菁笑吟吟地道："霓姨，周元的潜力可不小，未来我天渊域不见得不会再

出现一位法域强者。"

在没人的时候,郗菁对木霓的称呼变得无比亲近,显然双方关系极好。

"这么看好他?"木霓一笑,又道,"据说如今天渊洞天内还有传闻说他是你的面首呢。"

郗菁撇撇嘴道:"无非是玄鲲宗主那老东西暗中放出来恶心我的流言,没必要在意。这老家伙此次吃了大亏,就只能搞这些小手段。"

木霓意味深长地道:"是吗?我还真以为你们有什么关系呢。"

郗菁不动声色地道:"我们能有什么关系?难不成霓姨真觉得我会看上一位神府境啊?"

说话时,她的眸子一直看着光镜内,待见到周元伸出手对着一根石柱抓去时,她眉尖微挑,道:"巨灵神诀?这家伙还真是暴力呢。"

然而光镜内周元伸出的手又停了下来,忽然转向另一根石柱而去。

"又改变主意了?"

郗菁一怔,然后看着周元走向的那根石柱,等她瞧见那黑白雷光时,面色一变,道:"霓姨,这阴阳雷纹鉴怎么也放在这里了?"

"怎么?有什么问题吗?它也是一道小圣术啊。"木霓微微一笑。

郗菁哑然。阴阳雷纹鉴的确是小圣术,但它跟其他小圣术不一样,其他小圣术是由法域强者所创,这阴阳雷纹鉴却是由她的师父苍渊大尊所创!

苍渊大尊在创出此术后未曾传授给谁,那个时候郗菁已经踏入了法域境,不再需要小圣术,于是他就将此术交给了木霓保管。

木霓从来不会将苍渊大尊的东西随便拿出来,她一向都当作宝贝一样藏着,怎么眼下却将此术放在了殿内?!

郗菁心头猛地一紧,霓姨是在试探周元?!

她发现了周元的身份?!

一旁的木霓玉手端着香茗,轻轻一抿,眸光扫了郗菁一眼,似笑非笑道:"怎么?你看起来似乎有点紧张!"

郗菁干巴巴地道:"没有,怎么会呢?"

"那就好。"

木霓慵懒地靠着椅子,托着香腮,眸光带着一种灼灼之意盯着光镜,慢悠悠地道:"看来这小家伙跟那老东西挺有缘啊,寻常人可无法察觉到那阴阳雷纹鉴的玄妙呢。"

在说起"老东西"三个字时,素来温和的木霓族长竟有些咬牙切齿。

郗菁此刻已经能够确定,霓姨察觉到了什么……

第八百九十五章
黑白雷光

"阴阳雷纹鉴……"

周元凝视着光团内似有似无的黑白雷光，从中能够感觉到一种浓浓的心悸之意，这是其他小圣术未曾给过他的。

显然，这道小圣术不太一般。

周元微微沉吟，此时的他自然不知道这阴阳雷纹鉴是他的师父苍渊大尊所创，但那种特殊的感觉让他没有太多犹豫就做出了选择。

他深吸一口气，眼露果决。

随后，他伸出手掌，对着那光团内部抓去。

既然他会被吸引过来，就说明此术与他有缘，断然不能错过！

周元的手掌探入光团，直接与那道黑白雷光相碰。

"轰隆！"

接触的瞬间，脑海之中顿有雷暴之声回荡。

周元不禁心神激荡，然后便发现自己已身处星空，在他前方有一道身影矗立，那道身影略显苍老，但他站在那里，似乎整个星空都在微微颤抖。

一股恐怖的威压袭来，即便只是一道虚影，依旧令此时的周元有些难以承受。

他盯着那道苍老身影，眉头忽地一皱，因为他感觉到一股熟悉的气息。

他品味着这种感觉，数息后，他的眼睛猛地一睁："这是……苍渊师父？！"

周元有些震惊，这道苍老身影不是苍渊又是谁！

"这阴阳雷纹鉴竟然是师父所创！难怪我会有特别的感应！"周元终于明白过来，忍不住咋舌，欣喜异常。

先前从木霓族长那里他已经知晓，小圣术大多由法域强者所创，而这阴阳雷纹鉴却是由身处圣者境的苍渊师父所创，仅凭这一点就足以让它称得上是顶尖级别了。

星空中，苍渊虚影矗立，他伸手一招，天地间有磅礴源气汇聚而来，那些源气在其掌心凝聚、压缩，最后渐渐化为一道雷光。

这只是一道普通的源气雷光，并没有任何独特属性。

苍渊的手掌缓缓握拢，那道雷光在他掌心开始疯狂压缩，短短不过数十息，便只有指头般大小。

而那种压缩还在持续，当雷光最终化为发丝一般粗细时，周元感觉到一丝至刚至阳之气自其中散发出来，雷光也沾染上了一丝白色。

周元看得瞠目结舌，苍渊师父这一手可谓惊人至极，他直接以源气化雷，再将那没有任何属性的雷光生生变成一丝至阳之雷。

此时这丝阳雷的威力，绝对比先前那道完整雷光要强上十数倍！

苍渊的虚影做完这些，显然还未结束，他凝视着手中的阳雷，片刻后，指尖掠过虚空，似有无数道源纹成形，那些源纹如落雨一般纷纷落在那一丝阳雷周围。

无数源纹互相连接，在那阳雷之外形成了一座复杂得足以让周元眼花缭乱的细微结界。那些结界层层相扣，晦涩深奥。

周元能够隐隐地感觉到，那阳雷之外的层层结界似乎具备着某种特殊能力，不过他无法观其根底，因为他的源纹造诣还达不到那种程度。

不过他发现，随着那些源纹结界的笼罩，那丝阳雷之内正在发生细微的变化。

不知道过了多久，那无数层的源纹结界终于完成，苍渊虚影手指一点，那些源纹结界便在这一瞬间被贯通，最终与那丝阳雷接触。

"轰！"

明明只是一道细微如发丝的阳雷，却在此时爆发出震天动地般的雷鸣声。

而在那阳雷深处，至阳至刚之中竟然出现了一丝阴气！

阴气增强，只见白色的雷光中有一丝黑光渐生，最终分割了雷光的一半，至此，黑白交缠，阴阳双生。

苍渊虚影手掌张开，那一丝黑白雷光立即腾空而起，迎风暴涨，最后化为万丈巨形，宛如一条黑白雷龙，在星空中蜿蜒穿梭。黑白雷光闪烁间，连虚空都被轰碎开来。

而那雷光之中，阴阳双生，生生不息，宛如有着无穷无尽的力量。

这阴阳雷甚至好似具备了灵性！

黑白雷光倒映在周元的眼瞳中，看得他如痴如醉，心中震撼。苍渊虚影此番动作看似简单，周元却知道那究竟是何等滔天的手段！

因为这不是一道普通的小圣术，它是源术与源纹的结合！

众所周知，源术与源纹虽说都能引动天地源气，却是两条截然不同的修炼之道，一个以源气为根本，一个以神魂为根本，两者之间泾渭分明。

如今这道怪术，竟将源术与源纹完美地融合在一起，并最终创出了一道具有灵性的阴阳之雷！

如此手段，简直堪称神迹。

"轰隆！"

就在周元心中满是惊叹时，那咆哮星空的阴阳雷龙忽然朝他冲来，最终狠狠地撞击在他的身躯上。

"轰轰！"

周元的心中和脑海中皆有雷鸣在回荡，但他并不惊慌，立即盘坐下来。

他知晓，这阴阳雷龙中蕴含着法域本源，如果无法将其化为印记烙印在体内，那么他就无法修成这阴阳雷纹鉴！

于是，周元凝定心神，双目渐渐闭拢。

书房中。

木霓望着站在阴阳雷纹鉴之前纹丝不动的周元，红唇微启道："哟，不错嘛，竟然开始感悟本源，准备烙印源术印记了。"

她偏过头看向郗菁，笑道："你知道吗，这些年来木族出了数位天资卓越之辈，我曾经给过他们机会来修炼这阴阳雷纹鉴，但最终他们连门都摸不到。你说这小家伙怎么就这么好的运气？"

郗菁无奈地道："可能是误打误撞吧。"

木霓轻哼一声，道："我看这可不是什么误打误撞，而是某个老东西偏心！明明只有修炼了他那混沌神磨观想法才能够观测出此术奥妙，偏偏还要丢到我这里来！"

第八百九十五章 黑白雷光

郗菁以手捂额。

彻底穿帮了,师父这老情人是真的不好糊弄啊!

第八百九十六章 身份暴露

当周元在万术殿待至第十天时,那如磐石般立于石柱之前的身影终于猛地一颤,那紧闭的双目也在此时缓缓睁开。

周元的面上满是惊叹与狂喜之色。

经过这十天的感悟,他终于将那阴阳雷纹鉴的源术印记烙印在了神府之中,其间虽说艰难,但好在有惊无险,总体还算顺利。

周元心念一动,沉入神府,只见此时神府之内有一道闪烁着黑白雷光的印记,那道印记复杂深奥,即便周元感悟了将近十日,依旧未能彻底明了其奥妙所在。

好在印记已成,往后只要以源气与神魂不断加以磨炼,便能够发挥出其威能。

当然,想要发挥出小圣术的全部威能,那不是神府境甚至也不是天阳境能够做到的,唯有源婴境或是法域境才能够真正将小圣术的威能彻底施展出来。

不过即便不是全部的威能,小圣术的力量也远非天源术可比。

神府内,无数源气星辰闪烁,有星光倾泻而下,落在那黑白雷光印记上,而那印记来者不拒,宛如黑洞一般将那磅礴雄浑的源气尽数吞入其内。

不只是源气,周元眉心间的神魂也在将神魂之力渡入神府内,然后涌入印记之中。

这就是阴阳雷纹鉴的奇特之处,其他的小圣术或许只需要源气的温养,它却需要源气与神魂的双重力量。

源气为阳,神魂为阴。

这是周元十日来的领悟,也就是说,想要凝练出源术印记,需要源气与神魂的交融,否则的话,单有其一根本无法修出印记。

此术简直就是搭配着混沌神磨观想法而成的。

"不愧是师父所创啊，对同脉弟子真是太友好了。"周元感慨万分，然后心满意足地退出神府，对着眼前的斑驳石柱弯身一礼。

就在此时，周元周身的空间再度剧烈地波动起来，他知晓这是退出大殿的迹象，也不惊慌。

空间扭曲，四周变幻，下一刻周元又出现在那间充满着檀香味道的书房之中。

当他出现时，那两人便将目光投注到他的身上。

周元有些奇怪，他发现郗菁的目光似乎带着一种无奈，而木霓元老则似笑非笑。

"周元，恭喜你啊，得了一道不错的小圣术。"木霓笑吟吟地道。

周元顾不得木霓那有些古怪的眼神，连忙道："多谢木霓元老指点。"

木霓笑道："谢我做什么？还是多谢谢你那位师父吧。"

周元心头猛地一震，面上却是不动声色，道："我的师父？我的师父并不在天渊域啊。"

"那他在哪里？"木霓微笑道。

周元一滞，干笑道："木霓元老怎么这么关注我那无名师父啊？"

"他如果算无名的话，这混元天还有几个人有名？"木霓轻哼道。

周元一下呆住，连忙看向郗菁，后者冲着他尴尬一笑，道："霓姨都知道了。"

周元嘴角一抽，他这就暴露了？！

郗菁望着周元有点崩溃的眼神，无奈地道："本来她也不确定，但你都在她眼皮底下得到了阴阳雷纹鉴，她哪里还不确定？"

周元顿时郁闷起来，敢情那阴阳雷纹鉴是木霓元老放出来的诱饵，就是想要试探出他的身份！

他瞧着眼前一脸温柔的美妇人，心中苦笑：这些法域强者果然没一个是善茬！

虽说身份被揭穿，周元也没有太过惊惶。他看郗菁的神色只是有些无奈，没有担忧之色，显然她并不觉得此事被木霓知道会带来什么麻烦。

"小家伙，现在可以说说那老东西到底在哪儿了吧？"木霓优雅地端着香茗，轻笑道。

周元讪讪道："师父倒是没事，却因为某些事情不能归来混元天。"

木霓抿了抿红唇，看得出来，她的身子在此时放松了许多，想来是终于确定了苍渊的生死情况。

"我知道他是有大事谋划,我们插不了手。"木霓轻轻一叹。能够将苍渊那般实力的人物逼得不能回混元天,她怎会不知道是何种层次间的博弈。面对那种层次,只要她一日未曾踏入圣者境,就插手不得。

周元点点头,道:"木霓元老……"

"既然你是苍渊的弟子,就随郗菁叫我霓姨吧。"木霓温和地道。

周元看了郗菁一眼,见她点点头,便亲切地喊道:"霓姨。"

周元心中嘀咕,这木霓元老似乎跟苍渊师父关系不一般啊,难不成还真是师娘?

"霓姨,关于我的身份,请务必保密,否则会带来一些不必要的麻烦。"周元提醒道。

木霓螓首微点,表示知晓。

"既然霓姨能知晓我的身份,那玄鲲宗主他们会不会也有所察觉?"周元忍不住问道。霓姨知晓了他的身份没事,可如果被玄鲲宗主他们知道,那就不妙了。

木霓轻笑道:"他们不会知晓的。我会有所察觉,只因当年我观摩过混沌神磨观想法,对此颇为熟悉。再加上郗菁对你非同一般的看重,所以才生出了一点疑心想要试探一下。

"结果呢……出乎预料的好。"说到此处,她忍不住笑出声来。

周元脸上火烧火燎,他之前咬饵的吃相,想必是有些傻乎乎的。

木霓神色温柔地看了周元一眼,然后从袖中取出一枚绿石吊坠,绿石中有极为澎湃的生机之力在源源不断地涌现。

"我看你似乎修炼过一种需要生机的源术,正好此道是我所擅长。这是我炼制的'生生玉髓',里面蕴含着磅礴的生机,往后你修炼时,就不必再去找寻那些古木之精了。这就当是我给你这个晚辈的一个小小见面礼吧。"

周元望着那绿石吊坠,忍不住吞了一口口水。木霓所说的生机源术,其实就是他修炼的太乙青木痕,此术虽然没给他增强多少战斗力,却能够给他带来极为强大的肉身修复力。

如果不是仗着有此术护身,周元与人战斗时根本不敢那般凶悍。

只是此术所凝练的青木痕需要不断地以古木之精内的生机进行补充,颇为麻烦,如今木霓给了他这生生玉髓,就能让他在一段时间内免去这种后顾之忧。

所以,他根本就拒绝不了!

"霓姨，师父有您这样的红颜知己，真是他老人家的福分。"周元恭恭敬敬地接过生生玉髓，毫不客气地挂在了脖子上。

木霓掩着嘴，眉眼间满是笑意，可见对周元这张甜嘴很是喜欢。

一旁的郗菁没好气地看了周元一眼，这家伙也太会拍马屁了吧。

"嗡！"

就在此时，忽有一道流光破空而出，钻进了郗菁脑中。

郗菁双目微眯，眸光微显凌厉。

"怎么了？"木霓见状问道。

郗菁撇撇嘴，道："长老团传来消息，说北边的三山盟有些异动，也不知道究竟要做什么。"

木霓柳眉微皱，道："三山盟这些年是越来越跋扈了，以往苍渊在的时候，他们可不敢有半点放肆。"

郗菁道："他们也玩不出什么花样，我会尽快处理的。"

她站起身来，看向周元道："既然你已得到阴阳雷纹鉴，接下来就好生磨炼，自身的实力也不要松懈了，如今九域已经在商讨九域大会，想必也要不了多久了。九域大会上的那些对手可不是吕霄能比的，万万轻视不得。"

周元点了点头，神色郑重。接下来这段时间，他的确需要好好闭关修炼了。

不论是尚未凝练的山灵纹、林灵纹，还是自身神府的打磨以及新得到的阴阳雷纹鉴，都需要他静下心来好好参悟、磨炼……

第八百九十七章 静修源纹

在周元取得阴阳雷纹鉴这道小圣术后，时间眨眼便过去了半个月。

这半个月中，四阁的局面也发生了巨大变化。

首先是火阁，在经过周元那番手段后，高层将近一半都换了血，造成了不小的震荡，新上任的火阁高层与吕霄、朱炼等老牌高层并不对路，毕竟这是在挖他们天灵宗的根基。

对于这些新上任的火阁高层，朱炼、左雅等天灵宗的弟子在商讨之后，选择从各个方面进行针锋相对。

吕霄虽然甚少出面，但他终归是天灵宗的人，所以默认了朱炼、左雅等人的做法，这无疑给那些非天灵宗弟子的高层带来了极大压力，真要论力量和底蕴，他们自然不可能跟天灵宗相比——这些天灵宗弟子随随便便请出来一位宗内高层，就能让他们不知所措。

好在他们知道如今的四阁之中，吕霄已经不再是最大的靠山，他们并非没有选择！

那位新任的总阁主才是如今四阁的顶梁柱。

于是这些非天灵宗弟子的火阁高层，开始纷纷倒向周元。

而周元也适时表态，将朱炼、左雅等人严厉呵斥了一番，令他们不敢过于明目张胆。

如此一来，火阁内部绝大部分人都开始投向周元，让他的诸多决定、命令能够顺利在火阁内部通传和执行。

朱炼和左雅对这种变化感到有些绝望，最终左雅无法忍受，直接将事情捅到了天灵宗高层的面前。

玄鲲宗主没有出面，在他的默许下，一些天灵宗高层开始在天渊洞天内发难，说周元动摇了四阁的安定，不配总阁主之位！

然而这些发难并没有造成太大影响，因为此次不仅有郗菁元老出面将其力压下去，就连素来不问天渊洞天事务的木霓元老都发声了。

毕竟火阁内部非天灵宗弟子更多，他们都支持周元的话，就能给周元带来堂堂正正的声势。

面对两位元老的明面支持，那些天灵宗高层只能悻悻而退，据说那几日玄鲲宗主的面色很不好看。

玄鲲宗主震怒，狠狠地呵斥了吕霄、朱炼、左雅等人，"无能"二字几乎刻在了他们的脑门上。

朱炼、左雅等人终于消停下来，火阁内部的天灵宗弟子士气大受打击。

火阁内的抗衡势力被彻底瓦解，周元在四阁中最大的阻力就此去除。

在那之后的第二日，山阁阁主韩渊亲自拜访了周元，态度很明确。连火阁都被周元斗残了，如果他再不识相，恐怕山阁的结局会比火阁更惨，素来有自知之明的韩渊这次迅速选择了服软。

面对韩渊的服软，周元没有表现得太过咄咄逼人，在略作敲打后，便让韩渊离去。

至此，四阁终于有了明确一致的态度，从今往后，周元这位总阁主的声音将会是四阁的最强音！

当四阁的局势逐渐平稳下来时，周元直接做了甩手掌柜，在将一切事务交给伊秋水后，他便开始了闭关静修。

四灵归源塔，山域。

周元的第三道源纹最终选择了山灵纹。

因为这道源纹有着增强肉身的功能，林灵纹则偏向肉身修复，而他已经有了太乙青木痕，所以需求不是最为急迫的。

山域的高空上弥漫着苍黄的雾气。那雾气并非真正的雾气，而是由无数细小的黄沙汇聚而成，那些黄沙充斥于天地间，不断地呼啸肆虐，而山灵纹的源痕就隐藏于这些黄沙之中。

　　黄沙细小，却如精铁般坚硬，能在人身上击打出无数细小血孔，而黄沙见血即融，其中蕴含的源痕就会在这个过程中渐渐融入体内。

　　周元在一座光秃秃的山头上盘坐下来，将高品质的山母纹拍打在身躯上，然后袍袖一挥，上千枚归源宝币同时出现，直接祭燃。

　　"呜呜！"

　　下一瞬，高空上有黄沙所化的龙卷风呼啸而下，直奔周元而来。

　　周元望着那黄龙般的风沙，神色平静，双目渐渐闭拢，任由那滔天黄沙涌来，将他的身躯淹没。

　　……

　　山灵纹的凝练，花费了整整一个月。

　　这个过程并不算多么艰难，有了风灵纹和火灵纹的经验，对于源痕的凝聚周元早已是轻车熟路，再加上山母纹以及数万归源宝币的消耗，一个月凝练出山灵纹，这个速度在周元看来也不算了不起。

　　当然，这是他的个人想法。

　　要知道四阁其他的人，即便是吕霄，以往凝练出一道完整的源纹，最起码都要消耗半年时间，如今周元却将这个时间消耗减少了大半。

　　这其中当然有着多重因素，如四母纹的诞生，他自身神魂的强大，以及四灵归源塔核心处混沌神磨对他的关照。

　　正是集合了这么多因素，周元才能完成一个月凝练出山灵纹的壮举。

　　周元在凝练出山灵纹后，并没有对外宣告，就连伊秋水和叶冰凌都不知道。

　　周元没有片刻歇息，直接将目光投向了最后一道源纹——林灵纹。

　　他想将四道源纹汇聚于一身。

　　不知为何，当他凝练出第三道山灵纹后，冥冥中有一种感觉，当四道源纹真正汇聚一体时，似乎会发生一些奇特的变化……

　　时间在闭关修炼中迅速流逝。

　　当周元闭关了约莫一个半月时，平静许久的天渊域再度震动起来。

　　这次震动来自两个方面。

　　一是九域大会的时间终于确定下来。这是一件混元天各方顶尖势力都很关注的大事，论其盛大程度，在混元天内绝对占据排头。

而引发震动的第二件事,便是位于天渊域北面的三山盟再度生事,他们直接挑衅天渊域的威严,一时间群情激愤。

第八百九十八章 三山战书

九域乃混元天之尊,这是整个天地间的共识。

九域的开辟者,莫说在混元天,就算是放在除开圣族的诸天之内,都绝对是巅峰级别的存在,正是因为有他们,混元天才能够成为抵御圣族的中坚力量。

同处一方天地,有人的地方就免不了竞争,九域同样如此。

虽然在抵御圣族这个根本性的决策上,九域是毫无争议地选择全力支持,但除此之外,九域相互之间还是存在着极大的竞争。九域皆强,谁都想成为真正的九域之尊。

到了九域这种级别,如果真要以开战来分个高下的话,那整个混元天都会被搅得难以安宁,反而让圣族占得便宜,所以以整体开战的方式绝对不可取,九域也在尽量避免。

既然高层战力无法出手,那就只能将交锋限定在中低层,于是九域大会应运而生。

九域大会的参与者皆是九域最为杰出的超级天骄,他们代表九域在这场较量中分出高下,最终名次也会让整个混元天知晓这一代九域的年轻一辈究竟谁能称雄,登顶者无疑会让所在之域成为下一代骄子的向往之地。

这对九域来说相当重要,有了足够优秀的新鲜血液,才能保证有优秀的天骄出现,领导群英。

除了这个原因外,获得祖龙灯的执掌权也尤为重要。

祖龙灯乃是顶尖圣物,三莲圣宝拥有无穷之力,即便是圣者境的巅峰强者也对其极为重视。而祖龙灯九域谁都无法独占,唯有在九域大会取得鳌头者,才能获得轮值掌管的资格。

执掌祖龙灯期间，所在之域在混元天内的话语权将会加重数分。

因此，九域大会注定成为混元天的顶尖盛事，每一次召开九域大会的时间宣布，都会在混元天中引发广泛关注。

这一次自然也不例外。

整个混元天各方势力皆在对此热议。

在这期间，混元天神府榜再度成为热点，无数人揣摩着那些上榜者，想要分辨出其中隐藏的黑马。

黑马固然有，但绝大多数人还是将目光投注于排名靠前的几人，特别是在榜首之位雄霸数年的赵牧神。在很多人看来，这一次的九域大会，这位深不可测的赵牧神最有可能战败群雄，屹立于混元天诸多天骄之巅。

……

在天渊域内，九域大会的消息同样引发了热议，只是相对而言，天渊域的整体气氛稍微有些消极低落，伴随着苍渊大尊的失踪，这些年天渊域的实力与声望比起以往都下降不少。

上一次的九域大会，天渊域更是排名居末，可谓大失颜面。

如今，天渊域神府一辈最强的便是四阁总阁主周元，但周元在那神府榜上才排名第十四，这个名次虽然不算低，却仍有些配不上天渊域在混元天的地位。

所以，很多人都抱着悲观的心态，他们实在难以想象，周元这排名第十四的人，究竟凭什么与那些排名前列的超级天骄争锋？

若是此次九域大会上天渊域依旧排名居末，那对天渊域的声望打击恐怕会达到难以承受的地步。

可是又能有什么办法呢？

自身技不如人，还真怪不得谁。

就在天渊域无数人为此事而悲观时，另外一件大事突然爆出，引得整个天渊域愤慨之声四起。

此事的源头便是紧邻着天渊域的一方顶尖势力，三山盟！

三山盟的前身是混元天的三方一流势力，后来三方选择联盟，形成了三山盟，实力随之暴增，如今已是仅次于九域的顶尖势力。

这三山盟实力大涨，野心也随之而生，开始觊觎九域的地位，想要升格。

这么多年来,九域格局已定,新生势力想要挤入其中谈何容易?所以三山盟只得隐忍,而他们的隐忍最终也换来了机会。随着苍渊大尊的失踪,天渊域群龙无首,实力日渐削弱,于是三山盟开始蠢蠢欲动。

这些年,三山盟一直从各个方面挑战天渊域的威严,其野心人人皆知。

对于三山盟的挑衅,天渊域内部皆感到极为愤怒,因为他们根本就看不起这股新生势力,如果苍渊大尊还在,再给三山盟十个胆子,他们也不敢有半点挑衅!

眼下可真是虎落平阳被犬欺!

天渊域当然不会对三山盟有丝毫妥协,这些年来双方的摩擦愈发剧烈,矛盾渐深。

这一次三山盟在九域大会公布时再度生事,其目的不言而喻,显然是冲着九域大会的资格而来,因为按照规定,九域大会唯有九域才有资格参加。

其他势力并非全然没有机会,如果能够将某一域神府境领首者堂堂正正地打败,那就有权利赢走对方的参会资格。

这种规则其实是用来激励九域莫要被人抢了资格,丢尽颜面。

然而这种抢夺资格的事情多年来并未出现过,毕竟九域的地位摆在那里,没有哪方势力敢轻易得罪,就算偶然间出了一些绝世天骄,各方也会隐忍一下,不去挑衅九域的颜面。

可这一次,三山盟显然并不打算如此。

当九域大会的时间确定后不久,一封战书便从三山盟传向了天渊域。

这封战书同时分成无数份,在同一时间撒遍了天渊域乃至其他八域,令此事在天渊域及其周边闹得沸沸扬扬。

因为这封战书是由三山盟那位最近在混元天内名声大震、位列神府榜第九的超级黑马陈玄东所发。

战书之上的话语简短直白,却充满着浓浓的霸气与自信。

"三山陈玄东,在此敢请天渊域周元总阁主让位!"

第八百九十九章
接下挑战

一封战书在天渊域以及周边的地域掀起滔天大波。

无数人对三山盟这般举动感到震惊,他们知道这代表着什么,以往三山盟只对天渊域进行一些微小的挑衅,然而这一次的战书却已经有了一丝宣战的味道。

虽说宣战的只是双方阵营中最为优秀的年轻神府代表,但三山盟此举显然已经不再顾忌天渊域这位曾经老大哥的颜面……

连脸皮都撕破了,未来的争斗必然只会更加剧烈。

这让无数视线都投注而来,这种顶尖势力向九域之一发起挑衅的事情,在混元天可并不多见。

这也让无数人暗自感叹,天渊域这些年真的是没落了,不然的话,三山盟就算是顶尖势力,又怎么敢捋虎须?

三山盟有三位法域强者,而如今的天渊域也只有五位法域强者坐镇。

双方最顶尖的实力相差不算太大,再加上三山盟这些年急速发展,即便底蕴比起天渊域还有所不及,但论起整体实力三山盟不见得会比天渊域弱多少。

双方若真开战,就算天渊域能胜,恐怕也会付出惨烈的代价。

而最为重要的是,一旦天渊域式微,混元天中其他实力不弱于三山盟的顶尖势力,未必不会心生他意,跑来挑战这个没落的九域之一,那时候天渊域又该如何应对?

没有大尊坐镇,天渊域已经失去了以往那种超然以及高高在上不容侵犯的姿态。

所以很多人都知道,三山盟这一次是一种试探——

试探天渊域的虎威究竟还剩多少……

整个天渊域内,人人都对三山盟的这种挑衅感到愤怒。

身为天渊域的一员,他们心中仍有着九域的骄傲。当年三山盟还未联盟时,那三个一流的势力还在对天渊域俯首称臣!

而如今,当初的小弟竟然要反客为主,这如何能让天渊域的人接受?

一时间无数声音传向天渊洞天,想要高层释放力量,震慑教训三山盟。

然而,诸多的愤怒声中也有一些忧心忡忡的声音,因为此次三山盟的战书是由陈玄东所发,并且直指四阁总阁主周元,面对这封战书,天渊域高层该如何应对?

如果接下战书,那陈玄东在神府榜位列第九,乃是如今神府榜上最亮眼的超级黑马,实力和名声都远胜周元这个新任的总阁主。陈玄东敢明目张胆地发战书,摆明了对自身有着绝对的自信。

若是周元战败,天渊域难道真要将九域大会的资格让出去?那个时候,九域之一的脸面又该往哪里放?

如果不接,堂堂九域之一连一个顶尖势力的挑衅都选择置之不理,这大域颜面又何存?

所以,一些明眼人皆暗叹不已,如今的天渊域高层恐怕真的要焦头烂额了……

天渊洞天,一座会议厅内。

五道身影静坐,他们虽都保持着沉默,却有一股恐怖的威压在大厅内酝酿、涌动。

这五道身影自然便是天渊域的五位元老。

沉默持续了半晌,玄鲲宗主率先看向郗菁,将手中那封战书推向她,淡淡地道:"此事如何处理?战书接还是不接?"

郗菁眸光扫了一眼战书,白净的脸颊上有凌厉之色涌动,道:"既然他们敢下,我们为什么不敢接?"

玄鲲宗主眼皮一垂,道:"说得倒是轻巧,那陈玄东的实力很强,三山盟在他身上倾注了无数资源,此人也是天赋异禀,你觉得周元能是他的对手?"

郗菁冷笑道:"若是不接,我天渊域丢不起那个脸!"

"若是输了的话,一样丢不起。"玄鲲宗主慢慢地道,"我建议无视这封战书,也不理会三山盟的任何挑衅,如此一来,他们的任何目的都无法达到。"

郗菁冷声道:"当缩头乌龟?若是以后师父归来,恐怕一怒之下连天渊域都会直接解散掉。"

白族的白夜族长微笑道:"如果郗菁元老知晓苍渊大尊的下落那是最好,只要把消息放出去,想必那三山盟再无胆子挑衅。"

郗菁面无表情地道:"如果我知晓的话,某些人哪还有胆子屡屡抬杠?不过我能肯定,师父没事,一旦时机合适,他自然会出现。"

白夜族长轻叹一声,道:"我却听来一些消息,说苍渊大尊在界外遭遇圣族袭击,有可能已经陨落了。"

郗菁脸色一寒,眸光冷冷地盯着白夜族长。

"如果白夜族长怀着这般心思,那可以直接将白族迁出天渊域了,想必其他人也不会阻拦的。"木霓族长声音柔和地道。

白夜眼角微微颤动了一下,在没有真正确定苍渊大尊生死情况前,他就算有心思也根本不敢妄动,若是到时苍渊大尊现身,圣者之怒可不是他能够承受的,即便他是法域境。

玄晶族的边昌族长终于开了口,他声音低沉道:"这些无用的话就不用再说了,天渊域乃是一体,没有人希望它不好。"

五人皆安静下来,他们都明白,此时争吵是解决不了问题的。

白夜族长眼皮一抬,道:"那位周元总阁主呢?"

郗菁淡淡地道:"正在闭关修炼中。"

白夜族长白发轻轻飘扬,慢悠悠地道:"他身为总阁主,乃是我天渊域年轻一辈的领袖,此事既然直指他而来,也得看看他是什么态度。"

郗菁螓首微点,刚欲说话,神色忽地一动,她纤细玉指凌空一点,有一枚玉简破空而出,落在她的手中。

"是伊长老发来的消息,说周元已经知晓此事,他说……"郗菁浏览着玉简内的信息,眸光微微一闪,"他说,战书可接,只是希望时间能够延后一个月。"

此言一出,其余四位元老皆神色微凝。

玄鲲宗主面色淡漠道:"小小年纪,口气倒是不小,说接就接,这可不是他个人的荣辱,而是关乎我天渊域的颜面。"

郗菁淡声道:"如果玄鲲宗主有谋划,可以尽管提出,若是可行,我们自然支持。"

玄鲲宗主低低一笑,沉声道:"老夫没什么谋划,既然郗菁元老觉得他可行,

那就让他去吧。只是之后若失利，那后果也得郗菁元老自己去承担。"

这意思很明了，如果失利，锅得由郗菁来背。

郗菁白皙的脸颊一片淡漠，道："放心，这是师父留下的家底，就算丢了我的命，我也不会让它丢了脸。"

她霍然起身，神色果决。

"回信三山盟，这战书我天渊域接了，时间定在一个月之后。此外，他们三山盟想要挑战我们，可不能什么都不付出，告诉他们，想要下战书，那就提前准备好一百枚神府无量果！他们此战若败，数量须得提升到三百枚！"

神府无量果乃是三山盟的一种天材地宝，若是服用炼化，可将自身神府贯穿一重，堪称难得的宝药！此物唯有神府境可用，而且只可服用一枚，算是三山盟的战略资源。

而三百枚神府无量果，是三山盟数年的产量。

这一次，郗菁显然打算狠狠地宰上三山盟一刀！

第九百章 战书沸腾

当天渊域接下战书的消息传开时，不出意料地再度引发了沸腾。天渊域周围地域有着无数目光投射而来，关注着这场意义深远的战书试探。

对于其他各方势力而言，天渊域如此毫不相让地接下战书，虽说显得凌厉，一些人却觉得过于莽撞，从某种角度来说，这算是以己之短攻敌之长。

那三山盟有备而来，陈玄东对此充满信心，而他在神府榜上的排名也远超周元。虽说周元击败了吕霄，但吕霄的实力怕连与陈玄东交手的资格都没有。

周元打败了吕霄，不见得就有资格与陈玄东交手。

这场战斗，一旦周元输了，对于天渊域而言可谓颜面大失。

将一域之颜面放在一个神府境身上，此举着实有些不智。

那位周元总阁主将交战时间推迟一个月，似乎是因为没有太大信心，他这是打算临时做一些突破吗？听说他如今才贯穿七重神府，虽说当其尽数贯穿后，潜力化为底蕴，或许不会再忌惮陈玄东，但可惜的是，时间并不等人……

别人不会傻乎乎地等着你成长，然后再来发起挑战。

但是也有一些支持的声音。

这些人认为，既然天渊域敢接下战书，那必然是有信心，周元与陈玄东都是新上榜的黑马，究竟谁强谁弱，还是要战过才知道！

只是这种声音比较少，毕竟在那神府榜上，周元的排名落后于陈玄东。

而神府榜的含金量，这些年来还是让人信服的。

正因如此，当天渊域的接战条件传入三山盟后，那位超级黑马陈玄东第一时间便做出了回应，只有短短四个字——

"随时恭候。"

依然简短霸气。

四阁同样因为此事而骚动,对于这种来自外部的威胁,四阁内不论哪一方都暂时放下了彼此之间的成见,选择了同仇敌忾。他们很清楚,如今的周元才是他们天渊域神府一辈中的领袖。

如果他真的输在了陈玄东手中,四阁的声望也会受到极大打击。

即便是天灵宗的弟子,都不愿意见到周元失败。

于是整个四阁内部都发出了鼓舞的声音。

总阁主府。

伊秋水与前来的叶冰凌望着外面沸腾得快要暴动的气氛,温婉的脸颊显得有些凝重,好半晌后,叶冰凌才低声问道:"周元呢?"

"这一两个月他一直在闭关修炼。"伊秋水轻叹一声。她没想到,周元才刚刚坐上总阁主的位置,就迎来如此严峻的挑战,那陈玄东可是比吕霄更加危险的对手。

"这三山盟真是越来越过分了。"叶冰凌轻咬银牙道。

这种顶尖势力挑衅九域之一的事情在混元天还真不多见,如今此事一出,天渊域的人皆感到一种被冒犯的愤怒。

"周元究竟怎么说?我听说是他主动接下的战书?"叶冰凌有些忧虑地低声问道。

那三山盟真的很可恨,他们此举极其狡诈,如果真要约战,不论是法域强者的数量还是源婴境强者的强横,他们天渊域都不惧,但偏偏对方戳在了他们神府境的软肋上面。

在神府境这一层次上,天渊域的人不得不承认,这些年他们做得并不好。

伊秋水轻轻点头,她已经从爷爷那里知晓了一切,这战书的确是周元所接。

"周元不是鲁莽的人,此事事关重大,如果他没有谋算的话,绝不会轻易接下战书。"伊秋水缓缓地道。

认识周元这么久以来,她知道他不是那种不肯隐忍的人,如今他既然敢出头将战书接下,应该是有着打算。

叶冰凌苦笑一声,如今也只能这么希望了。那陈玄东已经指名找上周元,周元如果不接，对其声望的打击几乎是毁灭性的，对方将一切都算得很精准。但接下这战书……

这一战，简直比对上吕霄还要险恶。

火阁。

吕霄、左雅、朱炼等人凑在一起，他们的话题同样是那封来自陈玄东的战书。

"这周元还真是狂妄，真以为自己成了总阁主就天下无敌了吗？"左雅不满地道。跟伊秋水、叶冰凌她们的态度不同，她不相信周元会是陈玄东的对手。

在她看来，周元鲁莽地接下战书简直就是愚蠢。

万一到时候他真的失败了，他们天渊域这一代的神府境恐怕就要成为混元天的笑柄了。

朱炼看向面露沉吟之色的吕霄，道："吕霄师兄，你觉得周元有胜算吗？"

在此事上，他们与周元其实是一荣俱荣，一损俱损，不管他们心中多么的不情愿，这个时候都只能支持周元。

吕霄沉默了一下，道："难度很大……如果我的猜测没错，那陈玄东光是纯粹的源气底蕴恐怕都已经接近三千万源气星辰了……"

听到这个恐怖的数字，左雅与朱炼忍不住倒吸一口冷气，源气底蕴接近三千万？那是什么概念？就连吕霄的源气底蕴也才两千三百万，而那陈玄东竟然已快三千万？

"没什么好不可思议的。"吕霄淡淡地道，"神府榜排名靠前的那几位都有着'小天阳'之称，陈玄东虽然和他们有所差距，但他自身源气底蕴接近三千万并非什么不可能的事情。

"上次周元与我交手时，他的源气底蕴只有两千一百万，如果他此次闭关能够贯穿第八重神府，未必不能和那陈玄东斗一斗。

"但是神府最后两重贯穿的难度比之前七重加起来还要大。据我所知，周元这两个月闭关都是在四灵归源塔内，他的重心应该是放在凝练山灵纹与林灵纹上面，所以贯穿第八重神府的可能性不高……

"说句实话，就算他将四道源纹都凝练成功了，我也不觉得这种增幅能够让他斗得过陈玄东。"

他看向左雅与朱炼,缓缓地摇了摇头,面色沉重。

"所以此次……"

"咱们这位新任的总阁主……可能会栽。"

第九百零一章

各方关注

当天渊域接下来自三山盟的战书后,各方势力纷纷派出眼线,汇聚于天渊域与三山盟的交界处。

这道战书虽然只是两位神府境的交锋,但谁都知道,这将会是三山盟这股新兴的顶尖势力与日渐没落的老牌九域之间的第一次正面交锋,其结果所造成的影响会相当巨大与深远。

……

玄机域。

在那观星楼台上,九宫的美目凝视着送到手中的消息,半晌后方才将其放下,道:"这三山盟真是会挑选时候。"

"师姐,你觉得谁会赢啊?"身旁那容颜美丽的女孩好奇地问道。

"如果从排名来看,当然是陈玄东赢。"九宫忍不住一笑,道,"这可是我给排的名呢,若是出现变故,那就表明我的眼力和信息都不到位。"

她的声音顿了顿,又补充道:"不过排名并不能代表真正的实力,不然以后彼此之间有恩怨,只需要摆出排名,名次低的人直接低头认输就好了……

"我之前将周元排到第十四的位置,并非因为他实力不济,而是因为我是用吕霄来衡量的,这只能说明是吕霄不行,而不是那个周元不行。"

九宫两只小手各握着一枚玉简,玉简上面有着周元与陈玄东的所有信息。她看了一会儿,轻声道:"话虽这么说,但从双方之前显露的实力来看,如果周元的实力与上次跟吕霄交锋时相比没有让人震撼的增幅,这一次他恐怕必输无疑。"

"师姐这么看好陈玄东?"

九宫随手将玉简扔在桌上,语气漫不经心:"不是看好陈玄东,而是从我得

来的信息做出的判断。"

她摇了摇头，语气感叹："若是这周元真的输了，天渊域这一次恐怕脸要丢光，真是令人唏嘘啊！若是苍渊大尊还在，怎么敢有人去捋堂堂天渊域虎须？"

感叹了一番，她便不再多想。九域大会的时间已经定在了三个月后，这才是她真正要关注的大事。

在那九域大会上，各方顶尖天骄将会大展身手，而眼下不论陈玄东还是周元，都不过是在争夺入场的资格罢了。

武神域。

一座云台上，武瑶盘坐在石桌前，娇躯修长，鲜艳的红色衣裙令她充满着凌厉气息。

此时，她那对狭长的凤目正看着手中的玉简，唇角带着一抹意味不明的弧度。

"三山盟现在胆子越来越大了，这是要狠狠地踩一踩天渊域的脸呢。"武瑶对面，一名男子淡笑道。

男子一身白袍，气势不凡，他名为蓝亭，在武神域诸多弟子中，他的身份仅次于武瑶，而论实力，他同样有着争夺神府榜前十的资格。只不过，武神域为了应对九域大会，并未让他上榜，安排武瑶与他一明一暗，组成武神域神府一辈中最顶尖的力量。

蓝亭望着眼前的红裙女子，对方那种凌厉如女王般的容颜气质，令他内心深处有着无法表述的着迷，只是他掩饰得很好，从不敢在她面前表露出丝毫。

"武瑶师妹，你说他们谁会赢？"蓝亭笑问道。

武瑶将玉简放下，绝美的脸颊上没有波澜，只平淡道："天渊域会赢。"

蓝亭愣了愣，这个答案显然有些出乎他的意料。

武瑶并没有解释什么，只是盯着手上的玉简，因为这段时间得来的诸多信息，已经让她确定了那个天渊域的周元……

真的是他！

那个苍玄天大周王朝的周元！

武瑶晶莹剔透的指尖轻轻在玉简上摩挲，这个家伙……竟然真的来了混元天！

这才一年左右的时间，他就成了天渊域神府境中的领袖，这种进步速度真不愧是曾经身负圣龙气运之人！

她很清楚那个人的厉害。当年他的气运尽数被夺，几乎成为废人，可最终他还是一步步地爬了起来，完成了近乎不可能的逆袭，将武煌甚至大武都给斩灭，这一切都足以说明他的不简单。所以，武瑶可不相信区区一个陈玄东就能够阻拦得了他的脚步。

"周元，你是为了夺回圣龙之气而来的吗？"

武瑶心中低语，然而她那对凤目深处却有着一种近乎病态般的疯狂正在暗自涌动。

"那就来吧！

"看看是你吃了我，还是我吃了你！"

紫霄域。

一间充满着淡香的闺房之内。

苏幼微跪坐在床上，此时她的一只小手紧紧地捂着小嘴，眼泛泪光地望着另外一只手掌上的玉简所散发出来的光芒，那些光芒交织，形成了一道虚幻的光影。

光影是一道男子的身形，那清晰的面貌不是周元又能是谁？

"殿下，真的是你……"

苏幼微捂着小嘴，眸子中满是令人怜惜的水光，这副模样若是被紫霄域其他弟子看见，怕是会直接被迷倒。

这段时间苏幼微一直在到处打听，总算得到了天渊域那位总阁主的信息，眼前这影像，这熟悉的容貌，她仅仅只是看一眼，就能确定……

虽然已经有很多年未再见面，虽然眼前的影像比当年记忆中的那个人显得成熟，但苏幼微掩埋在内心深处的记忆，却是那般清晰地涌现出来。

此时此刻，有着坚韧性格的苏幼微，都有种忍不住要哭出来的冲动。

她纤细的手指颤抖着，轻轻触摸着那近在咫尺的影像，内心的激动情绪让她忽地跃下床，赤着白玉般的小脚跑出了几步："我要去天渊域！"

她的手刚要推门时，又忽然停了下来，她委屈地撇了撇小嘴。

如今九域大会临近，她怕是无法离开紫霄域。

这般情绪终归没有持续太久，便被那种故人再遇的喜悦给冲散。苏幼微踮着

玉足在房间内轻灵地转了一个圈，裙摆轻扬，白皙纤细的长腿晃得人眼花。

不急，反正他都已经到了混元天。

"嘻嘻。"

房中传出女孩压抑不住的笑声，她倒在柔软的床上，小嘴轻轻翘起，然后缓缓地闭上那剪水双瞳。

"殿下……"

"能再次遇见你……真好！"

……

在各方的关注之下，一个月时间悄然而逝。

第九百零二章
无边深涧

天渊域与三山盟的交界处,有一条巨大的裂缝自山脉中撕裂开来,形成深不见底的深涧,将天渊域与三山盟分割开来。

这看不见尽头也看不见底的深涧,名为无边涧。

据说在上古时期,此地曾有圣者交战,而这无边涧便是圣者一指所致。若传闻属实,可从中略窥圣者之威,仅仅一指便有着改天换地的伟力。

寻常专门来到此处的人不多,可最近一个月,这里却成了天渊域以及周边地域无数势力汇聚的地方,深渊两侧,漫山遍野,皆是数不清的人影,龙蛇混杂,复杂无比。

可见周元与陈玄东这一战是何等举世瞩目。

这也正常,所有人都很清楚,这场战斗表面上是两个年轻神府境的交锋,实际上却是一方新兴顶尖势力与老牌九域的掰腕子,其影响力之大,大家也心知肚明。

在无边涧的两侧,各有数量不等的人马,这两拨人马兵强马壮,每个人身上都散发着强大的源气波动,不论阵容还是数量都远胜那些抱着复杂心思来此围观的各方人士。

这两拨自然便是天渊域与三山盟的人。

双方将比斗之地设在此处,已经早早派出人马扫荡警戒,以免对方设下什么阴谋圈套,同时也防备各方势力趁机捣乱。

这两拨人马即便隔着辽阔的深涧,凭借着强横实力依旧能够对视,那碰撞的目光中满是寒意与杀气。

对于天渊域的人来说,这三山盟简直就是不识好歹,竟敢主动挑衅。

三山盟则是野心勃勃,并不服气这个曾经的老大哥。他们经过韬光养晦,纵

横联盟，如今实力一日强过一日，与日渐衰落的天渊域形成鲜明对比。再加上天渊域的掌控者苍渊大尊多年不知所终，在没有圣者坐镇的情况下，三山盟不再愿意向天渊域俯首称臣，上供臣服。

九域的超然地位是混元天任何势力都极为向往的，特别是他们这些仅次于九域的顶尖势力。

双方人马虎视眈眈，而更多的人则看着天色，因为今日便是一月之期。

当高空那轮大日升至正空时，三山盟那边的虚空忽然开始扭曲起来，紧接着三道浩瀚磅礴的威压笼罩而下，令所有人的面色忍不住一变。

只见虚空上有三道身影凌空而立，他们周身难以感应到丝毫的源气波动，宛如最寻常不过的普通人，但在场的人都知道，那是因为他们将自身完美地融入了天地，对于他们而言，自身便是天地，天地便是自身。

整个天地的源气都由他们掌控，甚至包括在场一些人体内的源气……

因为那是三位法域强者，当他们现身时，这方天地就已在不知不觉间处于他们的法域之中，无人可逃。

这就是法域的恐怖与强大。

无数人眼露敬畏，即便是天渊域这边的诸多强者，神色之间也都充满着忌惮。

这三位便是三山盟的三位法域强者，两老一女。

三山盟有三山：归源山、月宫山、玄龟山。

三山各有一山主，共掌三山盟。

居中老者，仙风道骨，白发白须，正是归源山主。

右侧女子看上去妙龄绝美，气质出尘，为月宫山主。

左侧身躯佝偻的老者便是玄龟山主。

这三人在混元天内都是顶尖级别的超级强者，威名赫赫。

当三山盟的三位山主现身后，他们袍袖一挥，身后虚空被撕裂，一道身影缓缓地走出来。那道身影一身黑袍，手持黑鳞长枪，身躯挺拔如松，双目顾盼间有一股昂扬的霸气。

这黑袍男子出现时，天地间顿时有骚动声传出。

因为这黑袍男子便是今日的主角之一，三山盟的陈玄东！

"果真是好气势！不愧是神府榜第九！"不少人感叹道。这陈玄东的霸气的确让人印象深刻，果然是俊杰。

就在三山盟三位山主以及陈玄东出现后，天渊域这边的虚空也开始波荡起来，下一刻，五道身影凭空出现。

当这五道身影出现时，来自三山盟三位山主的恐怖威压犹如受到了某种压制，开始节节退缩，最终退回到深涧的另一边。

三山盟的三位山主眼睛一眯，望着远处虚空上出现的五道身影。

"没想到天渊域五位元老齐至，还真是给我三山盟面子。"归源山主笑着说道。

天渊域这边现身的正是郗菁、玄鲲宗主等五位元老，他们冷冽的目光注视着归源山主等三人，道："三山盟如此放肆，不怕日后招来麻烦与灾厄吗？"

归源山主笑呵呵地道："一场小辈间的切磋而已，何必如此夸大？我想就算是苍渊大尊在此，也不会反对的。

"当然，我等素来敬佩苍渊大尊，若是五位元老能够将大尊请出，我三人今日可当场赔礼道歉。"

郗菁双目虚眯了一下，真是所有人都在有意无意地探听师父的消息。

这三山盟如此挑衅，其背后未必没有大手遥控。从周元那里得来的消息，师父不回混元天，就是因为这里有大能针对。

在这混元天内，让师父都忌惮的人一只手都数得过来，没有他们的暗中支持，三山盟未必真有胆子敢来挑衅天渊域。

郗菁眼神微微变幻，淡淡地道："放心吧，以后会有机会的。"

归源山主似是有些惋惜，摇了摇头，道："若是如此，那今日我三山盟就只好占一次便宜了。"

他目光投下，对着陈玄东微微点头。

在无数道目光的注视中，陈玄东对着虚空上的三位山主抱拳行礼，然后身形一动，出现在深涧上空，看向天渊域这边的方向，喝声如雷："三山盟陈玄东在此，周元何在？"

随着陈玄东的喝声回荡，郗菁后方的虚空缓缓地撕裂开来，在无数道火热目光的注视下，一名身躯修长的青年缓步踏出。

正是周元！

大家望着此时的周元，心头却是微微一沉，他们发现周元依旧是七重神府的

境界……

周元没有理会那些人失望的目光，眼神不带波澜地望着远处的陈玄东，平静的声音于这天地间响起。

"天渊域，周元。"

第九百零三章 你凭什么

当周元的声音回荡天地间时,无数道目光皆汇聚于他身上,紧接着便有窃窃私语声响起。

"那就是天渊域的总阁主周元?"

"观其源气境界,恐怕只贯穿了七重神府吧?"

"如此说来,现在的他跟两个月之前与吕霄交手时并没有太大的变化……"

"呵呵,如果真是这样的话,那今日天渊域恐怕要颜面扫地了!"

……

这方天地间龙蛇混杂,有着诸多势力的眼线,他们的眼力毒辣无比,一眼就能看出此时的周元跟两个月前相比并没有太大变化。

这种发现让他们开始对天渊域抱着一丝幸灾乐祸的心理,那陈玄东可不是吕霄能够相比的。

两个月前,周元打败吕霄都历经了一番苦战,此时对上更强的陈玄东,恐怕会败得相当狼狈。

对于那些质疑,周元犹如未闻,他对着郗菁、木霓等五位元老抱拳之后,便踏空而出,缓缓飘至辽阔的深涧上空。

郗菁望着他的背影,纤细指尖轻轻一点,虚空中便有涟漪荡漾开来,渐渐形成了一面巨大的光镜,光镜之上有无数古老的源纹流转,绽放出光线,将周元和陈玄东两人的身影映照而进。

在这一刹那,天渊域数百州主城内的一座座塔楼上,顿时有光线暴射而出,在半空中形成了光镜,而光镜内正是无边涧的情景。

天渊洞天,在四灵归源塔的悬空圆盘平台上,四阁的成员几乎尽数汇聚于此。

他们屏息静气地凝望着高空，那里有一面巨大的光镜。

"什么嘛，竟然没有突破？这种状态怎么可能是陈玄东的对手！"左雅眉尖紧蹙，忍不住出声道。

"你不说话，没人当你是哑巴！"不远处的伊秋水闻言，美目冷冷地扫来。

左雅怒道："难道我说错了吗？虽说越到后面神府贯通越是艰难，但如果这两个月他全力修炼的话，不一定不能成功。他没有突破，无非是将时间放在了山灵纹和林灵纹上面，这可不是什么聪明的选择！

"就算他将剩下的两道源纹凝练而成，对他自身源气增幅也不过七百万左右，那陈玄东光是纯粹的源气底蕴就接近三千万，你以为他就没有别的手段吗？

"现在周元代表的可不是他一个人，而是我们整个天渊域的神府境。如果他输了，我们这一辈神府境的脸都要丢光。"

周围那些火阁成员闻言暗暗点头，眉头紧皱，显得有些忧虑。

伊秋水淡淡地道："周元自然有他的打算，你无法看透，只是你目光短浅而已，没必要在这里动摇其他人。若是你再多废话，那就先将剩下的归源宝币还给我。"

之前她们打赌，赌注是一万归源宝币，直到现在左雅才还了一半。

被伊秋水捏住这个死穴，左雅气得俏脸铁青，又不敢多说什么，只能狠狠地一跺脚，道："好，我倒要看看他有什么打算！"

两女的争执终于停下来，虽说此地四阁成员汇聚，人数众多，但气氛仍然有些压抑。

伊秋水美目抬起，望着高空上那面巨大的光镜，双手忍不住紧握起来，眼眸深处藏着一丝担忧。周元一出关就被郗菁元老带走了，所以她也不知道周元这两个月闭关究竟在捣鼓什么……

至少从眼下的情况来看，周元的确处于相当大的劣势中。

"周元，加油啊！"伊秋水低声道。

如今整个天渊域八百州都在看着这场比试，周元若是输了，这个刚刚热乎的总阁主位置恐怕都要坐不稳，即便所有人都知道换作吕霄会输得更惨，但总要有人出来顶锅。

她更加知道，如果周元此次赢了，那么他在天渊域的声望会直接达到顶峰，而他的位置将会无可撼动，就算玄鲲宗主再怎么看他不顺眼，也将对他无可奈何。

这无疑是一场豪赌。

"郗菁元老，你就对他这么有信心吗？竟然还催动了'万瞳映照镜'，也不怕弄巧成拙，变成一场笑话。"玄鲲宗主望着高空上的光镜，光镜之上流转的源纹宛如一只只玄妙的眼瞳，分外奇特。

他看了一眼郗菁，又淡淡地道："如果周元今日输了，郗菁元老应该是知道后果的吧？"

郗菁白皙的脸颊颇为平静，道："如果他赢了呢？"

玄鲲宗主沉默了一下，道："如果他赢了，天灵宗的弟子会在火阁老老实实地听他号令。"

如果真到了那一步，他知道周元的声势会强到何种地步，再加上郗菁的祖护，他根本就奈何不了周元，还不如借坡下驴，彼此面上都好看。

"那就拭目以待吧。"郗菁回了一句便不再多说，眸光望向了远处那立于巨大深涧上空的修长身影。

她不是相信自己的眼光，而是相信师父的眼光。

……

在无数道目光的注视下，周元立于深涧上空，狂暴的山风呼啸而来，卷起他的衣衫。他的神色古井无波，那种泰山崩于前而色不变的气势，倒让不少人颇为欣赏。

这天渊域的总阁主虽说实力不济，但这胆魄倒是不小。

一道道目光转向了三山盟的方向，只见一身黑袍、手持黑鳞长枪的陈玄东踏空而至，出现在周元的正前方。

两人皆凌空立于巨大的深涧上空。

陈玄东手中长枪枪尖一抖，挽出枪花，饶有兴致地盯着周元，道："原本我以为今日会有一场酣畅淋漓的战斗，周元总阁主却让我有些失望。"

周元道："那真是愧对你的期待了。"

陈玄东摇摇头，问道："你真的打算跟我玩一场吗？"

周元笑笑，没有回答。

陈玄东见状，耸了耸肩，下一瞬，三轮神府光环出现在他身后，磅礴浩瀚的

源气犹如洪流一般冲天而起,映照虚空,有源气星辰……三千万!

天地间诸多惊叹的声音响起。

一股可怕的源气威压自深涧上空弥漫,陈玄东神色冰冷地盯着周元,眼神有些玩味。

"你这底蕴……凭什么跟我玩?"

第九百零四章
战陈玄东

三千万源气星辰映照虚空，如此壮观的景象也带来了强大的压迫感，无数关注于此的人暗感惊叹，这陈玄东能够位列神府榜第九，的确是实力非凡，令人震撼。

一场战斗，决定胜负的因素很多，但自身的源气底蕴绝对有着不小的比重，当陈玄东展露出三千万的源气底蕴时，谁都知道此时的周元已处于绝对的劣势。

按照两个月前周元与吕霄交战所展现的实力来看，他自身的源气底蕴应该只有两千一百万。

九百万源气底蕴的差距足以形成绝对碾压，寻常手段根本难以弥补！

天渊域数百州内，无数人通过光镜望着这般情景，神色都有些沉重。

陈玄东傲立虚空，他所修炼的源气呈现漆黑色，那是一种名为黑麒蚀气的源气，拥有极为可怕的侵蚀之力，位列七品，是三山盟中的顶尖源气之一。

他似笑非笑地盯着周元，对于自身实力他显然有着极强的自信。

"周元总阁主，你还是将那九域大会的资格让给我吧，凭你的实力，恐怕连九域大会的闯三关都过不了，到时平白让天渊域丢尽颜面。"陈玄东笑道。

周元的神色没有波澜，也没有因为陈玄东的话语有丝毫怒意。

他知道对方故意想要激怒他，愤怒之下自身状态会受到一些影响，这个陈玄东看上去刚猛霸气，实则心眼极深。

"三千万源气底蕴虽强，但今日不见得就能取胜。"

周元声音平和，他脚掌凌空一跺，身后有三轮混沌光环浮现，下一瞬，蛟龙长吟响彻虚空，磅礴源气自他的体内呼啸而出，占据了身后半壁天际，浩荡如云。

那源气映照虚空，显露出两千三百万源气星辰。

这两个月，周元虽将绝大部分精力、时间都放在修炼山灵纹和林灵纹上面，

但他自身的源气依旧有所精进,源气星辰增长了两百多万,这几乎已是极限,如果不贯穿第八重神府,源气底蕴的增长将会极为缓慢。

只是,他与陈玄东仍有着七百万的差距!

陈玄东脸庞上带着淡淡的笑意,并没有将周元的底蕴放在眼中,他摇摇头,道:"既然周元总阁主不愿相让,那我就只能自己来取了。"

他单手结印。

"嗡!"

身后的滔天黑色源气猛然咆哮而出,仿佛化为黏稠黑海,裹挟着滔天之威,铺天盖地地对着周元笼罩而去。

周元见状,双目微眯,掌心间有一枚剑丸升起。

一道剑吟声回荡,剑丸化为千丈剑光,对着那黏稠黑海狠狠斩下,剑势凶猛。

千丈剑光斩入,立即将黑海撕裂开来,而那黑海却犹如无穷无尽,黏稠黑气不断涌来,一波波地冲击,最终将那千丈剑光困入其中,不断地磨灭、侵蚀。

短短数息,千丈剑光便化为百丈左右,剑光黯淡。

周元见状,双手合拢,有神秘光影出现在身躯表面。

"太玄圣灵术!"

周元气势暴涨,下一瞬,他直接裹挟着磅礴源气,犹如脚踏青蛟,一头冲进那源气黑海,手掌一招,剑丸落回手中,剑光再度增强。

"唰!唰!"

无数道剑光斩出,将那源气黑海生生斩裂。

"当!"

就在周元斩裂源气黑海时,他神色忽地一凛,手中剑光毫不犹豫地对着右侧的虚空斩下,只见那里有一截枪尖疾射而出,裹挟着极端恐怖的力量。

剑光与枪芒相撞,仅仅数息,剑光便爆碎开来。

一道黑影闪现而出,宛如鬼魅,万千枪芒仿佛化为漫天星辰,带着浓烈的杀机笼向周元的周身要害。

那陈玄东终于出手了。

周元不敢怠慢,一手剑光斩下,另外一只手掌上出现了一盏灯笼。

"魂灯术!"

灯笼之中有磅礴的魂炎咆哮而出，直扑陈玄东而去。

显然，周元早已准备好了一记杀招，等着陈玄东上门。

"呵呵，周元总阁主这手魂炎杀招，我可是早就知晓了。"对这魂炎咆哮，陈玄东没有显露出丝毫惧色，显然对此早有准备。只见他手掌一握，黑色的泥碗瞬时出现，那泥碗之内似乎盛满了黑色液体。

他指尖一引，黑色液体飞腾而起，顿时化为一股黑水洪流，那黑水中有无边寒气升腾，足以冻结神魂。

"嗤嗤！"

魂炎与黑水相撞，爆发出巨烈的声响，而后两者双双湮灭。

与此同时，陈玄东双目冷冽，手中黑色长枪化为一道惊鸿枪影，其势如洞穿虚空，直接出现在周元面前，一枪就对着他的眉心捅去，那股狠戾足以将神魂震散。

周元眼神微凝，磅礴剑光顺手斩下。

"砰！"

两者碰撞，剑光崩碎开来，剑丸倒射而回。

电光石火，周元五指紧握，有黑色的毫毛自毛孔中涌出，化为黑色拳套覆盖拳头，磅礴源气层层涌动，一拳就与那凌厉枪尖相撞。

"当！"

火花溅射，虚空震荡。

周元的身形如遭重击，猛地倒飞而出，拳头之上的毫毛缩回，却依旧有鲜血从指间滴落下来，显然是被陈玄东那恐怖的力量所伤。

两人这般交手，看似短暂，其实凶悍无匹。

谁都看得出来，周元虽然试图掌控局面，屡屡主动出击，却都被陈玄东轻易化解，而后者突然间的攻击竟将周元击退。

这般局势，无疑是陈玄东稳占上风。

所有人对此并不感到奇怪，毕竟陈玄东的源气底蕴占据着绝对优势，周元这种对碰根本就是以卵击石。

天渊域八百州，无数不甘与惋惜的声音响起。

天渊洞天的圆盘平台上，四阁的成员皆沉默不语，神色压抑。

无边涧上空，陈玄东手中长枪斜指，他望着被震退的周元，面露微笑。

"周元总阁主,早就听闻天渊域四灵纹出众,如果你再不施展出来看看,恐怕就要没机会了。而我也想看看,周元总阁主的四灵纹究竟修成了几道。"

周元揉了揉拳头,上面的血痕正在迅速愈合。他抿了抿嘴,对方三千万的源气底蕴的确强横,他接连施展了荡魔剑丸术、太玄圣灵术以及魂灯术,竟然都没有讨得丝毫好处。

比起吕霄,这陈玄东棘手太多。

周元神色不起波澜,没有多说废话,下一瞬间,所有人都看见他的双手手背上有两道古老的源纹开始绽放出光芒。

就在这两道源纹出现后,他的眉心间又有一道古老源纹出现。

第三道源纹!

天地间有着低低的惊呼声响起。

而当周元胸膛处也开始绽放异光,隐隐约约形成一道古老源纹时,那些惊呼声陡然间变大起来!

第四道源纹!

伴随着四道源纹的出现,周元体内的源气波动开始节节攀升。

一直都漫不经心的陈玄东,眼神终于在此时猛地一凝,他显然没想到周元竟然将四灵纹全部凝练完成!

他舔了舔嘴唇,喃喃自语:"这倒是有点意思了……"

第九百零五章
四纹齐现

"四道源纹竟然都被炼成了！"

当周元身上出现那四道古源纹时，天渊洞天的圆盘平台上，四阁的成员无不目瞪口呆。

他们是四阁成员，最清楚四道源纹凝练之艰难，即便有周元创出的四母纹提升源痕凝聚的速度，但想要凝练出一道完整的源纹，依旧需要不短的时间和不少的精力。

而周元却在两个月内接连炼成了第三道与第四道源纹！

如此速度，简直骇人听闻！

要知道，周元从加入四阁到现在也就一年，历届很多阁主从修炼到离开四阁，能够修成三道源纹都已经算是圆满，至于四道，想都不敢想！

吕霄的脸皮抽了抽，虽然此前他知道周元这两个月都在全力凝练山灵纹和林灵纹，但他不敢肯定周元真的能够做到，毕竟一月一纹的速度实在匪夷所思。

一旁的左雅张了张嘴，一句话都没说出来。

吕霄凝视着光镜，眼中的凝重并没有因为周元祭出四灵纹而变得轻松，他知道，就算周元身怀四纹，也不能够扭转战局，作为三山盟神府境的牌面，陈玄东必然也有类似的外物之力。

这场战斗对于周元来说，依然没有太大优势。

……

"轰！"

磅礴雄浑的源气宛如滔天巨浪，一波波自周元体内爆发开来，所有人都能感受到周元的源气波动以惊人的速度开始暴涨。

两千五百万……

两千九百万……

三千万！

当虚空上源气星辰的数量突破三千万后，增长速度依旧不减，继续节节攀升，最终在无数道震惊的目光中稳定在三千六百万的层次。

三千六百万源气星辰！

四道源纹为周元增添了一千三百万源气星辰！

周元屹立虚空，磅礴的源气威压引得虚空剧烈震荡，他眼眸冷冽如刀锋般盯着前方的陈玄东，此时的陈玄东脸上也出现了一丝惊讶。

"不愧是天渊域的四灵纹，果真厉害！"陈玄东拊掌赞道。

一千三百万源气底蕴的增幅，这四灵纹不愧是天渊域四阁的招牌。

周元感受着体内流淌的那股庞大力量，眼皮微垂，道："我知晓三山盟也有不俗的手段，施展出来吧，不然就太没意思了。"

他将先前陈玄东的话原封送回。

陈玄东眼角挑了挑，笑眯眯地道："我倒是想先试试你这三千六百万的源气底蕴究竟有多少水分呢。"

看得出来，他是极其骄傲之人。他认为自己的实力和手段以及在神府榜上的排名都胜过周元，所以并不想立即被周元逼得施展出自身的底牌。

话音刚落，他的眼神就变得冷冽起来，脚掌一跺，手中的黑麟长枪猛地冲天而起，下一瞬，长枪化为黑色洪流贯穿虚空，洪流之外隐约有着黑色麒麟成形，长啸间裹挟着恐怖之威。

黑色洪流速度极快，一个呼吸间已至周元面前。

面对这般凌厉的攻势，周元神色略显淡漠，他立于虚空，五指缓缓握拢，有毫毛自毛孔中涌出，将拳头覆盖，继而化为黝黑色。

周元五指紧握，一拳过去，狠狠地与那黑色洪流硬撼在一起。

"当！"

金铁之声响彻苍穹，然后众人便看到黑色洪流瞬间溃散，其中更是传出了一道悲鸣之声。下一刻，一道黑光倒射而回，化为一柄长枪落在了陈玄东身旁，此时枪身上面的光芒已经变得黯淡下来。

陈玄东的嘴角抽搐了一下。

先前那一击不仅汇聚了他全部的源气，而且还有黑麟枪的增幅，如此凌厉的攻击却被周元轻易击散。

显然，周元那三千六百万的源气底蕴没有任何水分，简直扎实得惊人。

"还要继续吗？"周元问道。

陈玄东的眼神冷下来，道："既然你这么急着自取其辱，那我就成全你！"

他双手合拢，猛然间有着无数的印法变幻。

此时磅礴的源气自他体内弥漫出来，迅速在其身后化为三座巍峨无比的巨山虚影。

众人望着那三座巨山虚影，顿时爆发出惊呼声："那是三山盟的三山灵印！"

"据说三山盟的三山灵印，每一个印记便象征着三百万的源气底蕴，三山一成，可增幅千万源气！"

"此术只有三山盟最为核心的弟子才能修炼，不像天渊域，只要进入四阁，人人皆可修炼。"

"天渊域好歹也是九域之一，由苍渊大尊所创，三山盟与之比起来自然欠缺火候。"

"说这些都没用，这陈玄东三山灵印一出，他的源气将会暴涨到四千万源气星辰……比周元强横太多。"

"是啊，双方的源气底蕴差距太大，周元想要凭借四灵纹拉近差距，还是想得太简单了。"

……

天渊域八百州内传出了无数遗憾的声音，先前周元在源气底蕴上反超之时，他们内心还升起了一丝希望，没想到转眼间这点希望就被碾碎。

陈玄东凌空而立，四千万源气星辰在其身后的虚空闪烁，他眼神带着一丝讥嘲盯着周元，慢慢地道："现在够了吗？我三山盟的三山灵印可不比你天渊域的四灵纹差多少！"

周元望着气势凌人的陈玄东，微微一笑，摇摇头，认真地分辩道："不，你这三山灵印比起四灵纹的确差了很多。"

陈玄东冷笑道："大言不惭！"

周元平静地道:"你以为这就是四灵纹的极限?"

陈玄东瞳孔微微一缩,语气微寒:"你装神弄鬼做什么?"

周元摇摇头,不再多说废话,他双手轻合,结出了一道玄妙复杂的印法。

如今双方只有四百万源气底蕴的差距,这个差距对于周元而言并非不能接受,真要全力斗起来,即便无法取胜,他也不会让那陈玄东讨到好处。

但周元觉得没那个必要……

既然陈玄东对自身的源气强横程度引以为傲,周元就打算在他最骄傲的地方将其击溃。

周元的双目渐渐闭拢,在他双手手背、眉心、心脏处的四道古老源纹中,一道道光线开始向外蔓延,这些光线在周元的皮肤上交织,最终形成了一种玄奥的图纹。

虚空上,郗菁突然微微一笑,她望着周元,然后将目光转向玄鲲宗主等人,道:"不知道几位可还记得师父曾经说过的四灵纹的终极形态?"

玄鲲宗主几人一怔,然后眉头皱起。

他们隐约记得,自从四灵归源塔建立后,还从未有人达到过四灵纹的终极形态,因为连完整凝练出四灵纹的人都极少……

"终极形态是什么?"玄鲲宗主问道。

郗菁淡笑道:"四纹成阵……谓之……"

周元的眼睛在此时睁开,嘴中有着低低的声音响起。

"四灵归源图!"

一道古老的图纹在这一刻自周元的皮肤表面缓缓凝现。

随着那道古老图纹的出现,周元原本停止增长的源气,竟然又在此时剧烈地翻涌起来。

天地间,无数目光中有着惊骇涌现。

第九百零六章 四灵归源

"轰轰!"

磅礴雄浑的源气宛如火山一般自周元的体内喷发而出,源气震荡虚空,发出雷鸣般的声音,震动天地。

众人骇然地望着这一幕,他们清晰地感觉到,周元那三千六百万的源气底蕴再度开始增长。

三千八百万……

四千万……

最终那源气底蕴到达了四千两百万的层次。

整个天地间一片寂静,无数人的眼睛都瞪得溜圆。

四千两百万!

跟之前相比,他又增长了六百万的源气底蕴!

大家震惊地望着立于虚空、身后有滔天源气席卷的周元,谁不知道到了这种层次,源气底蕴提升数百万已经极为艰难,中间不知道要付出多少努力,需要多少机缘,然而眼下,周元这两轮的增幅就有近两千万,而他本身的源气底蕴也才两千三百万!

这种增幅简直骇人听闻!

在那天渊洞天四灵归源塔的圆盘平台上,四阁的成员全部犹如石化一般,吕霄、木柳、韩渊三位阁主都是一脸见鬼的表情。

"这是什么东西?!"片刻后,终于有人忍不住失声道。

"四灵纹怎么可能还有这种形态?听都没听过啊!"

"四灵纹还有第二轮增幅?!"

"我的天！总阁主这是闹哪样啊？！"

……

伊秋水与叶冰凌此时面面相觑，脸上满是震惊，她们也是第一次知道四灵纹居然还有第二轮增幅……

"吕霄师兄，这究竟是怎么回事？"那左雅一脸呆滞，喃喃问道。

吕霄眼神复杂地望着光镜中那道脚踏滔天源气的身影，道："看来我们对四灵纹的了解实在是太浅薄了……如果我没猜错的话，周元这第二轮增幅，最起码要将四灵纹齐聚才有可能做到。"

所有人集体失声，齐聚四道源纹……那对他们而言，简直是想都不敢想的事情啊！

就连吕霄都没把握在离开四阁之前能够凝练成四道源纹。

他们这位总阁主究竟是什么样的妖孽啊！

这个时候，几乎所有人包括那些天灵宗的弟子，心中都对周元升起了一种敬畏之意。当一个人只超越你十步的时候，你或许会不甘心地想要追赶；可如果你突然发现，他猛地将你甩在了后面，远到你根本无法触及时，除了敬畏地仰望，似乎没有其他任何办法了。

即便是那左雅都满脸黯然，颓败地低下头来。

吕霄不禁叹息。这两个月他也有一些提升，但跟周元比起来简直就是天壤之别。如果此时他们两人再交手，吕霄心里很清楚，他在周元的手中恐怕连三回合都撑不下来。

这个曾经不被他看中的人，现在已经彻底将他抛在了身后。

深涧上空。

被无数道目光注视的周元，轻轻扭了扭脖子，他感受着体内那种从未有过的澎湃感，酣畅淋漓。

"又增添了六百万源气底蕴……"

周元低头看了一眼皮肤表面形成的古老玄奥的光纹，唇角微掀。之前当他凝练出第三道灵纹时就已经知晓，当四纹齐聚时会再度出现一些奇妙变化。那奇妙的变化便是这四灵归源图。

想要让它觉醒，并不仅仅是将四道源纹凝练出来就可以，还必须让每道源纹的增幅达到三百五十万源气这个层次，因为每道源纹的增幅越高，表明自身与源纹之间的契合度越好。

不说前一条，就是后一条，如今的四阁中除了他之外也没人能够做到。

即便是吕霄、木柳、韩渊这三位阁主，他们的一道源纹顶多只能达到三百万的增幅。

周元能够做到这一步，不仅仅是因为他天赋好，神魂境界强，还有着混沌神磨观想法带来的契合。也就是说，这种终极形态本就不是人人都能够触及的，古往今来，恐怕就他一人达到了。

周元抬起头，望着远处虚空上陈玄东的身影。

此时陈玄东的面色青白，一副难以置信的神情，周元源气的又一次增幅，给他带来了极大的冲击。

"怎么会有秘术能将源气增幅到这种程度？！"感受着从远处一波波涌来的磅礴压力，陈玄东忍不住低吼出声。

他对天渊域四阁的四灵纹并非没有了解，可之前所了解的那些信息中并未提及这些。

四千两百万的源气底蕴啊，比此时的他足足多出了两百万！

这让陈玄东有些难以接受。他之前面对周元时，源气底蕴就是他最大的骄傲，可现在在他倾尽手段后，却发现周元的源气底蕴比他更强大……

周元神色淡漠地望着陈玄东，并没有兴趣跟他多解释，他五指紧握，身后源气震荡。

"唰！"

他的身影瞬间消失，音爆声响起。

下一瞬间，他出现在陈玄东的前方，一拳轰出，只见磅礴的源气洪流咆哮而出，裹挟着恐怖之力向着对方袭击而去。

"你只不过比我多两百万源气底蕴，真以为就胜券在握了吗？"陈玄东见状，眼神含怒。他也是顶尖天骄，这些年来战绩傲人，并非没有战胜过底蕴比他强的对手，而真正的战斗胜负，源气底蕴只是一部分因素。

陈玄东紧握黑色长枪，枪芒震颤虚空，狠辣无比地与那源气洪流硬撼。

"砰！"

虚空上有巨声响起，两股磅礴强悍的源气疯狂对撞，高空上的云层在此时被撕裂。

众人便见到一道身影狼狈地倒射而出，那是……陈玄东！

一道道吸气的声音响起，因为这是陈玄东今日第一次被正面击退。

此时的陈玄东面色铁青，眼眸深处带着一丝震惊。

然而他的震惊并没有持续多久，音爆声再度响起，周元身影暴掠而来，在他的身躯表面有一道带着双翼的神秘光影伸展开来，吞吐着天地源气，令其气势更为强盛。而且，他的皮肤上还有玉光绽放。

此时的周元让陈玄东感觉宛如一头绝世凶兽，危险无比！

但是再怎么危险，此时的陈玄东也没有丝毫退路。他双目赤红，厉声道："怕你不成！"

"三山神甲术！"

陈玄东咆哮，身后虚空出现三座巨山虚影，然后落在他的身躯上，似化为一层三色玄甲，厚重无比。与此同时，他的力量随之暴涨，举手投足间犹如拥有三座巨山之力。

他手持黑枪，暴射而出，与周元相撞。

"轰轰轰！"

高空上，两道身影裹挟着恐怖的源气波动疯狂地交手，两人身影如电，攻势如暴雨一般向对方倾泻而去，引得虚空剧烈地震荡，激烈得让人头皮发麻。

短短不过数十息，双方已交手了上百回合。

场中同是神府境后期的强者望着两人的战斗，无不心生恐惧，如果换作他们上去，恐怕不出十息就会当场被斩杀。

这两人真不愧是神府榜上的超级黑马。

这个时候大家都能够看出来，在这种相互纠缠的激战中，陈玄东从一开始就被压制……

陈玄东跟周元之间原本只有源气底蕴的差距，此时周元不仅弥补了这种差距，反而还赶超了陈玄东，如此一来，双方战况立刻掉转，陈玄东也吃到了源气被压制的苦头。

第九百零六章 四灵归源

"轰!"

高空上,一道流光人影暴射而下,狠狠地砸在深涧一侧的峭壁上,山壁顿时龟裂,那人影深深地镶嵌进去,巨大的裂缝如蜘蛛网般蔓延开来。

深涧峭壁上,陈玄东奋力挣扎着,此时他的嘴角挂着一丝血迹,身躯上的那层三色神甲也崩出了诸多裂痕。

高空上,周元的身影缓缓飘落,眼神凛冽地盯着陈玄东,淡淡地道:"还要继续吗?"

陈玄东眼神凶戾,他深吸一口气,缓缓地爬起,擦去嘴角的血迹,道:"你真以为我没招了吗?"

他还有最后的撒手锏。那是一道残缺的小圣术,一旦施展,必然能将局面给翻转过来。

只是那道残缺的小圣术还未修成,强行施展恐怕会造成一些反噬,不过眼下也顾不得了……

"既然你找死,那我就成全你!"

陈玄东双手合拢,印法陡然变幻,就要施展最后的底牌。

就在此时,周元缓缓地抬起手掌,双指并曲,眼神淡漠地盯着陈玄东,在他的眼瞳深处,有着黑白色的雷光掠过,指尖也有着若有若无的黑白雷光闪现。

"轰!"

天地间似有狂雷响彻。

无数的天地源气疯狂地沸腾起来,然后朝着周元所在的方向汇聚而来,犹如形成了一个巨大无比的源气旋涡。

无数强者面色大变,一些天阳境强者的眼神也变得凝重起来,显然察觉到天地间那隐隐存在的一丝危险气息。

陈玄东变幻的印法陡然凝固,他睁大眼睛望着周元,脸庞上的神情亦忽地凝滞,此时此刻,他清晰地感觉到一股恐怖得无法形容的力量在汇聚。

那是……

真正的小圣术!

周元将要施展的,竟然是一道被修炼成功的小圣术!

冷汗从陈玄东的脸颊上滚落下来。

周元眼神冷淡,他盯着陈玄东,半响后,有淡声传出。

"想死,你就再动弹一下。"

九百零七章
再败第九

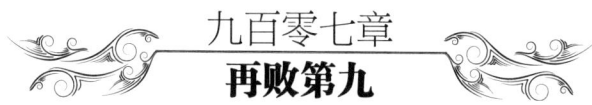

周元凌空而立,天地间隐隐有着巨大的源气旋涡以他为中心开始成形,他双指并曲,指尖有着黑白雷光若隐若现,他神色淡漠地盯着浑身僵硬的陈玄东,眼中似有冰冷杀意掠过。

在周元的注视下,准备施展最后手段的陈玄东却一动都不敢动了。

他的心中在疯狂咆哮:"该死的!竟然是小圣术!他竟然修成了小圣术?!"

陈玄东的最后底牌是一道残缺的小圣术,可如今周元亮出的底牌却是一道货真价实的小圣术!

这还如何打?

从周元的眼神中,陈玄东知道如果他再敢妄动,说不定对方真的会让指尖的毁灭力量爆发,将他抹杀。

在浓烈的死亡危机下,陈玄东保持了理智。

他缓缓地散去周身的源气波动,艰难地嘶哑道:"我……认输。"

到了这一步,不管他如何不愿意面对,也不得不承认与周元的这场比斗,他彻底输了。

周元袍袖一挥,源气卷起了陈玄东的声音,直接扩散向天地间,于是所有人都听见了这句话。

"哗!"

漫天的哗然声在此时轰然爆发,无数人带着浓浓的难以置信望着这一幕,谁都没想到,那强势而来的陈玄东竟然折戟了!

两匹超级黑马的对碰,最终竟是天渊域的周元笑到了最后!

三山盟的强者面色难看不已,他们此次鼓起勇气挑衅天渊域,信心颇足,谁

能想到最终却是这般结果。

三山盟的三位法域强者自然能够清晰地感觉到周元酝酿的那记杀招是何等强横，那的确不是陈玄东能够接得下来的。

各方的眼线暗暗感叹，这天渊域不愧是九域之一，即便这些年没落了，但瘦死的骆驼比马大，底蕴依旧深厚。

天渊域这边的诸多强者则露出了欣喜的笑容，看向周元背影的目光中多了几分欣赏与认同。

之前周元取得的那些战绩基本上都是窝里斗，自然难以让人有太多认同。这一次不一样，他打败了陈玄东，击碎了三山盟觊觎九域大会资格的图谋，为天渊域做出了不小的贡献。

高空上的光镜将这里的战况第一时间传向了天渊域的八百州。

八百州的主城内无不爆发出震耳欲聋的欢呼声。

周元这次的胜利可算是为天渊域的人吐了一口恶气。此前三山盟屡屡挑衅，实在是让天渊域所有人都憋了一肚子火。

天渊洞天的圆盘平台上，每个人都瞪大了眼睛。

"陈玄东，他、他认输了？"有人结巴道，显然对此感到难以置信。那陈玄东可是神府榜第九啊，而且是货真价实、凭借自身实力坐上去的第九名！

"总阁主也太变态了吧？"

"那、那他已经打败了两个神府榜第九？"有人忍不住说了一句，然后赶紧捂住嘴巴，悄悄看了一眼火阁众人所在的方向。

所有人面面相觑，数息之后便有兴奋而激动的狂吼声响起来。

"总阁主无敌！"

"总阁主威武！"

……

他们面色涨红，眼中有着尊崇之色涌出。经此一战，周元在四阁内的声望真正达到了顶点。

面对他这种战绩，就连那些天灵宗弟子都叹息一声，眼中有着钦佩之色。

吕霄听到那震耳欲聋的欢呼声，神色显得极为复杂。他知道，如果换作他是总阁主，他必然会败在陈玄东手中，那时候的四阁不知道会迎来多大的失望。

这让他稍稍庆幸了一下，若是面对那种情况，他将无法承受。

"他做总阁主，比我更好。"吕霄轻声道。

一旁的朱炼等人沉默下来，就算是一直看周元不顺眼的左雅也一句话都说不出来，她不是蠢货，有些事情她看得清楚……此次来自三山盟的挑战，多亏周元是总阁主，不然他们天渊域四阁将会成为笑柄。

"九域大会尽量配合他吧，有他率领，或许这一次我们天渊域能够取得一个不错的成绩，不至于像以往那般垫底，平白丢了天渊域的颜面。"吕霄深吸一口气，说道。

他身旁的一众天灵宗弟子纷纷点头。

……

伊秋水小手轻抚着酥胸，吐气如兰道："真是差点被吓死……"

叶冰凌点点头。这场战斗她们虽然不在现场，但通过光镜依旧能够感受到其中的凶险。

"经此一战，周元的位置已经真正地无可撼动，四阁归心。"叶冰凌道。

伊秋水蜂首微点，她同样能够察觉到，四阁的成员此时对周元多了一份崇拜，这种崇拜只能因外战产生，面对外来的挑衅，四阁才会站在同一阵营。

在那万众瞩目的深涧处。

当陈玄东认输后，周元指尖闪烁的黑白雷光渐渐消失，那种恐怖的危险气息也随之消散。

周元神色淡漠，心中却悄悄地松了一口气。他这阴阳雷纹鉴经过两个月的蕴养，好不容易才诞生了一缕阴阳之雷，若是在这里就施展出来，倒是有些可惜。

眼下能够不战而屈人之兵，就是最完美的结果。

"承让了。"周元看了一眼面色难看的陈玄东，没有过多理会，抱了抱拳，便转身而去。

他朝天渊域的方向而来，这边诸多强者对他投来注目，比起之前的质疑，现在看向他的眼神中则多了几分欣赏。

周元抬头望向虚空上的五道身影，抱拳道："幸不辱命。"

郗菁洁白的脸颊上露出一丝笑意，木霓族长也微笑着点头："周元，你做得

很好!"

随着她们两人表态,玄鲲宗主、白夜、边昌三位元老也点了点头,认同了周元的表现。毕竟无数人看在眼里,不是他们摇头就能够否认的,而以他们的身份,也不会这么没气度。

郗菁抬头望向远处面色不好看的三山盟三位法域强者,笑道:"三山盟还有什么指教?神府境的比试若是不够,可以再试试天阳境、源婴境,如果还不服气,三位甚至可以亲自出手,我天渊域都可尽数接下。"

三山盟三位法域强者面色僵硬,那归源山主笑了笑,道:"郗菁元老不必如此急迫,此次我三山盟认栽便是。

"不过,郗菁元老应该知道,今日之事都是因为天渊域自身的变故。九域地位超凡,这等地位恐怕不是五位法域境就能够镇守得住的。"

他言语淡淡,其中的含义已经表明得清清楚楚。

"我三山盟此次固然失手,但这种事不会就此停止的。只要天渊域的苍渊大尊不现身,这种挑战就会不断出现,直到有一天将天渊域从九域的位置上拉下马来。"归源山主说道。

郗菁神色平静地道:"不管是谁想要针对我天渊域,我天渊域接下便是。"

"那就希望郗菁元老接得住吧。"归源山主意味深长地说了一句,然后转身而去,只有声音远远传来,"三百枚神府无量果我三山盟之后自会送上。"

三山盟另外两位法域强者紧跟而上。

三山盟的那些强者虽然有些不甘心,但最终还是迅速退走。

虚空上,郗菁、木霓等人望着他们离去的方向,面色虽然没有波澜,但眼眸深处都带着一丝沉重。她们知道归源山主说得没错,只要苍渊大尊不在混元天现身,类似的挑衅之后还会不断出现。

她们也敏锐地察觉到了那背后隐藏的阴谋气息……这是有人想要以此来逼迫苍渊大尊现身。

她们对视一眼,然后很快收敛了情绪。

玄鲲宗主、白夜、边昌三位元老在战果出现时就已离去,而郗菁、木霓两人则将身形落下,来到周元面前,笑道:"恭喜你!这一次想必没人再阻拦你登上神府榜第九了。"

周元有些无奈，谁在乎这个啊！

"你也莫骄傲，一个陈玄东而已，跟你在九域大会将要遇见的那些顶尖天骄比起来，他算是最人畜无害的。"木霓敲打道。

周元轻轻点头。他当然明白，与陈玄东的这场比斗不过是牛刀小试而已，真正的好戏是那只有一个多月的九域大会……

他来到混元天的第一个目标，终于近在眼前了。

第九百零八章
坐稳第九

无边涧的战斗结果在短短数日内便传到各方关注此战的势力的耳中，引起了不小的哗然。

陈玄东的战败出乎太多人意料。

这让很多人对天渊域那位总阁主开始感兴趣。从眼下的情况来看，天渊域不知道从哪里挖来一个好苗子，有了这位总阁主的率领，这一次的九域大会不知道天渊域会不会依旧沦为垫底？

不管如何，经此一战后，周元在这辽阔无尽的混元天中终于声名鹊起。

玄机域。

当那名为九宫的女孩接到消息时，愣了好片刻。

"嘻嘻，九宫师姐，看来你这次还真是失误了呢。"一旁的年轻女弟子笑道。

九宫没有回答，而是将传回来的消息仔仔细细又看了一遍，上面详细记载了周元与陈玄东的战斗经过。

看完之后，她眉尖轻蹙，道："四灵纹的第二形态？两次增幅？可达四千两百万的源气底蕴？"

她将玉简轻轻放下，清澈灵动的眼眸中可见一丝惊讶："这位天渊域的总阁主还真是让人意外呢，居然能够开发出四灵纹的终极形态……"

这种能够增幅源气底蕴的秘法手段九域几乎都有，不过能够达到二次变化的却是极少，而两千万的源气增幅，放眼混元天，能够与其相比的秘法屈指可数。

"九宫师姐，现在这位天渊域的总阁主可以排第九了吗？"

望着身旁女孩笑眯眯的模样，九宫忍不住白了她一眼，道："我算错了，你就这么高兴吗?"

年轻女孩掩嘴偷笑。九宫素来都是算无遗策的从容模样,能够见到她失误一次,的确不容易。

九宫红润的小嘴轻撇道:"他打败了陈玄东,神府榜第九自然是他的,那陈玄东就往后移一位吧。"

她摇摇头,在心中念了一下周元的名字,很快便将其放下,不再多想。这一次周元战胜了陈玄东,其声势固然不小,但真要说起来,也只是证明他拥有与其他八域顶尖天骄角逐于九域大会的资格罢了。

身为此次神府榜的审核者,九宫很清楚,四千两百万的源气强度对于其他势力的顶尖天骄而言或许的确让人震撼,但若与排名前八的那些妖孽比起来,依旧欠缺火候。

要知道,那些妖孽皆有着"小天阳"的美称,而陈玄东距此还有一些距离。

所以,如果天渊域想要在此次的九域大会中不再垫底,那周元恐怕还要变得更强才行。

要怪就怪这些年天渊域跟其他八域比起来,实在是脱节太多……

如今一时想要追赶,又岂是那么容易?

武神域。

云雾缥缈的云台上,一身鲜艳红裙的武瑶俏立,她凤目望着远处,风扬起青丝。

她的手中握着一枚玉简,上面正是周元与陈玄东战斗的始末。

"武瑶师妹,你还真是料事如神。"武瑶身后的蓝亭微笑道。

他的眼神略微有些奇怪,自从武瑶接到这个消息后,这般状态已持续小半天了。

听到他的声音,武瑶的目光渐渐收回,声音淡淡地道:"这个周元,说不定在此次的九域大会上会是我们的大敌。"

蓝亭一怔,旋即笑道:"武瑶师妹多虑了吧?打败了一个陈玄东而已,换作我也能轻易做到,更何况是你?说是大敌,怕是有些抬举他了。"

他有些不理解,武瑶为何会对这个天渊域的周元如此关注与重视?

他们武神域的大敌?要知道此次九域大会他们的目标可是万祖域的赵牧神和紫霄域的苏幼微!

那周元凭什么得到如此高看？

武瑶俏脸平淡，似是懒得与他多解释，目光再度投向远处。没有人比她清楚那个人的危险性，在她看来，赵牧神的确是大敌，但那是明面上的，周元却是隐藏于暗中的毒龙，当他显露獠牙的时候，必然会是一击毙命。

如果不是此时周元身处天渊域并且身居高位，武瑶甚至都想找机会趁其还没显露獠牙时，先将这个隐患除掉。

想到周元带来的危险性，武瑶凤目深处竟有一丝灼热战意涌现。

"周元，这一次可不会再有人来帮你了！"

"若你只是如今这般程度，你体内那道圣龙之气就别怪我取走了。"

紫霄域。

一座环形角斗场的建筑中，有着诸多紫霄域的弟子。

此时他们的目光皆盯着中央位置，只见那里有一枚珠子散发着光芒，光芒交织形成了光幕，其中有两道身影正在进行激烈无比的交锋，仔细看去，正是周元与陈玄东。

这应该是紫霄域的留影石，其中刻印的正是前几日周元与陈玄东的对战。

战斗逐渐进入尾声，最终以周元的取胜而落幕。

周围爆发出诸多的惊呼声，显然这个结果大大出乎他们的意料。

"这天渊域的周元还真是有些能耐啊！"

"据说他的神府仅仅只开辟到第七重，等他贯穿九重神府，他的源气底蕴将会何等的强横！"

"不容小觑啊！"

……

站在诸多弟子最前方的薛惊涛收回目光，与其他人的惊叹相比，他则显得有些漫不经心。

"薛师兄，你觉得这周元如何？"一旁有人笑问道。

薛惊涛淡笑一声，道："实力还是不弱的，不过想要在九域大会中脱颖而出，难度仍然不小。"

"薛师兄有把握击败他吗？"有人好奇地问道。

薛惊涛闻言，只是淡淡一笑，并未回答，但笑容中的傲然还是显露了答案，于是周围诸多弟子纷纷恭维起来。

薛惊涛摆了摆手，谦逊道："我这不算什么，跟幼微师妹比起来还差得太远。"

他的目光望着右侧，那里有一道窈窕倩影正起身，然后顺着走道过来，正是苏幼微。

薛惊涛发现，此时苏幼微绝美的容颜上似乎挂着一抹浅浅的欢欣笑意，沁人心脾。

他心中微微荡漾，等到苏幼微走近了，方才轻笑道："以幼微师妹的实力来看这种战斗，想必感觉有些无聊吧？"

苏幼微螓首微摇，道："这位天渊域的周元总阁主潜力非凡，如果他能够贯穿九重神府，此次九域大会上能够做他对手的人屈指可数，就算是我也不见得能有多少胜算。

"所以，薛师兄可莫要错估了人，否则到时候惹了麻烦，可别怪师妹我救不了场。"

她声音轻柔却又带着一丝警告，说完便迈开莲步而去，留下面色僵硬的薛惊涛。

周元与陈玄东的这一战，在混元天掀起了不小的波澜，很多人都在感叹天渊域毕竟是九域之一，即便这些年有所没落，底蕴依旧不弱。

而更多的人则说，这场战斗还无法表明什么，一切都得等到九域大会。

此次的九域大会上，如果天渊域依旧排名垫底，那么这一切都没了意义，毕竟天渊域是九域之一，它必须向最顶尖的层次看齐，而不是自降身份去和三山盟这些势力相比较。

说到底，九域大会才是真正的试金石！

而周元与陈玄东的这场大战，似乎也拉开了那场即将到来的、混元天顶尖天骄之战的序幕……

第九百零九章
前八大敌

　　当周元与陈玄东那一战在混元天中掀起越来越大的波澜时,这场风波的制造者周元却再度低调下去,甚至在天渊洞天都极少看见他的身影,这让很多慕名来到天渊洞天的人颇感失望。

　　总阁主府。

　　楼顶的天台上,周元悠闲地躺在躺椅上晒太阳,不过他的神色并没有那么轻松,因为他正看着手中的卷轴。

　　这是最新的神府榜,跟之前相比,唯一的变化就是他的位置被提升到了第九。

　　周元对此并不是太在意,他的目光更多地停在排名前八的名字上面。

　　如今九域大会已经成了混元天最为热门的话题,这是真正的盛典,整个混元天无数势力对其投以关注。从某种意义上来说,这是九域之间的一种竞争,虽说这种竞争只限于神府境,但那绝对是神府境的巅峰之战。

　　跟源婴境和法域境相比,神府境似乎不值一提,但所有人都知道其重要程度。

　　因为这代表一方势力的新鲜血液,越是优秀的神府境在未来越有可能走得更远……这是每一派势力最为重要的根基,就连九域也不敢忽视。

　　想要培养出这些排在神府榜最前面的天骄,九域必定投入了不短的时间和不少的精力。

　　就比如苏幼微,那紫霄域为了搜罗有天赋的好苗子,竟然能派人跑到苍玄天去找寻,可见他们的投入有多大。

　　周元认真地盯着排名在他之前的那八个名字,其实除了名字,神府榜上透露的信息并不多,但他隐隐地感觉到一种压迫感。虽说他有些不愿承认,但不得不说,这些年来,天渊域的确渐渐被其他八域甩在了后面。

这一点在神府榜上表现得最为明显。

那天阳榜、源婴榜还稍微好一点，特别是源婴境，能够上榜者大多修炼了不短的时间，一旦上榜，就有可能数十年甚至百年不会变。唯有神府榜最为年轻，更新换代也最快，从这上面就能够看出天渊域的弱势与颓废……

万祖域，赵牧神。

武神域，武瑶。

紫霄域，苏幼微。

血海域，王羲。

圣纹域，李通神。

玄机域，九宫。

妖傀域，徐暝。

御兽域，袁鲲。

这是排名前八的猛人，这里的每一个人都在混元天鼎鼎有名，他们是其他八域精心培养的顶尖天骄，陈玄东跟他们比起来，无疑欠缺了许多火候。

而他们，将会是周元此次九域大会的强敌。

周元的目标是在九域大会夺得魁首，虽然他并不想太招摇，但没有办法，因为他想得到祖龙灯。

"真是麻烦啊！"周元轻叹一声，面对着这些妖孽，他感觉到了极大的压力。虽然他凝练出了四纹，甚至还发现了四纹的终极形态，可凭此就想要跟这些妖孽交手，还是有些不足。

特别是前三位。

尚不知道苏幼微如今对他是什么态度，但那赵牧神、武瑶两人，九域大会中他必然会与他们较量一番。

但周元并非没有优势，他还有两重神府的潜力。如今排名在前的那些人都早已贯穿了九重神府，这令他们拥有强横的实力，同时也表明他们在神府境的潜力已经抵达极致。

神府境在贯穿九神府后，如果还想提升源气底蕴，就需要更大的机缘，所投入的努力也会更多、更大。

有很多人没有足够的机缘，在贯穿了九重神府后，源气底蕴都只增长了一点

点甚至是原地不动!

百尺竿头想更进一步,最是艰难!

在这种紧要关头只要能再前进一步,未来踏入天阳境就会得到十倍乃至百倍的回报。

好在周元的神府潜力还未用尽,只要他将最后两重神府贯穿开辟,他的实力就会得到暴涨,那时候他和这些人的差距就会被无限拉近。

在周元仔细查看神府榜上的那些名字时,他身前的虚空波荡了一下,一道英姿飒爽的修长身影走了出来。

"郗菁师姐。"周元看去,站起来笑道。

"你倒是悠闲!如今你可是咱们天渊域的红人呢。"郗菁道。

周元撇撇嘴,道:"什么红人,如果在九域大会上表现不好,依旧落个垫底的话,恐怕瞬间就得从云端跌至泥潭,沦为千夫所指。"

爬得有多高,摔下来的时候就会有多狠。

郗菁一笑,道:"看得还算透彻,看来没有太骄傲呢。"

她瞥了一眼周元手中的神府榜,纤细的手指拨弄了一下酒红色的短发,戏谑地道:"怎么?被你的那些对手惊到了?现在反悔或许还来得及。"

周元微微一笑,道:"我来到混元天不就是为此吗?"

算算时间,他来到天渊域已有一年多,这一年他没有丝毫停歇过,他不断在努力,不断在攀爬。

累吗?肯定是累的,但周元从未想过放松,每次想到夭夭还在那冰冷的琉璃玄冰棺中躺着,他心中的刺痛便掩盖了一切疲累。

以前是她保护他,而现在也该让他为她做些什么了。

郗菁看了周元的脸庞一眼,能够感觉到他的眼神中有故事,周元的所有努力她同样看在眼中,但她并没有多问。

"此次三山盟挑衅天渊域,背后必然有大能指使。"郗菁缓缓地道,光洁如玉的脸颊变得凝重起来。

周元闻言,笑容收敛起来。能够指使三山盟那种顶尖势力成为马前卒,可见其背后大能的势力之强,整个混元天能有这般能耐的人屈指可数,无非是另外八域中的某一位。

"可知晓是哪位？"周元问道。

郁菁微微摇头，道："不好猜测，对方这些动作就是想要逼得师父现身。"

周元眼神微凝。如果想要逼师父现身，有很大的可能会牵扯到夭夭，因为他知道，苍渊师父在外躲避多年，最大的原因便是夭夭。

夭夭的身份太神秘，而且牵扯极大，即便是混元天的巅峰存在，都在为此而谋划。

"看来此次九域大会，我必须夺得魁首，先将祖龙灯得到手，不然迟则生变。"周元轻声道。

他的身份现在还未暴露，不然那些大能不可能毫无动作。毕竟他是一个小小的神府境，所以他必须趁对方尚未察觉前夺得九域大会魁首，拿到祖龙灯！

只要祖龙灯到手，他来到混元天的第一步任务就算成功了，那时候即便有危险，他也可以让郁菁师姐先将他送出混元天。

郁菁点点头，道："我也担心此次对方试探失败，后面的手段会更加激烈。"

"这是必然的，郁菁师姐要多做准备，小心为上。"周元冷静地道。

那种层次的博弈，肯定不会轻易放弃。

两人对视一眼，神色凝重，都感觉到了极大的压力。面对那样的强敌，就算是郁菁这位法域境强者都会无力，更何况周元这小小的神府境？

好在两人都知道，只要苍渊还在，对方就不敢做得太过，若是真将一位圣者逼急了，到时所付出的代价他们恐怕也难以承受。

郁菁轻叹一口气，没有继续这个沉重的话题，而将话音一转，道："对于九域大会，你有多少了解？"

周元摇摇头，道："不就是九域的神府天骄上场厮杀一场吗？"

郁菁给了他一个白眼，缓缓地道："你可莫要小觑这九域大会，这里蕴含着神府境最大的机缘，对于你这种有野心的人而言，可谓是千载难逢。"郁菁轻声问道，"你可知道先天灵机？"

第九百一十章 先天灵机

"先天灵机?"

对于这个名称,周元感觉到有点陌生,他沉吟了一下,道:"听说当体内神府尽数贯穿时,神府会与天地形成某种感应,汲取一种特殊的物质,那种物质被称为'灵机'。

"每一个神府境想要突破到天阳境,都需要汲取这种名为灵机的物质。

"这先天灵机应该也是类似之物吧?"他说道。

郗菁笑道:"你倒是知道一点皮毛……

"修炼之道,每一重境界都有品阶之分,低如养气境,开辟气海,可分品阶。

"接着便是神府境,神府分九重,也有品阶。

"这修炼道路上艰难重重,充满着诸多关卡,想要一步步走下去,最终达到巅峰,就需要在每一重境界中达到极限。

"所谓天阳境,便是体内神府打磨圆满,源气星辰在神府内凝练,最终形成一轮源气大日,浩荡无边,至阳至极,谓之天阳。

"想要凝练出这一轮天阳,便需要这种名为灵机的天地物质。

"而天阳境也有品阶,天阳以琉璃为尊,为琉璃天阳,象征至清无垢;紫金次之,为紫金天阳;雪银再次,为雪银天阳……当然,还有最普通的赤红天阳。"

周元眼露惊诧,没想到天阳境也有四种品阶之分。

"一旦凝聚成赤红天阳,体内源气底蕴若以源气星辰数量来换算,可达一亿!

"雪银天阳为两亿,紫金天阳为三亿,而琉璃天阳则是四亿!"

周元这次真的有些目瞪口呆了。四亿源气星辰,这是何等恐怖的底蕴?!而且就算是最差的天阳境,也有一亿源气底蕴打底,这初升的天阳境竟然比神府境强大这么多!

郗菁看了周元一眼，淡淡地道："你以为赵牧神、武瑶那些顶尖天骄为何会在神府境巅峰停留许久，不过是因为他们的野心很大，寻常天阳根本就无法满足，他们的目标最起码都是紫金天阳，若不是如此，这些人早就已经踏入了天阳境。"

周元神色凝重，他对这种操作并不陌生，在苍玄天时，各宗的圣子便在太初境巅峰不断积累，想要在踏入神府境时多开辟出一重神府，如此这般，未来的潜力才会更大。

"想要凝练出紫金天阳甚至琉璃天阳，就需要这种先天灵机？"他问道。

郗菁螓首微点，道："而且必须是开辟了九重神府者才有这种资格，不然就算得到了先天灵机，也难以触及。"

周元心头一凛。如果在神府境没有开辟出九重神府，也就是说在往后的修炼中，道路只会越走越狭窄，最终彻底被堵死，难以窥探下一层境界。这修炼之路果真是落后一步便会不断弱势下去，除非真能找到逆天级别的机缘。

想要问鼎那巅峰境界，就必须保证在每一重境界中都能够达到极限，一旦在哪个层次差了一点，将会难以弥补。

这个难度太大了，修炼一途当真残酷!

好在周元这么多年一路修炼下来，虽然历经万般艰难，但不论是养气境还是太初境，以及如今的神府境，他都未有什么缺陷，也就是说，到现在为止，他还未被淘汰。

这让他很庆幸。而这一切自然有着夭夭对他严格要求的原因，不然他的根基不会有今天这般稳固扎实。

郗菁继续道："先天灵机极为稀有，这是集天地精华而生的物质，若是平常，百年都不见得能够发现几道……"

周元目光一闪，道："这九域大会上难道就有先天灵机？"

郗菁笑道："没错。九域大会之地名为陨落之渊，乃是上古时期的一座古战场，曾经陨落了无数强者，就连流传下姓名的法域强者都不下十位!

"法域强者陨落，法域崩溃于天地间，引得天地规则紊乱，而这些法域在陨落之渊交织，最终形成了极为危险的禁地，但这禁地之中也有大机缘诞生，那就是先天灵机。

"那赵牧神、武瑶等人,恐怕就是在苦等这一日。只要获得足够的先天灵机,他们就能够借此凝练出紫金甚至琉璃天阳,踏足天阳境!

"他们都是有大野心的人,他们的目标肯定不只是天阳境,还在算计着未来的源婴境甚至法域!"

郗菁看向周元,缓缓地道:"如果你也有野心,这个混元天难得的大机缘就不能错过。"

周元眼神深处有着炽热之色在涌动。

这修炼之道,每一重境界都要追求极致,只有如此才能甩掉无数竞争对手,最终踏过那独木桥,凝练源婴,开辟法域!

所以,这次九域大会就算没有祖龙灯,他也得倾尽全力去拼一把。

瞧得周元眼中升腾的战意,郗菁满意地点点头,然后玉手一扬,两个玉盒出现在面前。

她将其中一个推到周元面前,揭开盖子,只见里面竟是一枚青色的果实。那果实有拳头大小,散发着玉一般的光泽,宛如青玉所铸,一股浓郁的幽香之气散发出来,令周元体内的源气都沸腾起来。

"这是?"周元惊讶地问道,他能够感觉到体内源气正散发出的渴望之意。

"神府无量果,此次三山盟输了几年的产量。此果对神府境的效果只有一次,我就给你带来了一枚,服用以后能够让你打通一重神府。"郗菁道。

"好东西!"周元眼睛放光。眼下九域大会临近,这神府无量果能够为他节省不少时间。

郗菁一笑,又将另外一个玉盒揭开,里面是一个小小的乾坤囊。

"你之前让我帮忙找寻的那些材料基本齐全了,都在此处。"

听到此话,周元眼中顿时有着精光爆发,欢喜之色再也掩饰不住地涌现出来。他之前拜托郗菁找寻的那些材料都是用来进化银影的,有了这些材料,他那蒙尘许久的银影又能再度绽放光芒了。

银影一旦进化成功,无疑会让周元多出一道撒手锏。

他伸手将乾坤囊握住,然后忍不住笑起来。

"看来接下来这段时间我有得忙了……"

不过真的是很期待啊!

不管银影的进化有多么困难，周元都要成功做到。

他要这道伴随着自己在太初境叱咤风云的银影，再次现世，随他征战。

第九百一十章　先天灵机

第九百一十一章
银影进化

一间修炼室中。

室内宽敞明亮,高高的天花板上铭刻着古老而复杂的源纹。

此时,磅礴的天地源气正源源不断地自地面、墙壁上的诸多孔洞中涌入,密室内萦绕着淡淡的雾气,那是源气浓郁到极致的表现。

周元盘坐于一块巨大的玉石上面,这种级别的修炼室每日需要消耗大量的天材地宝。在天渊洞天,唯有长老级别才能享受,在没有晋升为总阁主之前,周元是远远不够资格的。

不过现在……自然是够了。

此刻的周元神色凝重,他的面前悬浮着一颗银球,银球表面光滑如镜,若是仔细看,能够看见无数细微如尘的源纹在其中缓缓盘旋。

这银影的精妙程度,即便是如今的周元都为之惊叹。

这是黑渊中那远古宗派最为巅峰的杰作,不知凝聚了多少代人的心血。

只可惜,还不待他们将这般杰作彻底开发出来,便遭遇了灭顶之灾。

周元心念一动,眼前的银影便缓缓融化为一摊银色液体在面前滚动,其内部深处有光芒闪烁,宛如星空,看上去似乎具备某种生命力。

周元双目闭拢,只见他的神魂自天灵盖升起,凌空盘坐。

神魂指尖上有着魂炎升腾。

周元腰间的乾坤囊在此时张开,诸多散发着异光的宝材缓缓升起,飘浮在半空。

周元神魂之力散发,包裹着一些宝材落入魂炎之中。

魂炎熊熊燃烧,那些宝材迅速熔化,其中的杂质被煅烧,渐渐变成液体。

周元的神魂全神贯注,不敢有丝毫放松。这些材料都相当珍稀,就算是郗菁出面都花费了不少时间。如今九域大会迫在眉睫，他可没有足够的时间等待下一批材料。

一道道宝材不断被熔炼，最后化为一团散发着彩光的黏稠液体。

周元的神魂之力融入其中，不断将那些材料的诸多特性或融合或分解。

这个过程足足消耗了周元三天时间。

待得第四日来临时，那融合了诸多宝材的黏稠液体内部竟开始生出无数夺目的晶尘，光华璀璨。

"呼！"

周元长长地吐出一口气，眼眸中掠过一丝疲惫，但很快他就振作精神，他知道熔炼宝材不过是第一步而已。

银影的进化比他想象的更难，如今又没有夭夭在身边，一切都得依靠自己。

周元的神魂之力毫无保留地释放出来，尽数涌入那璀璨液体的内部。下一刻，只见其中蕴含的成千上万的晶尘，在神魂之力的搬动下缓缓升起，最后犹如化为星环一般环绕在神魂之外。

神魂之力缠绕着那些晶尘，晶尘之上有着极其细微的痕迹出现，形成了一道道玄妙的源痕。

夭夭曾经说过，银影并不完整，所以只在太初境有用。若是想要它不断进化下去，就必须让其内部完整。

而想要探测这银影的奥妙，就连如今的周元都做不到。所幸夭夭早已帮他推衍出来，并将该法教给了他……

眼下周元要做的，便是先将夭夭推衍的源纹一道道地铭刻在这些犹如尘埃的晶尘上面。

这是一件对神魂操控极为严苛的事情，所幸周元化境初期的神魂还勉强够用，不过仍需要慢慢打磨，耗时不短。

周元静下心来，不急不躁，运转着神魂，在那细如尘埃的晶尘上一点点地刻画着源痕。

这一刻画，便是足足半个月。

半个月后，当最后一粒晶尘上面被周元刻画了完整的源痕时，他整个人宛如虚脱下来，凌空盘坐的神魂也微显黯淡。这半个月的铭刻实在将他累得不轻。

周元没有继续，而是直接运转混沌神磨观想法，开始恢复消耗的神魂。

如此大半日后，神魂之上再度有着光芒涌动。

恢复了状态，周元的眼神瞬间变得火热起来。他望着环绕在周身如星环般的晶尘，能够见到上面已被复杂的源纹所覆盖。

"夭夭的源纹造诣当真恐怖！"周元忍不住感叹一声。这些源纹犹如机械中无数细小的齿轮，一旦将它们融入银影之内，就能将其内部的不完整填满，令这银影完成一层进化！

"源纹已经刻入晶尘之中，接下来就该是最后一步——将其融入银影中！"

周元将状态调整至巅峰，然后心念一动，只见成千上万的晶尘带起光尾，如飞鸟投林一般纷纷朝银影所化的那股流动的银色液体之中钻去。

所有的晶尘尽数涌入其中。

周元的面庞前所未有的凝重，神魂之力毫无保留地爆发出来，乃至于他的额头上青筋暴起，凌空盘坐的神魂内更是不断爆发出一圈圈的璀璨光芒。

如尘埃般的晶尘在那银色液体之中沉浮。

晶尘上刻画的源纹正散发出奇特的力量，试图融入银色液体之中。

两者不断互相接触，导致银影所化的银色液体中不断有着一缕缕璀璨光芒折射出来，令这修炼室绚丽异常。

不过随着时间的推移，周元的额头上开始有冷汗冒出来。

因为他发现不管晶尘与银色液体如何缠绕接触，始终无法真正地融合在一起。

"我的神魂还不够强！化境初期完全不可能做到将晶尘融入银影！"

周元面色变幻，心中暗暗叫苦：夭夭啊，你可完全低估了这银影的进化之难！经过先前的尝试，这根本就不是化境初期的境界能够做到的事情，毕竟不是所有人都有她那种近乎完美的神魂掌控力，就连周元这种有神魂天赋的人都做不到。

如今所有步骤都准备妥当，就差这临门一脚，难道就这么放弃吗？

这些晶尘如果不在此时融合进去，恐怕支撑不了多久就会自动消散……

周元心念急转：怎么办？！

252

第九百一十二章
求援神磨

怎么办?

周元望着眼前那迟迟难以融合在一起的银色液体以及其中的晶尘,不禁万分头疼。他怎么都没想到,他这化境初期的神魂竟然会不够用。

可神魂达到化境,再想要提升又谈何容易?

化境神魂虽然只被简单地分为初期、中期、后期三个层次,但彼此之间的差距就犹如鸿沟一般让人感到绝望。只要神魂能够踏入化境中期,那就相当于天阳境,而后期就是源婴境,据说神魂达到游神境就相当于法域境!

所以化境三层并非简单的三个小境界,而是三个鸿沟之境,如同神府、天阳、源婴之间的差距。

这也是周元这一年以来即便他的神魂修炼从未停歇过,却始终无法跨入化境中期的原因。

按照他自身的预估,想要踏入化境中期,还需要一些时间磨炼。眼下若想突然晋升,更是不可能的事情。

既然依靠自身没有办法,那就……请救兵吧。

周元取出一枚玉牌,直接捏碎。

那是用来通知郗菁的。

数十息后,修炼室的空间便波动起来,郗菁那大长腿迈了出来。

"郗菁师姐,帮帮忙!"周元苦笑道。

郗菁看了一眼周元面前流淌的银色液体,以她的眼力,自然一眼就看出这银色液体之内所蕴含的无数精妙源纹,眼中掠过一抹惊异之色,忍不住道:"这是一种傀儡?好生精妙,难道是妖傀域的产物?"

妖傀域,混元天九域之一,据说炼制傀儡之术独步天下。

"不过这傀儡似乎并不完整,你是想要将其完善?"

周元点点头,道:"可惜我的神魂境界不够,无法完成最后一步的融合。"

郗菁柳眉微蹙,道:"我帮不了你。我的神魂虽然够强,但我并不精于此道,如果强行而为,恐怕会将你这傀儡瞬间摧毁。"

她的神魂强是强,但这银色液体内部太过复杂,必须是那种专精于神魂一道的人才能够做到。郗菁虽然也修炼过混沌神磨观想法,但她的重心依旧在源气修炼上。

周元有些傻眼,他没想到连郗菁都做不到。

"那怎么办?"周元苦恼起来,难不成真的要等下一次吗?可眼下九域大会即将开始,若是没有银影这张底牌,无疑会让他的前路更为艰难。

"我虽然做不到,但有东西能做到。"郗菁忽然说道。

周元猛地抬起头,眼神灼灼地望着郗菁,又感到有些奇怪,问道:"东西?"

郗菁莞尔一笑,道:"你也见过的啊。"

周元愣了愣,心思急转,旋即失声道:"你是说……四灵归源塔内的神磨?"

郗菁笑着点点头,道:"你可别小看那位神磨前辈,它也是圣物。要说天渊域的神魂造诣,除了师父外,恐怕就要数这位神磨前辈了。

"如果你能让它帮忙,或许这傀儡能够进化得相当完美。"

周元眼神炽热,旋即袍袖一挥,将面前的银色液体收起,也来不及和郗菁多说,直接化为一道流光冲出了修炼室,直奔四灵归源塔。

进了塔内,他寻了个安静地方,神魂出窍,裹挟着银影所化的液体便冲天而起,穿过重重阻碍,来到了那一片并不陌生的混沌虚空之中。

在那里,巨大的神磨缓缓碾转,犹如亘古如此。

周元立即将请求的意念发了出去。

神磨很快有了回应,简单利落地同意了他的请求。这对于它而言只是小事一桩,周元是苍渊的弟子,它自然会照拂,不然当初他进入四灵归源塔时也不会受到它的招引。

"多谢前辈!"周元大喜。

下一刻,一股浩瀚的力量席卷而下,直接将面前的银色液体笼罩。

在那股浩瀚力量的笼罩中，周元能够清晰地见到，那一颗颗铭刻着源纹的晶尘开始与银色液体相融。

周元还注意到，那种融合极为完美，无数链接点天然融洽，犹如自诞生时就是这样一般。

这样无疑会令银影变得更为完美。

周元叹为观止，这种对神魂力量的掌控简直就是出神入化，怪不得郗菁都说她在神魂造诣上比不上这位神磨前辈。

不过银色液体内部的融合速度略显缓慢，显然，想要让银影完成进化，即便是神磨前辈出手，也需要不短的时间。

周元却不再担心，因为从目前的情况来看，将银影交给神磨前辈基本不会出现意外。

他长长地松了一口气，微微沉吟，神魂对着神磨行了一礼，便落回到肉身之中。

周元盘坐于一座高山上，算算时间，九域大会只有不到半个月了，如今银影的问题总算解决，他也该将自身的源气修为做一些提升了。

他目光闪烁，袍袖一挥，一个玉盒便出现在面前。打开盒盖，里面一枚如青玉般的果实闪烁着光芒，散发出异香。

正是那枚神府无量果。

原本周元想要将此果留着用来贯穿最后一重神府，但这段时间的修炼让他明白，自己低估了最后两重神府的贯穿难度。

他一直在倾尽全力打磨第八重神府，但如今依旧没有太多动静。

这第八重神府的贯穿难度，简直比前面七重加起来还要高。

这种情况不算是异常，其他所有开辟了九神府的人都是如此。毕竟最后两重神府一旦贯穿，所带来的提升也不是前面七重可比的，而且品阶越高的神府，最后两重就越艰难，贯穿后的好处当然也越大。

周元这变异的混沌神府就更别提有多难了。

按照周元的预估，如果不借助神府无量果，他想要贯穿第八重神府大概还需要两个月，但现在他显然没有时间去慢慢打磨了。九域大会上强敌众多，即使他将银影进化，也不见得就保险。

所以，他最起码要将第八重神府贯穿，再伺机在九域大会中贯穿最后一重神府，

踏入神府境巅峰！

到时候若是得到了足够的先天灵机，他甚至可以直接冲击天阳境。

"没有付出，哪有回报？一枚神府无量果而已，没必要小家子气地当作宝贝！"

"旧的不去，新的不来！"

周元神色果决，手掌一招，那青玉般的无量果便落在他手中。他猛然一握，直接将其捏碎开来。

"砰！"

无量果碎裂，只见滚滚青烟从其中呼啸而出，宛如化为云雾，将周元的身形笼罩进去。

这一次，一定要贯穿第八重神府！

为了那即将到来的九域大会，周元已做好了一切准备！

第九百一十三章
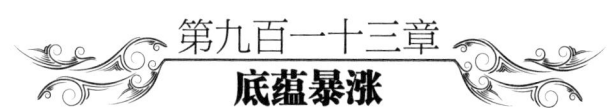
底蕴暴涨

十日之后。

四灵归源塔内某处偏僻高山。

"轰！"

磅礴源气如火山般喷发，最终在那高空上化为源气云层，而那云层之中仿佛有一条青色蛟龙在穿梭、咆哮，惊人的源气威压蔓延开来。

在远处，一些在此修炼的四阁成员皆面露惊色地望着那个方向，当他们感受到那熟悉的源气波动时，纷纷失声道："这是……总阁主在修炼？"

"好强的源气波动！"

"比起之前强悍了好多！"

他们骇然不已，即便隔着如此遥远的距离，他们都能清晰地感觉到那种源气威压，这显然不是以前的周元能够办到的。

"看来此次闭关，总阁主的实力大增啊！"他们感叹连连，眼中敬畏之色更重。如今九域大会临近，周元能再度将自身实力提升，对天渊域而言无疑是个好消息。那九域大会上的超级猛人有多厉害，他们再清楚不过。

虽然周元之前打败了陈玄东，但陈玄东跟其他八域的超级天骄比起来还有着不小的差距，这是众所周知的事情。

在一道道惊叹目光的遥遥注视下，远处那座山巅上的源气云层在持续了半响后终于渐渐消散，周元盘坐的身影显露了出来。

他双目缓缓睁开，一口浊气自嘴中吐出。

那口浊气宛如气箭一般喷出了千丈，引发细微的雷鸣声。

周元第一时间感应着神府内部，数息后他的瞳孔微微张大，脸庞上有着一抹

震惊之色划过，呼吸都变得粗重起来。

因为他发现，此时神府内有三千八百万源气星辰闪烁！

磅礴浩瀚的源气充斥，令神府内光明大放。

此次突破，他竟然增加了……一千五百万源气星辰？！

这实在是太恐怖了！

要知道之前七重神府带来的底蕴才两千三百万，如今光是这第八重神府带来的提升，就达到了前面七重的一半之多！

"难怪最后两重神府贯穿打磨起来如此艰难，有这种收获，再难都是值得的！"好半晌后，周元方才将心中的震撼平息下来。以他如今的底蕴，如果再与陈玄东交手，就算不施展四纹的力量，他也能够打败对方。

对于神府榜排名前八的超级猛人，周元无法确定他们的源气底蕴究竟达到了什么程度，但此次第八重神府的贯穿给他带来不小的信心，而且，他还有第九重神府呢！一旦第九重神府开辟，周元有自信不会弱于任何人。

周元站起身来，目光扫了一眼远处，能够察觉到他先前突破的动静引来了不少人关注，他微微沉吟片刻，然后闪掠而出，离开了此地。

一刻钟后，他的身影停了下来，在感应四周之后，神魂才自天灵盖冲出，对着高空而去。

神魂穿过可怕的云层，来到了混沌虚空处。

当周元来到此处时，视线第一时间就被悬浮于半空的银色液体所吸引，那液体缓缓蠕动，犹如具备着生命力一般，极为神异。

跟以往比起来，如今这银色液体内部闪烁着璀璨之光，那些光芒倒映出来，让银色液体更为夺目。

银色液体内部似乎觉醒了某种灵性，显得更为灵动。

"成了吗？"

周元眼露惊喜，手掌一招，只见那银色液体流淌而来，最后在掌心处汇聚成一颗光滑如镜的银球。

周元仔细审视着，他隐约看见其中蕴含的无数古老源纹，那些源纹彼此相连，形成了某种精妙到完美的链接，之前内部的不完整，如今都被弥补了。

"咦？"

周元忽然惊讶出声，他发现银球的表面似乎多出了一些神秘的纹路，这些纹路散发着一种与银影本身不符的波动，显然并非银影的产物。

他微微沉吟，神魂便带着银球落回肉身，他肉掌握住，一声低语："银影。"

"咕咕！"

银球直接化为液体，从周元的掌心飞快地蔓延开来，短短数息便形成了一副近乎完美的银色战甲，将周元身体的每一个部位都覆盖起来，远远看去宛如银色战神，充满着森冷的压迫感。

山巅上，银甲身影凌空而立，折射着森冷的银光。周元此时能够清晰地感觉到天地间磅礴的源气被银甲疯狂吞噬，转化之后再源源不断地提供给他。

周元五指握拢，一股无法形容的力量正在凝聚。

银影的力量，终于又回来了！

显然，它进化成功了！

周元满心欢喜。随后他突然发现，银甲上面那些神秘的纹路隐隐看去，仿佛是一幅斑驳的神磨图纹。

那些图纹散发着肉眼无法看见的波动，在周元的感知中，仿佛形成了一种无形的力场，将他的周身覆盖。

"这是什么？"周元有些惊疑。

这显然不是银影所拥有的力量……应该是神磨前辈帮银影进化时的一些手笔。

就在他心中惊疑间，虚空中有波动传出，那是神磨前辈传来的意念。

周元仔细聆听，片刻后，他目光一闪："神磨力场？可防止神魂被侵蚀？"

周元挠了挠头，不是防御源气，而是防御神魂被侵蚀？只是不知道究竟能够防御什么程度的侵蚀？不管怎样，这总归是个意外之喜，此次请神磨前辈帮忙进化，还真是来对了。

"多谢神磨前辈。"周元对着虚空恭恭敬敬地行了一礼。

虚空寂静，没有动静再传来。

周元袍袖一挥，收起银影，掠空而起，向着四灵归源塔的出口疾掠而去。

如今诸事皆备，就等着九域大会到来了。

对于这一天，周元已经等待太久了。

第九百一十四章 大幕拉开

随着九域大会的临近，混元天中无数势力的目光都开始投射而来。

所有人都清楚九域大会的重要程度，这是九域在另一个层面上的较量与竞争，其结果足以震动整个混元天。

因此，这些时日的混元天，九域大会成了唯一的话题，可谓万众瞩目。

至于谁能够在这次大会中成为最后的赢家，自然也引发了热议。

"此次九域大会，最后的赢家必定会是万祖域的赵牧神。"

"那可不一定。武神域的武瑶、紫霄域的苏幼微不一定就比赵牧神弱，这对绝代双骄可不是好惹的。"

"是啊，赵牧神能稳坐第一，只是因为武瑶与苏幼微对这个位置并不是那么看重，真要斗起来，赵牧神不见得能坐得这么稳当。"

"其实血海域的王羲也不简单。"

"呵呵，神府榜前八的那些人哪个简单了？"

"那天渊域的周元呢？"

"此人也算是顶尖天骄了，只可惜欠缺了火候。如果此时的他贯穿了九重神府，或许还有可能与这些人争锋，但谁不知道神府境最后两重的贯穿难度最大，他这算是生不逢时吧。"

"是啊，打败了陈玄东虽然惊人，但也要看跟谁比了。"

"此次的九域大会，说不定这天渊域又得垫底。"

……

类似的声音几乎在混元天每一个有人的地方响起。很显然，最被看好的还是赵牧神、武瑶、苏幼微这些声名显赫的超级天骄，他们的光芒如大日一般，璀璨夺目。

周元与他们相比则要黯淡许多，几乎快被遗忘，偶尔被人提起也是遗憾的口气，一些对天渊域有敌意的更是颇为不屑。毕竟九域是混元天霸主，其他八域实力强横，无可动摇，如今的天渊域却因苍渊大尊的失踪而摇摇欲坠，所以落井下石的人自然不少。

混元天有不少势力抱着恶意的心态，巴不得天渊域真的一蹶不振，那样他们才有崛起之机。像天渊域这等庞然大物，只要咬上一口，就足以让他们盆满钵满。

就在各方的瞩目之下，九域大会终至。

万祖域。

一片碧绿的竹林中，一道身影垂手而立，他身躯挺拔如松，面庞英俊，线条犹如雕刻一般，眉心处有着神秘的莲花印记，他站在那里，宛如太阳般璀璨，引人注目。

他是赵牧神，整个混元天无数神府境强者仰望的人。

此时的他神色恭敬地望着前面，那里有一名男子，一手持着刻刀，一手持着碧竹，刀锋落下，竹屑不断飞落。

男子看上去极为年轻，与赵牧神相差无几，他面目白皙，容颜虽然远远不及赵牧神，但赵牧神望着他的眼中却满是恭敬，甚至有些许敬畏。

因为眼前的人正是万祖域的创始者，也是混元天最为古老的圣者之一万祖大尊。

片刻后，万祖大尊手中的刻刀终于停下，他对着竹雕吹了一口气，竹屑纷纷落下，然后才抬起头来看向赵牧神。

他的脸庞太过年轻，可那对眼瞳却有一种无法形容的古老。

"牧神，此次九域大会若是有机会将他擒住，请秘密带回来。"万祖大尊将手中的竹雕抛给了赵牧神。

赵牧神接过，竹雕是一个栩栩如生的男子人像，他辨认了一下，有些惊讶地道："天渊域的周元？"

他心中略感惊异。这段时间他自然听过周元的名字，但没有太在意。虽然周元的那些战绩在别的地方引起了震动，在他看来却只是自己玩剩的。

所以，不管最近周元闹腾得有多凶，赵牧神始终没有将他当成对手。

然而眼下，周元的名字竟然传到了万祖大尊这里，还亲自下了命令，这让赵

牧神不由得惊诧莫名。

万祖大尊看了赵牧神一眼，淡笑道："这周元来自其他界域，我怀疑他和苍渊那老家伙有关联。"

虽说周元的身份并没有暴露丝毫，但到了万祖大尊这种层次，又是何等的敏锐！他的确只有一点儿怀疑，但就是这点儿怀疑，已经足够让他做一些事情了。

他不能亲自出手，那样影响太大。苍渊那老家伙虽然失踪了，但混元天还有人跟他是一心的。

赵牧神眼神微凝，没有再多问，他将竹雕接过后轻声道："好。"

他言语清淡，仿佛将要碾死脚下的蚂蚁一般。

身为神府榜榜首，他有这种资格与底气。

万祖大尊点点头。如果不是周元有可能牵扯到苍渊，以他的实力怎么可能入得了自己的眼？

赵牧神恭敬地行了一礼："那弟子出发了。"

待得万祖大尊再度点头，赵牧神方才转身退出了竹林。

竹林之外，视野开阔，此时几千道身影整整齐齐地站立，每个人身上都散发着强横的源气波动，当他们见到走出来的赵牧神时，皆眼神狂热。

赵牧神目光扫视，神色平淡，一挥手："走！"

下一瞬，数千道身影冲天而起，浩荡如云。

竹林内，万祖大尊望着他们离去的方向，半响后，转向了虚空处，眼芒深邃而古老，低低的声音在竹林中传开。

"苍渊你这老家伙真是坏事，愚昧！"

万祖大尊面无表情，却有一道涟漪波动猛然自他体内横扫开来。

"嗤！"

方圆千里的竹林，直接在瞬间化为乌有，犹如从没存在过一般。

那种力量无声无息，却恐怖得让人战栗。

望着空空如也的大地，万祖大尊轻吐了一口气，神色又渐渐缓和下来，袍袖一挥，天地源气汇聚而来，犹如化为露珠倾洒下来。

只见大地上绿苗探头，以惊人的速度生长起来。

不过片刻，千里竹林再度绵延，绿荫葱郁，生机勃勃。

一手毁灭，一手创造。

大尊之力，可谓神妙。

"苍渊，我看你还能躲多久！"

武神域。

武瑶红裙飘扬，狭长凤目望着前方数千名武神域弟子，这些全是武神域的精锐，他们站在那里，引得天地源气都在沸腾。

数千名武神域的精锐弟子，此时都眼神尊崇地望着凌厉而霸气的武瑶。

在武瑶身后有两道挺拔的身影。

一人便是那蓝亭。

另外一位气度丝毫不逊色于蓝亭，也是一名俊逸男子，若是周元在此，一定能够将他认出来。当年武瑶返回大武，此人也跟随而去，还在周元不注意的时候偷袭过一掌，所以两人之间有一些过节。

他名为赵云霄。

此时两人皆望着武瑶的背影，眼眸深处有着倾慕之意。

他们对视一眼，平淡的神色中有着一丝互相竞争的味道。

"云霄师弟，你此次闭关的时间可真不短呢。不知道此次之后，你在神府榜上的排名还会不会只停留在第十九？"蓝亭低声微笑道。

武神域为了九域大会隐藏了不少力量，蓝亭明明实力极强，却根本没有上榜，而这赵云霄则常年停留在第十九，既不上前，也不落后。

所以，在武神域内，赵云霄还有一个笑称——赵十九。

其实，唯有熟悉内情的人才知道，赵云霄这个第十九只是给外人看的。在神府榜上，除了排名前八的，其他排在他前面的人他并没有放在眼中。

赵云霄神色淡然，道："此次九域大会后，蓝亭师兄应该也掩藏不住了，我倒想看看那时候你能排在多少位。"

两人目光对碰，有着火花溅射。

前方的武瑶并没有理会后方两人的暗中争斗，她凤目平淡，玉手一抬，下一瞬，那纤细的身影便化为流光冲天而起。

"轰！"

紧随其后的便是武神域的众多精锐。

紫霄域。

一座云台上,苏幼微凝视着前方浩荡的旌旗,今日的她一身绛紫长裙,青丝挽起,绝美的容颜泛着光泽。

片刻后,她双目抬起,望着远处,唇角忍不住掀起了一抹细微的弧度。

那一瞬,可谓惊鸿,惊艳了在场的所有人。

"殿下,终于可以再遇见你了呢。"

血海域……

圣纹域……

玄机域……

……

这一刻,混元天九域所在之处皆有着浩荡身影冲天而起。

而在那之后,则是惊天沸腾,无数势力聚齐人马,紧随而至。

这场属于混元天年轻一辈的盛典,终于在此时彻底拉开大幕。

第九百一十五章
陨落之城

陨落之渊,位于混元天西南方向。

在混元天中,陨落之渊的名气极大,说起来也算是有名的禁地之一,危险万分。此地乃是一处远古战场,有无数强者陨落,甚至不乏法域强者。

法域强者陨落,法域散于天地,引起了空间扭曲,规则变化。

寻常时候陨落之渊都是处于封闭状态,唯有九域大会来临时,才会由九域的法域强者联手撕开通道,任九域神府境进场竞争,找寻机缘。

在陨落之渊最外围的黝黑平原上,有一座雄伟城市矗立,此为陨落之城。

想要深入陨落之渊,必须由数位法域强者联手撕开通道;若只是最外围,只要胆魄大一些,也可以冒险混进去。

如果运气好,找寻到一些大战遗落下来的源宝以及传承,对于很多散修来说就算是极大的机缘了。

故而这座陨落之城也是无数探宝者的落脚之地。

这段时间,随着九域大会临近,此地更是成了混元天中无数视线聚焦的地方,无数势力蜂拥而至,让这座往日显得有些荒凉的城市变得热闹起来。

一时间可谓龙蛇混杂。

当九域的大部队陆陆续续抵达陨落之城时,这种气氛终于达到了巅峰。

在陨落之城的中央,有一座占地辽阔的庄园,庄园内有九座高大的楼阁矗立,乃是整个城市中最为引人注目的标志。

这九座楼阁是九域所建,便于九域大会期间让九域弟子入住,其他势力不可进入,可见九域在混元天中的地位。

因此该庄园也被称为九域庄。

周元就是在这个时候率领着天渊域两千名四阁成员抵达了陨落之城。

这两千人乃是四阁最为精锐者，其中四百人是神府境后期，一千六百人是神府境中期。

如此规模的人马，自然不出意外地引来了城中的无数目光。

当他们知晓来者是天渊域时，那目光立即变得好奇起来，毕竟这段时间周元在混元天还算是小有名气。

而一些顶尖势力的人马的眼神则显得有些玩味。他们跟三山盟是一个层次的势力，如果想要再上一层楼，就只能从九域中最弱的天渊域入手。

在沿路无数的注视下，周元率领着大部队来到了城市中央的那座巨大庄园外。

庄园大门处有管事者，见状连忙迎上。

"想必这位便是周元总阁主吧？真是久仰。"那位管事白白胖胖，一团和气。

周元神色温和，略作交谈后便知晓这位管事姓刘，负责这座庄园的管理事务。

刘管事神态恭谨，双手奉上了一枚银牌，周元看了一眼，只见银牌上面铭刻着一个"九"字，便是他们这些人的住所楼号。

周元对此并不了解，但一旁的吕霄与伊秋水见状，眉头却皱了皱。

吕霄淡淡地道："刘管事，这不对吧？以往九域大会，我们天渊域都是六号楼，为何无故更改我们的住所？"

听到吕霄话语有些不善，周元微感奇怪。

一旁的木柳凑近低声道："九域庄共有九座楼，九域各一楼，虽说没有明确说哪一域是哪一楼，但也有着不成文的规定，之前是哪座之后就是哪座，而我们天渊域这些年来一直都是六号楼。"

"而这九号楼……位置最差，高度也最低。"

周元明白了过来，他们这是被抢楼了，还给他们留了个最差的位置。

正常来说，住哪里不算多大的事情，但如今他们代表的是天渊域，任何一点点的区别对待，都容易被放大。如今陨落之城不知道汇聚了多少势力，这种事如果传出去，难免会招来不必要的非议。

到了九域这个层次，脸面的事情有时候比什么都重要。

周元眉头微微皱起，道："刘管事这是要针对我们天渊域？"

刘管事闻言，白白胖胖的脸庞上顿时有汗水流淌下来，他哭丧着脸道："周元总阁主,我哪有这个胆子啊,我只是一个小小的管事而已。"

"六号楼被谁占了?"周元盯着刘管事看了一会儿,知晓以对方的身份,的确不敢在这上面故意搞事,于是问道。

刘管事抹了抹脸上的汗水,唯唯诺诺地道:"是……妖傀域。他们说九号楼有些残破,执意要去六号楼,我这小胳膊小腿的哪敢阻拦啊?"

"妖傀域?"吕霄、木柳、韩渊等人皆眉头皱起。

周元平静地道:"换楼只是小事,如果他们真的喜欢,可以等我们来了之后商量一下,我天渊域没那么小肚鸡肠。

"不过……这种问也不问就强占的行为,我天渊域不能接受。

"刘管事,请你通知妖傀域的徐暝前来交涉一下吧。"

周元神色平淡,身为天渊域四阁总阁主、神府境的领袖,他知道眼下必须表明态度,对方如果真的想要,不是不可以,但必须经过天渊域的同意。

他心中清楚,这不是一座楼的事,而是对方并没有给他们天渊域丝毫面子。

那刘管事闻言,面色微苦,但见到周元的目光后,知道多说无用,只能应下,迅速地转身而去。

九域庄大门处,周元他们两千多人汇聚在这里,自然显得声势浩大,引来了无数目光,其中不乏一些消息敏锐者,稍稍打听便明白了事情的缘由。

他们越发变得饶有兴趣起来,谁都没想到,这天渊域的人马刚刚抵达陨落之城,就和妖傀域有了纠纷。

短短一会儿,消息传开,越来越多的势力都将目光投射而来。

庄园门口,周元面容平静,他身后的两千名四阁成员此时也明白发生了什么,当即有些愤愤不平。

这妖傀域也太过分了!

时间慢慢过去,那妖傀域的人还未出现。

吕霄、木柳、韩渊等人的面色都变得有些不好看,对方明知道他们在这里等着,竟然还故意拖拖沓沓。

就在他们的面色越来越难看甚至有些不耐烦时,终于有数道身影自庄园内慢悠悠地走过来。

那几道身影旁边是不断流汗的刘管事,他似乎想要走快点,却被一名青年嬉

皮笑脸地拉住，于是他只能哭丧着脸陪着慢慢走。

在天渊域两千人微寒的目光中，那几人终于来到门口处。

"呵呵，在下仇鹭，不知道天渊域的各位有什么事啊？"

嬉皮笑脸的青年大喇喇地看了众人一眼，懒洋洋地道："有事跟我说就成。"

此时的大门前，天渊域的人皆是一脸寒气，吕霄、木柳、伊秋水、叶冰凌等人更是眼冒寒光，怒意涌动。

这妖傀域的人真是太不讲规矩了！

他们天渊域两千人等在这里，还有周元这位总阁主、天渊域神府境的领袖，而这妖傀域拖拖拉拉了半天，结果只来了几个连名字都没听过的小喽啰！

这不仅是在打周元的脸，也是在打他们天渊域在场所有人的脸！

对方此举摆明了根本看不起他们天渊域！

这简直就是一种羞辱！

天渊域就算这些年有所没落，好歹也是九域之一，妖傀域凭什么这么作践？！

吕霄寒声道："早就听说妖傀域的徐暝狂傲，如今一见，果然是名不虚传。"

周元看了那仇鹭一眼，神色平静道："徐暝呢？"

仇鹭笑嘻嘻地道："徐暝师兄很忙的，有事你们就跟我说吧。"

他的眼神中带着一丝讥讽。他当然知道周元等人想要干什么，占了你们的地方又能怎样呢？天渊域这些年越来越不堪，当然应该住最差的地方。

这周元还真是不识好歹，他以为排名第九就真的有资格跟徐暝师兄平起平坐了？打败一个陈玄东，就给了他这么大的勇气吗？

他们并不觉得周元敢怎么样，以天渊域年轻一辈的实力，还没有跟他们妖傀域叫板的资格。

周元身后，两千名四阁成员见到仇鹭如此狂妄，当即气得眼中喷火，却也不敢爆发，谁让他们天渊域的实力最弱呢？

周围有无数道戏谑的目光投射在周元身上，似乎想要看看这位最近在混元天中声名鹊起的天渊域神府境领袖究竟打算如何。

周元看了一眼有恃无恐的仇鹭几人，神色没有任何喜怒，只是轻轻点头，然后手掌一挥。

"抓起来，让徐暝来领人，不来的话，扒光吊城门口。"

第九百一十六章
第七徐暝

当周元的声音落下时,四周极为明显地安静了一瞬,诸多目光中有着惊愕涌现。谁都没想到周元的态度竟然会如此强硬。

他们原本以为周元会选择息事宁人,毕竟如今天渊域实力最弱,眼下九域大会即将开始,如果在这里得罪了妖傀域,进入陨落之渊后必然会遭遇报复。这对天渊域而言,并不是明智的选择。

仇鹫等人一愣,旋即面色变得阴寒,道:"周元总阁主,你这是想要跟我妖傀域开战吗?"

周元没有理会他,偏头看了吕霄等人一眼,道:"动手。"

吕霄等人也被周元这种强势吓了一跳,他们原本以为周元只是开玩笑,但现在看其眼神,似乎是来真的……

"你是总阁主,你说了算。"吕霄一挥手。

"唰!"

下一瞬,十数名神府境后期高手如狼似虎般对着仇鹫等人扑了过去。

"轰!"

源气在庄园门口爆发,那仇鹫不过四个人,很快就被围困住。他面色铁青,厉声道:"周元,你们吃了豹子胆吗?你信不信我妖傀域进了陨落之渊后直接灭了你们?"

面对他的威胁,周元面无表情,无动于衷。

十数息后,仇鹫四人已被擒住,模样狼狈。

他们却是半点不惧,反而眼神凶狠地盯着周元,狞笑道:"好好,好一个天渊域总阁主,你是想让你们天渊域此次损失惨重吗?"

周元脚尖一踢,一颗碎石在源气的包裹下,狠狠地砸在了仇鹫的嘴巴上,一声惨叫后,只见他满嘴鲜血。

"放一个人去通知徐暝,半刻钟后人没有出现,就将他们扒光吊在城门口。"周元淡淡地道。

被擒住的四人有一人被放出,那人狠狠地看了周元一眼,转身疾掠而去。

此时,庄园门口一片寂静。

远处关注着此处的众人都有一丝震惊。这周元竟然这么强势,难道他毫不担心得罪妖傀域与徐暝吗?他是打算与妖傀域先在这里厮杀一场?

"啧啧,有好戏看了!那徐暝性格狂傲,睚眦必报,周元如此对他的人,今日怕是不好收场!"

"快快,通知人过来!"

……

消息在这雄伟的陨落之城中迅速传递,不一会儿,便有无数的破风声响起,直接赶往九域庄大门处。

谁都没想到,这九域大会尚未真正开启,一场好戏就要开场了。

周元面色平淡地立于庄园大门处,在其身后,两千名四阁成员面色冷厉,周元的强势让他们感觉到一丝兴奋,毕竟没人愿意忍气吞声。

既然总阁主都这么凶悍,那他们尽数听令便是。

此时,九域庄之内几座高楼上也有人将视线远远地投射而来。

万祖域所在的高楼。

赵牧神单手负于身后,遥望着庄园大门处,将那里的冲突尽数看在眼中。

他身后站着一名容颜娇媚的青衣女子,正是那柳清淑,此时她笑吟吟地道:"听说天渊域的那位总阁主对妖傀域占了他们的楼阁非常不满呢。看来这位总阁主脾气很是凶悍啊。"

赵牧神道:"天渊域实力最弱,如果表现得软弱,会让人乘势追击;若是展现最为凶狠的姿态,反而会让别人有几分忌惮。天渊域这位总阁主还是有些心机的。"

柳清淑小嘴轻轻一撇,道:"只可惜,那徐暝可不是容易被吓到的人,这周元找错了目标，说不定今日会演砸。如果到时候收不了场，这九域大会还没开始，天渊域就会成为一个笑话。"

赵牧神轻轻点头，淡漠的目光遥遥地望着庄园大门处数千人最前方的那道年轻身影。这个周元如此强势，究竟是真有手段还是在虚张声势？

若是前者，那还有点意思；如果是后者，那他今日正如柳清淑所说，恐怕要丢尽颜面。

因为他凶，而那徐暝更凶。

另外一座高楼上，武瑶凤目微眯地望着庄园的大门口，她凝视着那道熟悉的身影，感觉到体内的圣龙之气在澎湃涌动。

"这个周元，还真是张扬呢。"

她凤目微闪，娇躯忽地一动，凭空消失而去。

"我倒要瞧瞧，如今你有几分长进？"

"呵呵，一场好戏啊。"

薛惊涛笑眯眯地望着远处，他的身旁簇拥着不少身影，大家都是一副看好戏的模样。

对于徐暝率人占了天渊域楼阁的事情，他们自然都是知道的，他们以为天渊域最后会选择忍气吞声，因为得罪了妖傀域对他们并没有什么好处。

可谁能想到这位天渊域的周元总阁主却是如此强势不让，眼下竟然还扣下了徐暝的人。

以徐暝那性子，今日必定不会善罢甘休了。

"这周元还是太自大了，真以为打败了陈玄东，他就有资格和排名前八的真正天骄齐名了吗？"薛惊涛摇摇头，眼神中充满讥诮。

"幼微师妹呢？"他忽然四下看了看，有些疑惑地问道。

其他弟子都奇怪地摇摇头，道："刚才还在这里呢……"

九域庄内，诸多看好戏的目光皆在此时汇聚向庄园门口。

而在那大门口处，周元面色淡漠，仿佛并未察觉此地已经成了焦点所在。

那仇鹫抹去嘴上的血迹。他的牙齿刚才被打碎,现在话都说不出来,一双眼睛满是寒意地盯着周元。

"咻!"

忽然间,无数人望向九域庄内。

只见那里,数百道身影破空而至,铺天盖地地落在了大门口处那一棵棵大树之上。

在那最前方,一道身影缓缓落下,天地间有惊人的源气波动若隐若现。

无数道目光看去,只见最前方的青年一身黑衫,身材枯瘦,手腕和脖子上挂着一串串珠链,眼神阴冷,眉宇之间有着掩饰不住的阴鸷。

他落在树顶上,冷厉的目光扫过庄园门口,最后停在周元身上。

他双目虚眯,淡淡的声音传出。

"把人放了,你再跟仇鹫道个歉,今日的事我便不计较。"

第九百一十七章
再遇幼微

徐暝立于大树之上，眼神漠然地俯视着周元。

当他那句话说出来的时候，天渊域的四阁成员面色皆是一变，眼中有怒火涌动。这徐暝还真如传言中所说，狂傲到没边了。

周元乃是天渊域总阁主，地位高绝，那仇鹫不过是妖傀域的无名之辈，怎受得起周元的道歉！

徐暝此言简直就是在羞辱他们天渊域。

周元的双目微眯，盯着一身黑衣的徐暝，道："终于舍得露面了？你们无故占了我天渊域住所之事，也该说道说道了吧？"

徐暝微微偏头，眼神冷厉地盯着周元，道："你是听不懂我的话吗？我说，让你放人、道歉。"

周元摇摇头："看来阁下不打算解决这个问题了。"

"扒光，吊城门口。"周元挥了挥手。

那擒住仇鹫几人的天渊域弟子闻言，立马开始扒衣服，仇鹫等人面色大变，急忙高声呼救。如果真被扒光吊上去，他们这颜面可要丢光了。

徐暝眼中有着阴寒之光迸射出来，森然道："给脸不要脸，把人给我抢回来！"

他一声令下，身后百来道身影便蠢蠢欲动。

"天渊域众人听令，摆阵，谁敢上前，杀！"周元厉喝道。

"是！"

天渊域众弟子闻言，顿时暴喝应下，下一瞬间，磅礴雄浑的源气爆发开来，众弟子眼露凶光地盯着那些妖傀域的人。

被两千人这样盯住，妖傀域的人面色一惊，不敢盲动。对方如果真的出手，

两千人的攻势,就算徐暝都挡不住,而他们此次过来只带了百来人。

陨落之城内,无数倒吸冷气的声音响起。

大家都没想到天渊域的周元竟然这么凶悍,他这是打算直接开战吗?

徐暝望着这一幕,眼中凶光闪烁,道:"天渊域是打算不等九域大会开始,就要跟我妖傀域干上一场吗?不是我看不起你们,你们这点人马,恐怕不是我妖傀域的对手!"

他们妖傀域此次来了三千人,整体实力要比天渊域更强,真要斗起来,肯定是他们占据上风。

周元淡淡地道:"没事,不用为我们考虑,无非是两败俱伤,我天渊域上次九域大会垫底,成绩不会比之前更差了。如果此次能够拖着你们妖傀域一起,也算是有些收获。"

无数人眼皮抖了抖,天渊域的总阁主脾气还真大啊,不过说的话也有道理,天渊域上次大会倒数第一,这次还能差到哪里去?这是光脚的不怕穿鞋的啊。

妖傀域的实力的确更强一些,如果真和天渊域在这里斗上,妖傀域就算能赢,也会损失惨重,甚至可能连后面的三关都过不了……那样反而平白便宜了那些顶尖势力。

陨落之城内,一些顶尖势力的人此时眼睛放光,不断在心中喊着:上啊,上啊!

徐暝盯着周元的眼睛越来越冰冷,他显然没想到周元竟敢这样威胁他!

如果此时只有他一人,今日无论如何都要将这周元收拾掉,可他现在还背负着重任,他不知道周元是不是真的敢在这里跟他们硬拼,但他不能赌。一旦真的爆发大规模战斗,损失必然难免,最后想收手都收不住,那样只会让别人坐收渔翁之利。

但如果此时收手,却会显得太软弱,他徐暝是什么人?是混元天神府榜上的顶尖天骄,战绩显赫,而这周元呢?不过是打败了一个陈玄东而已,怎么可能跟他比?

他原本以为当他出面后,周元必然会放低姿态,可他没想到这个新晋的神府榜第九竟敢在他面前如此强硬,这让他感到恼怒。

这个不识抬举的东西!

徐暝深吸一口气,抬起手掌,止住了身后蓄势待发的妖傀域强者。

见到他这般举动，陨落之城内顿时响起了惋惜之声。这徐暝最终还是保持了理智，没有和周元发疯。

徐暝盯着周元，嘴角泛起一抹轻蔑，道："周元，我们都背负着重任，你也别做出这种光脚的姿态来吓唬人。

"如果你真有脾气的话，那就你我二人来玩一场。

"若是你输了，把人放了再道歉。

"若是我输了，今日就将六号楼还给你们天渊域。

"怎么样？敢吗？！"

周围有哗然声响起，这徐暝倒是狡诈，竟想逼周元出手。周元虽说之前打败了陈玄东，却没有人真的认为他有实力和徐暝这种九域的顶尖天骄抗衡。

如果两人真的交手，恐怕周元会吃大亏。

无数道目光投向周元，想要看他表态。

在那些目光的注视下，周元神色不变，只道："你想怎么玩？"

徐暝嘴角一挑，取下手腕上的一串白色珠链，屈指一弹，五颗如白玉般的珠子脱离而出，只见其中有着璀璨光芒爆发出来，珠子迎风暴涨，转瞬间便化为五具约莫十丈的白玉巨兽。

那白玉巨兽身躯上布满源纹，显得极为玄妙，爪牙锋利，寒光闪烁，一股暴戾凶悍的气息散发出来。

"吼！"

白玉巨兽发出咆哮，音波席卷，引得虚空微微震荡。

众人望着那白玉巨兽，眼神中无不充满忌惮。

"这是妖傀域的白玉傀儡，据说实力堪比顶尖的神府境后期，源气底蕴在一千八百万以下的神府境都不见得打得过！"有人惊叹出声。

徐暝俯视着周元，玩味地道："只要你能在半炷香的时间打败我这五头白玉傀儡，就算你赢。"

此言一出，顿时引发一片哗然。

木柳眉头紧皱，低声道："这白玉傀儡很厉害，五头一起战力更强，就算是那陈玄东在此，估计都会被这五头白玉傀儡折腾得够呛。"

伊秋水道："周元，妖傀域最厉害的便是他们的傀儡，不要上当！"

周元盯着那五头兽瞳闪烁着凶光的白玉傀儡。这些傀儡的确很强，正如木柳所说，恐怕那陈玄东面对着它们都讨不到好处，只是现在的他比起与陈玄东交手时不知强了多少。

那徐暝极为自傲，甚至都不想亲自出手和他交锋，只想凭借五头傀儡兽就让他难堪。

真是狂妄啊！

徐暝盯着周元，淡淡地道："怎么样，敢不敢？"

周元神色平静，不起波澜，然后上前一步。

徐暝见状，嘴角挑起一抹阴冷的笑意。这个蠢货，真以为他提出的条件这么简单吗？

他当然能够感觉到周元比陈玄东更强，如果全力而为，五头白玉傀儡不见得能够拦住他，但可惜的是，他这五头傀儡体内铭刻了暗蛛网结界，一旦对敌，可将对方拖入其中，长时间困住。

所以，这白玉傀儡不是以战力著称，而是困人！

周元实力虽然不弱，将其困住半炷香却是不难。

徐暝心想，这周元真是个蠢货，轻易就入了他的套。

他单手结印，五头白玉傀儡顿时暴射而出。

周元见状，身躯上有着磅礴的源气升腾起来。

"轰！"

就在他刚要出手的那一瞬，神色忽地一动，感觉到天地间有一股极其强大的源气陡然爆发。

一道巨大的暗紫色源气洪流从天而降，宛如紫色天瀑。

那股源气洪流之强，让周元的眼瞳都微微一缩。

"轰隆！"

那股让周元都心惊的强大源气洪流却并非冲着他而来，而是直接精准地轰击在那五头暴射而出的白玉傀儡头上，于是短短数息间，五头白玉傀儡轰然炸裂，漫天碎片暴射开来。

这突如其来的一幕，让所有人都惊呆了。

五头如此厉害的白玉傀儡，竟然瞬间就被秒杀了！

周元与徐暝这两位事主都愣了愣，旋即后者面色铁青，厉声道："谁？！"

下一瞬，周元与徐暝的目光几乎同时朝不远处的一个人投射而去，然后两人俱是一愣。

只见在一棵高大青树的树顶处，一道紫裙倩影飘然而立，她身姿窈窕，衣袂飘飘，犹如要乘风而起，她的脸颊白皙如玉，清丽动人，可谓天香国色，那般容颜气质让所有人都眼前一亮。

很快，在场众人便将那道绝美的倩影给认了出来，当即有着无数道难以置信的声音响起："那是……紫霄域的苏幼微？！"

城内顿时骚动起来，要知道，比起周元，苏幼微在混元天的名声不知道大了多少倍。

在无数道惊艳的目光中，苏幼微笑意吟吟，然后歉意地对着徐暝道："呀，真是不好意思，先前源气突然失控……"

她也不去管那面色阴晴不定的徐暝，一对如秋水般的眸子转向周元。她贝齿轻咬着红唇，寂然不语，漂亮的眼眸在远处天边夕阳的映照下，似有一些水光在闪烁。

她就那样静静地看着他。

一如当年在大周城内分离之时。

第九百一十八章 什么关系

暗红的夕阳之下,紫裙女孩立于树顶之上,清丽绝伦的脸颊上满是吟吟笑意,秋水眸子中蕴含着莫名的情绪,那一幕美丽得宛如一幅画,让无数人有一种窒息的感觉。

周元也有些窒息。

他怔然地望着那道依稀有些熟悉的倩影,比起当年,苏幼微无疑成熟了太多,就连气质都有所变化。

当年的苏幼微常年跟在周元身后,有一种邻家女孩的乖巧伶俐,而现在的苏幼微虽然还是笑意吟吟,让人感觉平和,但她骨子里散发出来的那种自信光彩,足以让很多优秀的男子都自惭形秽。

当初青涩的少女,如今是真正的璀璨夺目。

那份光彩,连周元都感觉到有些炫目。

当他与苏幼微那双一直盯着他的秋水眸子对视时,心头微微一颤。

他曾经想象过与苏幼微再次见面的场景,他甚至觉得,就算苏幼微选择与他微笑相对却拒人于千里,他都能够理解。

因为身份的转变太大了。当一个人变得璀璨夺目时,她不一定喜欢想起曾经那些不起眼的平凡过往。

所以周元想过,如果苏幼微真的不想再和以前的生活有什么瓜葛的话,他也不会主动上前,双方可以如同陌生人。而他也不觉得苏幼微欠他什么,当年暴雨之下的医馆门口,他那一脚踢门其实只是瞬间的恻隐之心,他并没有为此付出什么。

在那之后,苏幼微为大周所付出的已足以偿还。

所以,周元不会要求如今的苏幼微为他做任何事情。

只是，现在看见苏幼微那一对眸子中所饱含的情绪时，他忍不住在心中苦笑一声，因为在那眼神中，他看见了如同当年一模一样的情感。

没有丝毫减退，反而在时间的孕育下愈发浓郁。

这让周元内心深处升起了一丝羞愧感，因为他将她往最坏处想，而她的感情却一如从前。

面对苏幼微的目光，他的目光一时间有些躲闪，无处安放，少见的惊慌失措。

而苏幼微那秋水眸子始终停留在周元身上，执着而坚定，一如她的性格。

片刻后，周元深吸一口气，抬起头，视线与她的对碰在一起。

夕阳之下，喧嚣的陨落之城，两人对视，时间仿佛在此时凝滞了一瞬。

周围无数人察觉到了异状，苏幼微除了一开始看了一眼徐暝外，她的目光就全部都汇聚在周元的身上……

如今两人互相凝视，那一幕怎么看都有点"眉目传情"？

这让无数人感到心碎的同时又难以置信，从来没听说过苏幼微与这周元相识啊？这究竟是什么情况？

就在此时，那徐暝终于回过神来，他望着满地的白玉碎片，眼角抽了抽，忍着怒意问道："苏幼微，你这是什么意思？为什么要轰碎我的傀儡兽？！"

苏幼微长长的睫毛轻轻颤动，她收回目光，投向徐暝，似是有些歉意地道："我先前已经说过了，今日我体内的源气有些失控……"

徐暝心中大怒：你骗鬼呢！这种理由谁会相信？！

徐暝深吸一口气，道："是吗？我还有其他的傀儡，想必接下来你的源气不会再失控了吧？"

苏幼微微微一笑，道："我感觉今日我的源气恐怕都会失控。"

徐暝额头上青筋跳动，寒声道："紫霄域这是要介入我妖傀域与天渊域之间的争锋吗？"

苏幼微回道："我现在代表我个人。"

周围有无数震惊的哗然声响起，苏幼微此话表明了她是要帮天渊域，或者说要帮周元……

这两人之间究竟有什么故事？！

就连周元身旁的伊秋水、吕霄、木柳等人也都震惊地望着苏幼微，然后又看

了看一旁的周元。

今天这个情况,他们显然完全不知晓。

特别是伊秋水,她之前就知道周元苍玄天身份的事,而周元来到混元天后始终与她在一起,他怎么会认识大名鼎鼎的苏幼微?而且看对方的神情,还不是认识那么简单!

徐暝面色阴晴不定,他没想到半路突然杀出一个苏幼微来,面对她,他可是实打实地忌惮。如今混元天的神府境,如果论自身源气底蕴,这苏幼微是当之无愧的第一人。

若是跟对方交手,徐暝再狂傲,也知晓他的胜算不会太高。

当然更关键的是,苏幼微还代表着紫霄域……

他们妖傀域可以不在乎天渊域,却不能视紫霄域于无物。

难道今日这口气就要咽下去不成?

徐暝目光投向周元,忽地冷笑道:"周元,你就只会躲在女人身后吗?"

还不待周元说话,苏幼微已平静地道:"如果你真想打,我可以陪你。"

无数道灼灼的目光狠狠地投向周元,恨不得将他烧死。他们不明白他究竟何德何能,竟然能让素来清雅温和的苏幼微如此强势地护持他。

只是……这一幕也太让人胸口痛了!

苏幼微啊,你可是无数人心中圣洁的仙子啊!

怎么能够为了这么一个臭男人……

周元也很无奈,但他还是没有故意去展现男子气概,他不想拂了苏幼微的好意,毕竟先前他那般想人家,此时还有点小羞惭,所以就由得她来吧。

徐暝暗怒,眼神变幻,最终还是将那口怒气给吞了回去,因为他根本不可能在这里和苏幼微打一场。

"如果不打,那就麻烦妖傀域将六号楼还回来吧。"周元笑道。既然被人当作吃软饭的,那就吃到底吧。

徐暝险些气炸,这家伙也太无耻了吧,不过是依仗着苏幼微在这里,就敢如此放肆,当真是狐假虎威!

不过徐暝终归不是常人,他深吸两口气,然后咬着牙,眼神阴狠地盯着周元道:"好,好,这次我妖傀域认栽!周元,你别得意,九域大会上我们有的是机会!

我就不信,你能一直靠女人!"

周元淡淡地道:"奉陪到底。"

随着此话落音,所有人都知道今日大战是没有了,但周元与徐暝之间的梁子算是结下了。

不过周元并不在意,他的目光从徐暝身上收回。就在此时,他的神色猛地一凛,感觉到一股极其危险的气息,那气息甚至比徐暝更为危险。

他猛地抬头,望向不远处,只见在那高高的屋顶上,一抹鲜艳红裙身影凌然而立。

武瑶!

望着那刺目的鲜艳红裙,周元瞬间将其认出来,当即眼神变得凌厉。

没想到她也来了!

随着武瑶的现身,此地本就高涨的气氛直接在此时引爆。

这混元天两颗最璀璨的明珠,竟然在这里双双现身!

此时的武瑶立于高处,红裙飘飘,一对凤目带着异样之色锁定了周元。

"轰!"

就在此刻,一道极其恐怖的源气波动忽然自苏幼微的体内爆发出来,那秋水眸子也罕见地变得冷冽起来。她盯着现身的武瑶,浑身紫气涌动。

"武瑶,如果你有什么心思,我希望你收起来。"苏幼微的声音中有着丝丝敌意。

武瑶微微偏头,她注视着周元与苏幼微,片刻后红唇微启道:"苏幼微,难怪你那么针对我,原来是因为他……"

当她这般言语落下时,整个陨落之城中的气氛都炸裂了,大家都感觉到有些疯狂,一道道目光如针般投向周元,恨不得将他刺穿。

所有人的心中都在发出怒吼。

"谁能告诉我,这三人究竟是什么关系?!"

第九百一十九章 红颜祸水

陨落之城此时的气氛有些诡异。

众人怀着各种各样的心情盯着九域庄门口,他们原本以为今日这场好戏是天渊域与妖傀域,谁能想到苏幼微与武瑶接连现身,直接引爆了全场。

这两女在混元天中可谓受万众追捧,不知道多少天骄被她们折服,千方百计想要获得她们的一丝青睐,然而这些年来,却从未听到过半点有关两女与哪位异性有丝毫逾越的传闻。

不过,这反而令她们的光芒愈发璀璨。

越来越出色的她们,真正成了混元天神府境一辈的绝代双骄,甚至如今已在天阳榜上叱咤风云的人物都对她们颇为关注,可见两女在混元天拥有多么惊人的魅力。

在很多人心中,她们就宛如仙子一般难以触及。

然而今日……

在这九域庄大门处,苏幼微丝毫不顾会得罪徐暝与妖傀域,直接出手帮助周元,看两人的模样显然有故事。

而在苏幼微之后,武瑶也现身而出……

她那一句简单明了的话,在无数人心中掀起了惊涛骇浪。

在混元天中,谁都知晓紫霄域的苏幼微性子温和,与人说话都是礼貌有度,可偏偏在遇见武瑶时就显得格外的针锋相对。

原本很多人以为,这是两个同样出色的女子之间的竞争。

可如今来看……竟然是因为周元?!

为什么苏幼微会如此针对武瑶?因为武瑶跟周元之间有什么?!

第九百一十九章 红颜祸水

无数人心中的好奇简直要在此时爆炸开来。

……

受到震撼的不仅是城中的人，在九域庄内一座座高楼上，那些在整个混元天有着不弱名气的顶尖天骄们同样寂静了片刻。

万祖域所在的高塔。

柳清淑的小嘴忍不住张大，她没想到今日这场好戏竟会如此劲爆。

"这苏幼微与武瑶竟然都认识那个周元？"柳清淑惊讶道，"而且看这模样，恐怕还有不少故事呢。"

她说着，轻轻地瞟了一眼面色淡漠的赵牧神。她与赵牧神相处多年，知晓这位素来骄傲自信，整个混元天能够稍微让他看上眼的异性，也就武瑶与苏幼微。

那并不是男女间的倾慕，只是一种对异性的欣赏，但这种欣赏在某个时刻说不定就会变成爱慕。

这令她心中很是嫉妒，但平日里也不敢表露。

如今武瑶、苏幼微跟那个周元闹出这种事情来，想必赵牧神内心不会如同表面上这般漠然。这让柳清淑有些幸灾乐祸，武瑶与苏幼微固然出色，却跟那个周元扯上关系，真是愚不可及！

在她看来，唯有身旁的赵牧神才是混元天这一代神府境中的王者，那周元跟他比起来简直就是皓月与萤火之间的差距！

苏幼微与武瑶的天赋和容颜气质皆不差，但眼光实在不怎么样。

赵牧神眼神淡漠，他遥望着大门口处那三道万众瞩目的身影，片刻后双目微垂道："美人青睐，有时候可不见得是什么好事。

"无能之人，只能自引灾厄。

"九域大会尚未开始……这周元就已引敌无数。"

"啪！"

九宫手中的茶杯在此时跌落，被摔得粉碎，而她却顾不得这些，美目满是惊愕地望着远处的喧嚣。

"这周元究竟是什么来路？竟然和苏幼微、武瑶都有牵扯？！"九宫有点震惊。对于武瑶与苏幼微，她一直都将她们当作对手，其实她也是极为出色的人，但因

为两女的存在,她一直被压制着,难免心有不甘。

正因如此,当她见到两女竟然都跟周元扯上关系时,一时间有点不太舒服。

那种感觉犹如心中完美的对手,因为那个周元而出现了一些瑕疵,就算未来她将她们战胜,也没有了那种圆满的味道。

她知道,她会这样认为,终归是觉得那个周元不够资格。若是将周元换成赵牧神、王羲那种层次,或许她就不会生出如此不舒服的感觉。

九宫咬了咬嘴唇,取出手帕擦拭着小手上的水渍,有些恼怒地低声道:"这周元究竟是哪里冒出来的?"

武神域的楼阁顶层。

蓝亭面色有些难看地望着远处,声音中带着怒意:"这是怎么回事?武瑶师妹怎么会跟那个周元认识?"

一旁的赵云霄看了半响,忽地一笑,道:"别担心,并非你想的那样。那个周元跟武瑶师妹的确有些关系,只不过准确地说,是仇家关系。"

蓝亭一怔,道:"你认识那个周元?"

赵云霄漫不经心道:"当初我随武瑶师妹前往苍玄天,遇到过此人,当时我还给过他一掌,若不是他命好的话,当时就被我斩杀了。

"不过武瑶师妹说了,此人要留给她来对付,所以我就饶了他一命。

"我倒是没想到,这家伙竟然会来到混元天,而且还成了天渊域的总阁主,啧啧,有点厉害啊!"

虽然这般说着,他的神色却颇为轻蔑。他在神府榜上的排名是第十九,比起周元的第九名的确差了许多,但排名说明不了什么,他和蓝亭一样,都是武神域的暗中力量,真要论实力,他觉得周元并不会比他强多少。

蓝亭闻言,神色这才松缓下来,道:"倒是我想岔了。武瑶师妹何等人物,怎么会跟此人有特殊关系?

"只不过今日武瑶师妹有些冲动,这样露面,难免落人口舌。"

说到此处,蓝亭眼中掠过一丝冷意,但那是冲着周元去的。武瑶在他心中完美无比,这周元却如同癞蛤蟆一般,令那完美上面多了一丝瑕疵,简直就是不可饶恕。

蓝亭看向赵云霄，道："九域大会中若是有机会，最好解决掉他。"

赵云霄一笑，道："那我们打个赌。谁解决掉他，接下来的一年谁就留在武瑶师妹身边？"

蓝亭淡淡地道："留在武瑶师妹身边不见得就有什么用。

"不过，这个赌约，我接下了。"

两人相视一笑，似是谈笑间就已决定了周元的结局。

与他们这边的笑谈打赌不同，紫霄域楼阁那边，薛惊涛的面色从苏幼微出现的那一刻起就变得铁青起来，他的目光犹如刀锋一般，死死地盯着周元。

他身旁的紫霄域弟子皆保持着沉默，大多数人眼中都含着愤怒。

那是一种自家白天鹅突然飞到别人怀里去的愤怒。

薛惊涛深吸一口气，压制着内心的暴怒，妒忌的火焰令他心中灼痛，他的眼神变得阴冷起来，看了一眼身旁同心的师兄弟。

他压低声音道："如果有机会的话，做掉此人。"

不管苏幼微跟周元以往是不是有什么故事，他都绝对不能容忍两人关系如此之近，所以，这个周元最好死在这里！

正如赵牧神所说，今日这件事虽然让周元获得了无数关注，但同样也为他引敌众多。

若是他本事不够强，那么这件美事或许就会成为祸事。

所谓红颜祸水，似乎不外如是。

第九百二十章
有你真好

九域庄大门处。

武瑶玉立,她自然能够感觉到从陨落之城中射来的无数道复杂目光,不过她没有半点理会,对于流言蜚语,她从来都是无视。

她一对凤目盯着苏幼微,对于苏幼微,她有着几分欣赏。在这混元天中,能够有资格成为她对手的同性,唯有苏幼微。

"你和周元认识?"武瑶问道。

苏幼微平静地道:"我也出生于大周。"

武瑶心中恍然,难怪!

苏幼微轻声道:"武瑶,你们武家对殿下所做的事太过分了。"

武瑶淡淡地道:"这世间就是这般,只有胜负,没有对错。武家对他做的那些事,怪不得谁。同样的,他最后灭了大武,灭了武家,我也不会因此而仇恨他。"

"只是宿命如此,终归得分个胜负,适者生存。所以,最后不论他与我之间谁能活下来,都怨不得谁。"

苏幼微摇摇头,道:"强盗逻辑!以前的我没有资格说什么,只是往后如果你还想要对付殿下,那就由我来做你的对手吧。"

此言一出,陨落城中似乎响起无数心碎的声音。

武瑶沉默了一会儿,她没想到苏幼微跟周元的关系竟然这么好,好到甚至不惜和她成为对手,要知道这种事情,就连赵牧神都不敢轻易做决定。毕竟,她武瑶可不是好惹的。

"若真是如此的话,那我只能接下了。"

武瑶声音平淡,她那双凤目转向了一直未说话的周元,道:"真不知道你哪来这么好的运气。"

　　在苍玄天中，周元身边那个缥缈清冷如谪仙般的女孩，神秘莫测，连她都极为忌惮。如今来到混元天，他竟然又有苏幼微这等卓越的女孩全力护持他。

　　这让素来漠然的武瑶忍不住生出一丝不忿，这家伙真有这么大的魅力吗？

　　周元笑了笑，道："放心，你身上的东西，我会自己拿回来的。"

　　武瑶淡声道："是吗？那我等着，只不过你要做好失败的心理准备。"

　　两人目光对碰，隐约间有火光溅射。

　　其他人则满头雾水地看着这一幕，这三人之间的爱恨情仇越发让人看不懂了。

　　武瑶没有继续停留，她再度看了周元与苏幼微一眼后便飘然而去。

　　随着武瑶离去，妖傀域的徐暝眼神不善地看了看周元。在武瑶现身之后，他一时间竟对周元有着一点忌惮。

　　因为他也搞不明白周元与苏幼微、武瑶之间究竟是什么关系。

　　虽然他很鄙夷周元这种靠女人的行为，但不得不说，真是羡慕啊！对于苏幼微、武瑶这等出色的女孩，徐暝内心深处自然有所觊觎，但可惜的是，他知道自己的可能性有多低。

　　"哼，走！"

　　最终徐暝一声冷哼，手掌一挥，带着人迅速撤离。

　　今日之事虽然令他颜面大失，不过没关系，九域大会马上开始，他有的是机会将脸面找回来，他就不信苏幼微会时刻在周元身边护持着。

　　一旦找到机会，他会让所有人知晓这个周元究竟有多无能，到那时候看苏幼微是不是还要护着这废物！

　　周元并未理会离去的徐暝，他刚转过头，就发现吕霄、伊秋水等人都用一种古怪的目光看着他。

　　吕霄他们此时仍然震惊不已。

　　他们从未想过，周元竟然会和苏幼微、武瑶这等混元天的绝代双骄有着关系。

　　此时他们看着周元，突然觉得他着实有些深不可测。

　　"我跟她们都是清白的。"周元解释道。

　　众人皆沉默地点点头，一些四阁成员更是满眼的崇敬之色，让周元简直无力吐槽，这根本就解释不清啊。

"整顿一下，准备入驻六号楼。"周元只能强行下令。

众人纷纷哄笑应"是"。

周元无奈，旋即看见众人挤眉弄眼地看着他身后，他也嗅到身后传来的淡淡幽香，当即身体有点僵硬，缓缓地转过身，便见到俏生生站在自己面前的苏幼微。

此时的她巧笑倩兮，笑吟吟地望着他，那对眼眸如琉璃，似乎有秋水横波荡漾，让诸多四阁成员都移不开眼睛。

"殿下。"

苏幼微凝视着周元的面庞，抿着小嘴，旋即唇角有着明媚的笑容绽放："好久不见。"

周元挠了挠头，道："幼微，好久不见。"

苏幼微上前两步，与周元只有一步之遥，周元都能够嗅到她芬芳的体香，甚至能感受到那柔软的娇躯。他望着近在咫尺的白皙容颜，笑道："真是太漂亮了，如果还在大周，你肯定是咱们大周的第一美人。"

苏幼微微笑道："当初我离开大周时，殿下可是说过会来找我的，为什么如今来混元天一年多了，都没有来找过我？是忘记了吗？"

眼前的女孩笑容清浅，似是随意询问，周元却感觉到话语中有着一丝逼问之意。

这令他背上冷汗直冒，干笑道："当然不可能忘啊！我只是……只是打算混好点再来跟你碰面。如今的你太优秀了，如果我没点成绩，哪敢去见你？"

身后的吕霄、木柳等人在这一刻都深刻地感受到了周元爆棚的求生欲。

"是吗……"苏幼微不置可否地笑笑，又问道，"那你刚才怎么都不正眼看我？是不是心虚？"

"为什么心虚？是不是觉得现在的我并不想再回忆起曾经的过往？也不想与你相认？你觉得我是那种女人吗？"

这一刻，周元浑身僵硬，他没想到如今的苏幼微如此聪慧，仅仅只是看到他瞬间的躲闪目光，便能分析出他内心的想法。

简直可怕啊！

那个曾经温柔可人、乖巧伶俐的苏幼微变了啊！

就在周元心头颤抖地准备认怂时，苏幼微却轻笑一声，先前的锋利瞬间消退，她声音轻柔道："殿下，这一次我不怪你，不过……可不能再有下次了！

"在大周的那些日子，是我最美好的回忆。如果可以选择的话，我宁可放弃来到混元天，也不愿意放弃大周的那些回忆。"

这一刻，听得眼前女孩轻柔的嗓音，周元都被感动到了。

于是他用力地点头，道："一定不会有下次了！"

"果然是真的呀！"苏幼微睁大了眼睛看着他，有些狡黠。

周元僵住，一脸的麻木。苏幼微，你是想要玩死我吗？你怎么变成现在这个样子了？！

"嘻嘻！"

瞧得周元那生不如死的表情，苏幼微终于忍不住娇笑出声，明媚的容颜好似骄阳，光彩照人。

她再度上前半步，脚尖微踮，凑在周元的耳畔，轻柔的声音传来。

"殿下，能够在这里再遇见你……

"真好！

"另外，刚才我说的话……可都是真的哦。"

第九百二十一章 两人夜谈

陨落之城，夜色笼罩。

"那周元究竟何德何能，竟敢与苏幼微那般接近！"

"那周元根本就配不上苏幼微！"

"呵呵，别想岔了！照我看，周元和苏幼微应该是故人，并非真如你们所想的那种关系。"

"也是，苏幼微何等眼光！她乃紫霄域的天骄，极受重视，连紫霄大尊都对她颇为看重，说她未来前途无量，说不定以后还能执掌紫霄域，成为混元天的一方巨擘。"

"哼，那周元真是不识好歹，也不看看自己的本事，就算是故人，也应该保持一点距离，免得惹来麻烦。"

"还有武瑶，看苏幼微那般针对她，也不知道她们之间有什么故事……"

"武瑶那般性格，恐怕不是一般人能够降服的，若是周元真跟她有故事，我将头摘下来当尿壶！"

"不管怎样，这周元真是可恨啊……他以为他的实力就能让他这般张扬吗？哼，明日九域大会开始，怕是有他苦头吃。"

"如果在九域大会上周元表现不堪，反而要连累人家苏幼微颜面无光了。"

……

今夜的陨落之城显得格外喧嚣沸腾。

几乎所有话题的焦点都围绕着周元、苏幼微、武瑶三人，这一刻周元的名气之大简直都要盖过赵牧神了……

只不过夹在璀璨如明珠的两女之间，周元得到的评价大多都是负面的，当然其中有很大一部分原因是嫉妒情绪在作祟。

对于混元天神府境一辈的天骄而言，不论苏幼微还是武瑶，都让人可望而不可即。如果今日将周元换作赵牧神，恐怕话锋会变成另外一种，大家都会觉得这是一桩令人心旷神怡的美事。

毕竟，英雄与美人总是相得益彰。

面对赵牧神，他们连嫉妒的心思都没有。

在很多人看来，唯有赵牧神、王羲那等人物才有与苏幼微、武瑶这种天之骄女匹配的资格，而周元固然还算出色，但跟赵牧神、王羲那般人物比起来，差距仍然十分巨大。

不少人心中会想：我的确不如赵牧神，但难道还不如你周元吗？

神府榜第九的名次与实力虽然还算强横，可如今的陨落之城中藏龙卧虎，不知道隐藏着多少各方势力精心培养的超级黑马，这些黑马以往并不显露，其真实实力不见得就弱了。

混元天内永远不缺一鸣惊人天下知的黑马。

所以，在很多人看来，周元如今的实力与名气都不足以让人信服。

……

九域庄，六号楼楼顶。

周元望着灯火通明的城市，笑道："不知道这城内有多少人在骂我。"

在混元天这一年多，周元很清楚武瑶、苏幼微有着多高的名气，她们比他强了不知多少倍。

一旁的苏幼微闻言，清丽的脸庞上露出一丝歉意，道："抱歉，殿下，我出现得太鲁莽了。"

当知晓周元来到的消息后，素来理智的她再也按捺不住内心的雀跃与冲动。

周元笑着摇摇头，道："我可不是什么怕事的人，这九域大会本就充满着竞争，处处是对手，就算没有你这摊事，想要把我当软柿子捏的人也不在少数。

"这些人的想法无可厚非，只不过……我虽然是个从苍玄天来的土包子，但如果有谁真以为我能随意拿捏的话，那得小心扎得自己满身窟窿。"

他笑容温和，然而言语间却有着锋芒与自信显露。

混元天的天骄的确远胜苍玄天，但想要他周元害怕，那是不太可能的。

望着周元脸庞上如当年一般自信的笑容，苏幼微唇角浮现出一抹笑意，点点头道："只要殿下愿意，这场九域大会你必能脱颖而出。"

周元忍不住笑道："你点什么头？你这神府榜第三的绝世天骄也是我面前的一块拦路巨石。"

苏幼微嫣然一笑，道："才不会呢……"

她将剪水双瞳盯着周元，一字一顿道："殿下，幼微永远都不会是你的对手，你想要什么，我都可以帮你。

"就算我无法以紫霄域的名义帮你什么，但我可以以苏幼微的名义帮你做任何事。"

周元望着苏幼微那双无比认真的清澈眼瞳，忍不住怔了怔，旋即他无奈地一笑，伸出手来想要如当年那般揉揉这傻丫头的头发，但手到一半又停了下来。

如今的苏幼微，终归不再是当年那个在大周城只能依靠他的小丫头了。论实力和身份，现在的她远胜于他。

就在他犹豫之时，苏幼微却微微踮起了脚尖，用头顶触着周元的手掌，脸颊微红，但一对眼眸盯着周元并不躲闪，道："殿下，或许你觉得当年暴雨之中的医馆前，你的那一次踢门只是偶然的恻隐之心，但对于我而言，那是拯救。

"没有你，就没有现在的苏幼微。"

周元手掌轻轻地揉了揉苏幼微那散发着清香的发丝，苦笑道："你这妮子真的是太实诚了。"

然而他的内心深处却有暖流涌动。

苏幼微抿着小嘴，突然问道："对了，夭夭姐和吞吞呢？"

周元脸庞上的笑容僵了僵。

苏幼微敏感地发现了不对劲，低声问道："是发生了什么事情吗？"

周元沉默了半响，沉声道："这个故事说起来就长了……"

接下来，他将当年她离开后，他与夭夭的经历都慢慢地说了出来。

两人去了圣迹之地，进了苍玄宗，之后又发生了无数事情……以及最后经历的那场圣宫和苍玄宗的惊天战事……

"夭夭为了保护我身受重创，如今仍在昏迷之中。我来到混元天，便是想要找寻帮她复苏的办法。而吞吞独自去了未知的地方修炼……"

清冷的月光落在周元的脸庞上，让那素来自信的脸上有了一些落寞与自责。

这一幕看得苏幼微的小手都忍不住紧握起来，心中不禁揪成一团。周元这些年虽然精彩万分，但也充满着艰辛，当年他在面对圣宫那等庞大的敌人时，想必是很无力与愤怒的吧？

苏幼微轻声道："殿下，我都有些后悔当年离开苍玄天了。"

如果她留在苍玄天，一定会陪同周元经历这些，虽然她知道自己就算留下来也没办法给周元带去多大帮助，毕竟她没有夭夭那般强大。

苏幼微轻轻摇头，望着周元柔声道："殿下，你放心吧，我们一定能找到让夭夭姐复苏的方法。

"以前我没能陪着你，往后有一天你若想杀回苍玄天，我一定会陪你回去。"

灯火明亮的陨落城中，高楼之上的周元听着眼前清丽明慧的女孩那温柔的声音，一时滞然无言。

苏幼微的笑容明媚动人，旋即她对着周元挥了挥小拳头，道："殿下，九域大会上加油吧！我知道你的本事，就算这里是混元天，我知道你也一定会是最厉害的那一个。

"让他们明白，咱们大周王朝出来的人可从没什么软柿子！

"我先回去啦！"

说着，她有些不舍地摆摆手，然后掠下高楼，如一抹惊鸿般向着远处而去。

周元望着她远去的纤细身影，不禁微微一笑。他又看了看其他八座高楼，看着这座灯火通明中不知道隐藏了多少黑马的陨落城，心中有一抹豪气渐起：既然如此，各方天骄，在九域大会上，若是有谁看我不顺眼，那就来碰一碰吧！

（未完待续）

本书由天蚕土豆委托湖北知音动漫有限公司正式授权长江出版社,在中国大陆地区独家出版中文简体版本。未经书面同意,本书的任何部分不得以图表、电子、影印、缩拍、录音和其他任何手段进行复制和转载。违者必究。

元尊 13 · 九域论战

作者
天蚕土豆

选题策划
知音动漫图书 · 时代坊

封面插图
Dr. 大吉

封面 & 内文设计
方茜

策划编辑
陈婧

执行编辑
程英

责任发行
周冬梅

出版社
长江出版社

总出品
湖北知音动漫有限公司

制作出品
知音动漫图书 · 时代坊

平台支持

图书在版编目（CIP）数据

元尊.13，九域论战 / 天蚕土豆著.
—武汉：长江出版社，2019.8
ISBN 978-7-5492-6637-1

Ⅰ.①元…Ⅱ.①天…Ⅲ.①长篇小说 – 中国 – 当代　Ⅳ.①I247.5

中国版本图书馆 CIP 数据核字（2019）第 155329 号

本书由天蚕土豆委托湖北知音动漫有限公司正式授权长江出版社，在中国大陆地区独家出版中文简体版本。未经书面同意，不得以任何形式转载和使用。

元尊 13·九域论战 ／ 天蚕土豆　著

出　　版	长江出版社
	（武汉市解放大道 1863 号）
发　　行	湖北知音动漫有限公司
作品企划	知音动漫图书·时代坊
责任编辑	李海振　江　南
特约编辑	陈　婧　程　英
装帧设计	方　茜
印　　刷	长沙鸿发印务实业有限公司
版　　次	2019 年 8 月第 1 版
印　　次	2019 年 8 月第 1 次印刷
开　　本	700mm×1000mm　1/16
印　　张	18.5
字　　数	310 千字
书　　号	ISBN 978-7-5492-6637-1
定　　价	32.80 元

版权所有，盗版必究（举报电话：027-68890818）
（如发现印装质量问题，请寄本公司调换，电话：027-68890818）